21

世纪文学之星

丛书 2020年卷

中短篇小说集

史 诗

秦汝璧⊙著

作家出版社

作者简介：

秦汝璧，女，1991 年 7 月出生于扬州高邮，直到 2010 年去外地读书而离开家乡。2016 年开始写文章，《旧事》2016 年 12 月刊载《钟山》6 期头条。至今已在《作家》《山西文学》《西湖》《雨花》等刊发表文章若干。《华灯》获得 2020 年 "《钟山》之星" 年度青年佳作奖。2020 年入选江苏省 "紫金文化优青"。

目录

总　序

袁　鹰

　　中国现代文学发轫于本世纪初叶，同我们多灾多难的民族共命运，在内忧外患，雷电风霜，刀兵血火中写下完全不同于过去的崭新篇章。现代文学继承了具有五千年文明的民族悠长丰厚的文学遗产，顺乎20世纪的历史潮流和时代需要，以全新的生命，全新的内涵和全新的文体（无论是小说、散文、诗歌、剧本以至评论）建立起全新的文学。将近一百年来，经由几代作家挥洒心血，胼手胝足，前赴后继，披荆斩棘，以艰难的实践辛勤浇灌、耕耘、开拓、奉献，文学的万里苍穹中繁星熠熠，云蒸霞蔚，名家辈出，佳作如潮，构成前所未有的世纪辉煌，并且跻身于世界文学之林。80年代以来，以改革开放为主要标志的历史新时期，推动文学又一次春潮汹涌，骏马奔腾。一大批中青年作家以自己色彩斑斓的新作，为20世纪的中国文学画廊最后增添了浓笔重彩的画卷。当此即将告别本世纪跨入新世纪之时，回首百年，不免五味杂陈，万感交集，却也从内心涌起一阵阵欣喜和自豪。我们的文学事业在历经风雨坎坷之后，终于进入呈露无限生机、无穷希望的天地，尽管它的前途未必全是铺满鲜花的康庄大道。

　　绿茵茵的新苗破土而出，带着满身朝露的新人崭露头角，自然是我们希冀而且高兴的景象。然而，我们也看到，由于种种未曾预料而且主要并非来自作者本身的因由，还有为数不少的年轻作者不一定都有顺利地脱颖而出的机缘。其中一个重要的原因，乃是为出书艰难所阻滞。出版渠道不顺，文化市场不善，使他们失去许多机遇。尽管他们发表过引人注目的作品，有的还获了奖，显示了自己的文学才能和创作潜力，却仍然无缘出第一本书。也许这是市场经济发展和体制转换期中不可避免的暂时缺陷，却也不能不对文学事业的健康发展产生一定程度的消极影响，因而也不能不使许多关怀文学的有志之士为之扼腕叹息，焦虑不安。固然，出第一本书时间的迟早，对一位青年作家的成长不会也不应该成为关键的或决定性的一步，大器晚成的现象也屡见不鲜，但是我们为什么不在力所能及的范围内尽力及早地跨过这一步呢？

于是，遂有这套"21世纪文学之星丛书"的设想和举措。

中华文学基金会有志于发展文学事业、为青年作者服务，已有多时。如今幸有热心人士赞助，得以圆了这个梦。瞻望21世纪，漫漫长途，上下求索，路还得一步一步地走。"21世纪文学之星丛书"，也许可以看作是文学上的"希望工程"。但它与教育方面的"希望工程"有所不同，它不是扶贫济困，也并非照顾"老少边穷"地区，而是着眼于为取得优异成绩的青年文学作者搭桥铺路，有助于他们顺利前行，在未来的岁月中写出更多的好作品，我们想起本世纪20年代和30年代期间，鲁迅先生先后编印《未名丛刊》和"奴隶丛书"，扶携一些青年小说家和翻译家登上文坛；巴金先生主持的《文学丛刊》，更是不间断地连续出了一百余本，其中相当一部分是当时青年作家的处女作，而他们在其后数十年中都成为文学大军中的中坚人物；茅盾、叶圣陶等先生，都曾为青年作者的出现和成长花费心血，不遗余力。前辈们关怀培育文坛新人为促进现代文学的繁荣所作出的业绩，是永远不能抹煞的。当年得到过他们雨露恩泽的后辈作家，直到鬓发苍苍，还深深铭记着难忘的隆情厚谊。六十年后，我们今天依然以他们为光辉的楷模，努力遵循他们的脚印往前走去。

开始为丛书定名的时候，我们再三斟酌过。我们明确地认识到这项文学事业的"希望工程"是属于未来世纪的。它也许还显稚嫩，却是前程无限。但是不是称之为"文学之星"，且是"21世纪文学之星"？不免有些踌躇。近些年来，明星太多太滥，影星、歌星、舞星、球星、棋星……无一不可称星。星光闪烁，五彩缤纷，变幻莫测，目不暇接。星空中自然不乏真星，任凭风翻云卷，光芒依旧；但也有为时不久，便黯然失色，一闪即逝，或许原本就不是星，硬是被捧起来、炒出来的。在人们心目中，明星渐渐跌价，以至成为嘲讽调侃的对象。我们这项严肃认真的事业是否还要挤进繁杂的星空去占一席之地？或者，这一批青年作家，他们真能成为名副其实的星吗？

当我们陆续读完一大批由各地作协及其他方面推荐的新人作品，反复阅读、酝酿、评议、争论，最后从中慎重遴选出丛书入选作品之后，忐忑的心终于为欣喜慰藉之情所取代，油然浮起轻快愉悦之感。"他们真能成为名副其实的星吗？"能的！我们可以肯定地、并不夸张地回答：这些作者，尽管有的目前还处在走向成熟的阶段，但他们完全可以接受文学之星的称号而无愧色。他们有的来自市井，有的来自乡村，有的来自边陲山野，有的来自城市底层。他们的笔下，荡漾着多姿多彩、云谲波诡的现实浪潮，涌动着新时期芸芸众生的喜怒哀伤，也流淌着作者自己的心灵悸动、幻梦、烦恼和憧憬。他们都不曾出过书，但是他们的生活底蕴、文学才华和写作功力，可以媲美当年"奴隶丛书"的年轻小说家和《文学丛刊》的不少青年作者，更未必在当今某些已经出书成名甚至出了不止一本两本的作者以下。

是的，他们是文学之星。这一批青年作家，同当代不少杰出的青年作家一样，都可能成为 21 世纪文学的启明星，升起在世纪之初。启明星，也就是金星，黎明之前在东方天空出现时，人们称它为启明星，黄昏时候在西方天空出现时，人们称它为长庚星。两者都是好名字。世人对遥远的天体赋予美好的传说，寄托绮思遐想，但对现实中的星，却是完全可以预期洞见的。本丛书将一年一套地出下去，十年二十年三十年五十年之后，一批又一批、一代又一代作家如长江潮涌，奔流不息。其中出现赶上并且超过前人的文学巨星，不也是必然的吗？

岁月悠悠，银河灿灿。仰望星空，心绪难平！

1994 年初秋

序

"走心"的小说
——秦汝璧小说集《史诗》阅读随感

黄宾堂

　　这是一部"90后"作者秦汝璧的小说集。她2016年开始小说创作,可以说五年上了三个台阶:先是处女作《旧事》一出手就登上了《钟山》杂志的头条,然后2019年的小说《华灯》荣获"《钟山》之星"年度青年佳作奖,再就是今年,小说集《史诗》连闯数关,最后入选"21世纪文学之星"丛书,显现出她不小的创作潜力和势头。

　　作者擅长"走心"的小说,她不愿甚至不屑于编织完整连贯的故事,认为那种圆润的现实是不真实的,她说:"这里多写一点,那里多写一点,真这样写了就又像方枘圆凿,老是嵌不进去似的。"所以作者总是平静地随着内心的游动,将绵绵的思绪及人物事件的各个触点都弥散在文字中,就像雾中之景,遥现却无,常常是这里埋着个心思,却在别处冒出来,所以读她的小说,需要静心,否则可能会遗漏掉散布在文字路上的一些"风景"。

　　这部集子共八篇小说,大而化之地说可分为都市和情感两类。都市当然是个丰沛的存在,作为不同人物的个体的生存状态是作者想要着力表现的。《今天》写一个都市人一天的行为状态:从上班开始就不顺,心里堵着,下班要回家,但老婆孩子亲戚一大堆，心也堵着，他像个城市流浪汉，抬眼望去，觉得世界就像个空柱子，虚无感一层层积淀，最后麻木地走进酒吧，看见陌生人有畅聊的冲动，看到女招待又腾起丰满的色欲，开房召妓后又如何？这种精神自戕后仍是排解不掉的虚空；他老想到死的意向，但死不是作为一种绝望的悲剧存在，却反而成了麻木心态的反衬，是被虚无感吞噬的麻木。这就是一些都市人的生存状态：压力无处不在，但又找不到解困的办法；每天忙忙碌碌，却又说不清楚在忙些什么；生活总是被无序浮着、组合着，也被现实绊着，这种无奈虚无的状态是有一定概括性的。作者写的是个体的经验，却一定程度上反映了都市年轻人的常态。

短篇小说的写作，难以展开人物的命运，只能攻其一点，调集相关资源，往深处或有意味处耕作，力求以小搏大。《死泥》《华灯》《思南》是写都市困境的。《死泥》的主人公是想向上的大学生，但却混在一个粗俗、无序、势利的家庭小厂的环境里，只能随波逐流。缺少"阳光"的土壤，即为"死泥"，何谈成长！《华灯》写在城里打工的困顿与在乡下亲人守望的无奈，这当然是一种沉重，但作者处理这种沉重，不是直接的压迫，而是弥散在生活和思绪里，比如妻子为了省电，借着窗户的微光拣烂韭菜；比如在外打工的男人，想着回家第一件要紧事是买块沙发布，给那裂了很多口子的假皮沙发套上，以免别人笑话。这种举重若轻的纠结，反而是一种绵绵的沉。《思南》的主人公在城里打拼，事业和爱情均遭失败，他伤痕累累地退守镇上老家，整天也无所事事，当别人劝说时，他终于爆发，高声道："现在做什么都要问有什么用，可是只问有什么用这又有什么用呢？"这是这篇小说，不，是整部集子唯一的呐喊。作者原本是惯常恒温叙述的，永远的四十度，从不调拨情绪，这种爆发，是郁积在内心的无奈和痛苦的宣泄，是能刺痛人心的。但回头再一想，包括以上的几篇小说，虽然在一定程度上反映了现实不同侧面的真实，但我们是否也能反问：宣泄完这些"有什么用"之后又有什么用呢？生活不能仅止于此，总要为一些改变做点什么，这是作者需要迈出去的。

《伊甸园》相较于以上几部作品，有些新拓展，它植入了审视的目光，这种审视是一种发现和改变，这就有了成长，而不仅止于一种状态。小说一开始就炫出文字的舞蹈，顾盼生辉。主人公到城里两年，回到故乡，村民们看她已是"正直鲜艳"的文明人，她也发现，过去熟视无睹甚至隔膜的东西，比如各种风俗文化人伦等，忽然生动了起来；而乡亲们视偷情等桃色新闻为稀松平常事却也让她吃惊不小，这种生动与吃惊的事时常可遇。乡村还是那个乡村，它永远作为承续传统的母体，并无什么改变，改变的是自己，不仅是一种"文明"的眼光，还有精神上的维系，这就是成长吧，这成长却是乡村的馈赠啊！小说因此多了些意味。

写情感的三篇小说中，《旧事》是处女作，写一个离乡背井的男人娶了姐姐却暗恋妹妹，但小说的处理并无关伦理，姐姐贤惠妹妹纯洁，男人对妹妹的思绪常遗落在田野间、小溪旁、清纯中、谐趣里，虽时有遗憾，但并不会也不想改变什么，是没有外力作用的自然状态。《六月》则写寡居多年的中年妇女，除了家长里短的油烟气，还不时有对异性的心思，但并不求结果，只是为了冲兑荒疏空寂的日子。

《史诗》是这个集子中唯一的中篇小说，从书名到体量的"大"，都献给了一场情感的跋涉，可见作者之用力。主人公绮嫱的曾祖父是大地主，喜欢诱寡妇，祖父更进一步，有了私生子，母亲被迫嫁给父亲，父母"在过糊涂人生"，这些都作为情感的暗线和背景。绮嫱的姐姐一开始沉迷于情感到不管不顾的程度，但丈夫不靠谱，只能被逼成女强人。这一切都深深影响着绮嫱，使她面对感情如惊弓之鸟，仿佛"远方像蛇一样"，尽管她也有男欢女爱，也有情感的褶皱，但不往深里去，对情感的不可靠感如同血肉一样长在一起，以致使她在一种封闭的没有出口的情感循环里，无休止地纠结，这就是几代人情感跋涉的"史诗"。小说展开了人物独特的心理历程，在一定程度上写出了人物的命运感。但还是要指出，纠结之后呢？困囿于情感的纠结，抽掉了一些庄严的东西，情感的纯真坚贞温暖等等价值消弭了，作品是否也缺失了些什么呢？

作者有一定的才气和潜力，包括她良好的白描功夫，看似随意散漫地叙述自然生活物事，常有刀刻般的准确，尤其在一些接榫处的文字显得尤为生动，还时常运用方言古语，润出一方地域的味道，这是难能可贵的，文学的耐力说到底是语言。但在小说的格局、视域及思考上，还需努力，我们是有理由期待的。

2021 年 4 月 6 日

旧 事

从前听人讲故事，一听开头是"很久很久之前……""从前有个人……"就要想着应该是个什么仙妖狐魅从一只深腰圆肚的瓷瓶里缓缓幻出来了。然而，我见过故事里的人，那故事便成了旧时事了罢，也非人所以为的郢书燕说。

南方的冬日里是没有黄昏的，只有那路边的灯有些黄昏的境况，塑料灯罩下的小灯泡，蛋黄一样，只有黄色而没有光。我看到那飘在地上的，以前人把纸蒙在图字上影写时一样的昏，便想起在那底下的重逢。而那外面是南方的一点冬日里的涓涓潇意，那底下的重逢便是昏昏灯火下的宵话平生。那也一定是在一个黄昏下罢，天一下子就晚了下来，都不晓得是什么时候晚下来的，一天的尾巴，仿佛那么一拂拭就不见了。我与父亲就在那里遇见了旧事里的人。

那人穿着件花绸衬衫，打着领结，外面是件呢子西装。扬州乡下这边成年男子日常很少有穿西装的。仿佛成了珍贵的古董，只可清玩，不太有实际用处。往那开满门面店与小卖部的大街上站着，在泥地里站着，就有土豪做派的嫌疑。也许还是因为太漂亮惹起瞩目而怕人误会有什么喜事在身的缘故。因为成年男子结婚是一定要穿西装的，大概也是因为就只穿这一次，故特别地考究。布料剪裁都是上等的，早早就去商场预订了来，有条件的都是去专门的裁缝店。就连双方的父亲也要穿，去吃喜酒的人即使不认得他们的父亲，也是因为混在人堆里忙着招待客人，实在有种温厚谦逊在里面，然而一看那西装笔挺也就知道了。此后就和新娘的红色嫁衣一样挂在壁橱的两端，再也穿不出去了。

也不知道是谁先认出谁来，两人一颔首匆匆赶上去握手，非常正式的场合上的社交礼仪。我父亲从口袋里掏出一盒香烟颠出一支来，他笑着马上用手盖住了。对于他大概吃不吃烟已经不太记得。也不像是戒掉的，像他们这一代人一旦吃上了，知道吸烟的害处也到了中年，就再也戒不掉了。他鼻子冻得红红的，笑起来非常像痛哭后的破涕为笑，眼睛里还留有余泪。

"到哪里去？"他问。

"她外公喊我们去吃饭，昨天就关照了，老头子这么大岁数了，不肯闲下来，一定要我们去。"我父亲笑眯眯地看了我一眼。

"今年回来过的？"我父亲又问他。

"唉，跟孩子他们一起回来的。"他也笑着。他的那些孩子似乎还是第一次回来。

"什么时候回来的？"

"没多少时候，就在前天，前天是初二吧。"他说。初二一般是嫁出去的妇人到娘舅家去拜年，他倒像是隔了多少年回娘家一样。

"那我早了，我年前就回来了。"我父亲笑说。

"今年这个年比往常都冷，这几天虽然太阳好，西北风大。"

"你还没往南面走，一到冬天南面湿气更重，风一吹，就像冰碴扑在人脸上。"

对岸斜着的几棵法国梧桐的枯枝上还留有去年秋天里的几片干叶子在滴溜溜地打着伶仃的圈儿，此外便是荒芜的绿。那田里的秧苗与那香樟树上永远的绿，有的尽是苍冷——在这冬天里——冬天里的绿却也只有更冷。我父亲敞着上衣，一只手抄在裤子口袋里，衣角就被带到后面去。中年的男子也许都喜欢这样说一不二的潇洒的姿势。

"不像是我们这里的人。"我问。

"他？你不认得。也是我们当地的。"

"怎么我从没见过他？"从前一门上养上好几口人，那些下代眷属又各自繁衍，关系纵横缠错。我们这一代已是生活在"阁楼"上的，听到那楼底下"某人的姑外婆的儿子是谁家姨娘的侄子"就不太敢开口叫人。有时候明明已经叫过，已然听到答应了声，过后还是疑心是不是叫错，问问长辈，果然叫错，想着方才别人答应时，心里也一定要尴尬。

"说起来，他还是跟我们有点老亲。瓦屋大爹爹你是认得的，他就是瓦屋大爹爹门上的侄子。他也姓秦，叫秦泗吟。"瓦屋大爹爹前些年都是去他那儿拜年的，后来不知怎么的就再也没去过。大约母亲她们以为就因为从祖上下来在辈分上就低他们些，照着规矩就要年年买礼去拜他们的年。然而山胡桃既是隔了一层，又不是一定要去，去去也就不去了，不去就都不去了。他很早就住在三间大瓦屋里，到如今还在拿钢笔当毛笔写大字给人开药。发黄的旧报纸有的还是好几年前的了，一捆捆地围堆在房间的墙边，上面立着大大小小的酱黄色的玻璃药片瓶子，都是空的。阳光照在上面，烟熏一样的空气，使报纸也有以前摹本画的旧色。他是个老中医，祖父一辈的人就他一个上过学堂，读过几年书，后来跟另一个中医学过几年。

"我是亲眼看他一个人到镇上去乘船到湖北十堰，那天天都快晚了，我刚从田里做完活回来。"

他跟父亲差不多大，头发已有雾白，然而是站桩头，看起来很有精神。

"那么为什么要到湖北十堰那么远的地方去？"我问。

"没有的吃呀！"他说得十分狡黠，对于他那个憎怖的岁月中所有不可理喻的事情的唯一可靠的解释。

女人们已经生了许多孩子，还是总时时地挺个大肚子在田里做活从田头做到田尾，流产是常有的事，说起来都是流了一盆的血，流完后继续怀孕，继续生。又觉得养不起就去送人，送人也一样地养不活，然而从没听他说卖过——没有到卖的地步。也是因为长期挨饿，胃里可以吐出虫子来。几个孩子挤在一张床上，夜里把手伸进头发窠里一抓就抓到只虱子，放在嘴里咯嗒一声，有像今天剖开爆炸西瓜一样的快感。但也绝不会想到有朝一日如今天。他把前几天喝的鸡汤也还要拿出来讨论一番，像是老牛反刍——惨烈的饥饿的记忆，仿佛是被饥伤了，成了他人生的讽刺。于是动不动就要说"你是食久无滋味"这样的话来，也是含恨的口气。

当然我问的并不是他回答的那个问题的意思。

别人也没有的吃，就像他自己一样，为什么他能够痛下决心走，没有参与到集体大挨饿中，那种相濡以沫，临了就会不知不觉地活下去。即便是饿死了，也是死在人群中。一个人在外面活着，也不知道要活给谁看，一个人也不认得。

"就为了吃口饱饭呀。"临近桥塌，父亲神色轻松起来，把头一缩，加紧一脚往桥上走去。他大约想到了桌上的咸猪脚。他吃起来非常地认真。一块块碎骨从他嘴里吐出来如庖丁解牛窾隙了然，不叮一点肉。也是从前练出来的技巧，他讨厌浪费。我记得小时候饭碗里的饭吃不干净，他便要在一边吟哦起"锄禾日当午，汗滴禾下土"，"下面是哪两句的？"他当着桌上别人的面问我。那使我至今如果在吃上浪费，便要痛苦地想起这首诗来。倒像是别人为我采的风，我就要知民间疾苦。

"秦泗吟你认得？为什么要到湖北十堰那么远的地方去？"我问外祖父。他那时候如果知道业已过了而立之年，同样地要忍饿，忍了许多年，要说憎怖，只有他是真的憎怖，因为在人生最有许多幻想的阶段却早早地已成定局，千疮百孔的时空，都没有一点法子去让人等着去变。

外祖父嘴向外微突着，笑起来如果不说话，其实是内心欢喜，嘴一抿，就要低低齿语，外面像隔层帷帐。他眼睛向我眨了几眨，我一提似乎就有许多话要说。"你怎么提起他？"他看了眼父亲，我父亲脸上的笑，那淡然的神气。"你们在路上看见他的？多少年没有看见过他，今年回来过年的？"果然，他还记得他，而且那样深切，那惋惜之情。"他走之前，我看见他拿大碗先去庄上借了米回来。"我父亲对着祖父说。"秦泗吟呀，我来说一段书来给你听。"祖父继续低头在簸箕里切菜叶子，那是用来饲鸡的。一双大手结了层厚厚的茧皮，不怕冷。菜的渣与汁糊了一手，用手背掖了掖一只鼻孔，另一只往上嗅了嗅。

"他哪里是去十堰的，是去汉口的！"他几乎叫喊起来，声如洪钟，"就在镇口上的船，沿着长江边上走。那时候哪里来的钱哪，混进货船上去的。啰——人家来收钱的，被一位坐在旁边的大爷晓得了，他要把身上的绒线衫脱给他，他用手一捺，说'你不要急，船票的事总该好办，这一趟船又不是去汉口的，你下去总要吃饭的'，一下船就把他带回去吃饭。好了，他去他家后，晓得他识字哩，又会算，就把他介绍到大队里去做会计，替人家记工，一个工多少钱。我们那时候一个工九分钱。"他自己也诧异地笑笑，用手指头勾出一个钩。"他就有心要把大女儿给他了，哪里呀，说要娶的是二女儿，病了有好一段时间，那还是多少时候的事情啦……"

"那他为什么一定要去十堰呢？那么远，怎么不去安徽？"因为据我所知，那时候去安徽的人多，当事人都还在，铁证如山。外祖父不赞成地看了我一眼，把脚伸了伸，坐得有点久，身体晃了晃再定稳了，但已经不面向着我了。"咦，不是刚才说的，他不是去十堰的，他是去汉口的！"

此后就一直没回来。

眼前身后是一片片的"灰色军容"，有一种刺激。忘记了这背井离乡的跋涉，孤身潜入一个什么地方，也不怕被掳去械起来做苦力。那荧荧然的声音，辟寒金子似的一粒一粒从什么地方倾倒出来，还要往下坍，往下坍，一直坍到了他的脚前。也是严冬里军队金鳞铠甲上日光与铁碰撞的声音。光从那声音也能听出都是颗粒饱满的。他这才定下心来。仓廪实而知礼节，有了礼乐文明，怎么会有那恐怖的事情发生。房屋的剪影到处拥挤着，像高大宏富的别墅四面围着的小栅栏。小牙齿似的，碰到什么危险，牙齿蠕动起来，要把别墅给吞下去。还是怕人鼠窃了去？

他在门外高声叫了声，屋里马上就亮起来了。点的还是煤油灯，黄黄的豆光漾开去，满室颤抖。灰黄的黏土和着狼草做成的泥砖砌成的土墙，并不显得瑟缩的贫穷，都在互相辉映，搅成了一片。是黄土地上的一个泥疙瘩，生命便是从这里繁衍遂行。生机是这样地不可遏制。屋前也是一派矮矮的泥墙，那是给家禽住的。刚站进屋里去，有些硌脚，高低不平。原先是乱铺就的碎石子，人进进出出带进来许多的泥，踩踏得扁实下来，即便有水也不污烂打滑，只是发黑色。

她还穿着白天做活的银线丝脚边大翻领布褂子，灰扑扑的。大约也是估算着他今天回来，也是要熄了灯才能够和衣歪在床上等，叫一声她马上就起来开门了。她看见身后的一个年轻的陌生人，并没有立即多问，是他带回来的，总该有什么瓜葛。她脱下外套忙着做晚饭，外套一脱，就着一件杏色的单布衫子，衫子的四周是皮肤棕白二色的边缘地带。一张被晒得热气未消紫黝黝的薄薄的方脸，底下便是初白的颈子，感觉越往下越白。那颈子上垂着齐展展的头发，还是个童花头，厚厚的头发遮蔽在四周，使五官被过分地护卫，很老实。只有那双黑色的眼睛不合比例地大，尤其是在不经意间正着眼光看你的时候，仿佛瞪大了一圈。在灶上用湖北话说什么话，只有他简短地夹杂听得懂的一两句话一阵阵地点头去打断她，接着便是她时有时无的自言自语，用那双大眼睛瞟瞟他。他打断她的话，也是恐他多心，以为问的事都是关于他的。他确实也是一句话不想说，说起名姓就一定会汲出身世来。

客人这么晚来，一定是要留宿的了。她趁着他们吃饭的时候去卧室里叫醒两个姑娘，不知道是哪位姑娘说了句什么话，听那口气是在声音上做了个鬼脸。虽然听不大懂，但是总使人愿意往那方面想。两个姑娘都是长头发，光线又暗，影子似的在他面前移过去，帮着她们的母亲铺狼草被褥子，大概今晚那便是她们姊妹俩的床了。他一心一意吃着饭，当没看到。咸菜汤也新酸，菜无重味，也是一种刺激，刺激人多吃白米饭。他抬起头笑着告诉大娘他要到汉口去，明天就动身。

他醒得早，但是没起身。仿佛起身就要惊动什么，是惊动别人知道家里来了个外人？姊妹俩的床边有个梳妆台，上面堆满杂物，挡住了那面嵌着的镜子。只留有顶端的一角，那也可以照脸。留下来做种的晒得干干的老瓠子搁在桌角。连接桌腿的横梁上担了根老桃木，木头上放着半袋子东西，里面不知道是什么，把蛇皮袋的两只角绷得紧紧的。他听到里面似有无数的促织的窸窸窣窣，那是幼蛾在什么细屑里边刨边爬。他记得他家那边的是菜籽或者稻子长时间不晒就会生这种蛾子，就会有这种声音，压压地爬到外面，像一只只爬在了人的身上。他离家已经这么远了吗，然而在路上的时候一点也觉得不。也像是一脚能够踏进去似的，就在隔壁。也许唯一觉得安慰的是同样的还是在这个人世间，黄土地上的一个泥疙瘩。

他们那边也动身起床了，他这才起了来，没往那房间里去，姊妹俩还在那地上睡着。他等着大爷出来，忙问："大爷，去汉口的船票要怎么去打听呢？还是说直接就跟便船走？"说到船票，其实他并没有钱。但是也是豁出去了，不相信到时候没有办法。他没钱，不也是到了这吗？他不慌不忙出去先吐了口痰，重浊地笑了笑，觉得他这么着急一问，倒像是自己的一点私心已被人发现了，脸上只有淡淡的和颜悦色，小声问："怎么，这么着急要走？你去汉口可有什么急事？"他立刻红了脸，一时语塞。这样更好，在别人听来就像是有什么难言的苦衷。他自己也怀疑，这么着急忙慌千山万水地去一趟汉口总该是有个什么惊天动地的大事的。大爷马上又说："船的事你先不要急，有肯定是有的，你看马上要收成了，即使没有别的船，运粮食的船也有。你先等等看。"要说等，他马上就有了一个借口。他在这里并不是如坐针毡，而是既然离家就是为了去汉口，就恨不得马上就要到那里才好，一刻也不想在这路上耽搁。临歧之感是一直有，在路上因为着急赶路才淡下来。走的时候就很静默的，只是在吃完饭的时候知会了声，告诉父母亲他要到汉口去看看，走水路要怎么怎么走，说出来同样地觉得那汉口也不是印象中的道里悠远。然而还没到汉口，他在这里已经看到粮食了，已经就在那了，莹然的声音，这次一定会是个丰熟的收获，除去拿去上缴的一部分，绰绰有余。也是一样的没有什么别的油水吃，所以那是唯一的活的来源。那活就是维持心脏跳动的一切能量拥有。这里已经有粮食了……十堰这边这样，那么汉口想必也不会差，只有更好，况且那边据说人人都在开河挑泥兴水利求发展，他相信会有一番景象的，至于是个什么景象，大概就是年年丰收有节余。即使别的什么都不为，至少出去，家里就少了口人吃饭。他不能忘记他小时候，他的姐姐在田里做了一天了，到了晚上，他拿着芦竹叶子煮的青涩的汤去送给姐姐吃。那芦竹叶子煮得熟烂，确实有一种糯米的黏香气。他姐姐没一下子喝完，他一个人在那里陪她。因为太晚，有人吓唬他说有鬼，他其实很害怕，但也壮着胆子说："老师说过，这世上没有鬼。"他姐姐只在那里笑，他现在想起来，觉得姐姐那时候一定也是怕的。半夜回去她还把那剩下的汤带回去给他吃，回去是为了加热，因为不加热，就没有那种香气。

他们吃过饭就要去田里看看，那看起来顶大的女儿也跟着他们去了。单单只留下一个二女儿看家。她还在上学。她拿出本子来写作文，在班级那一栏上写着"初二"的字样。她觉得他无所事事地在屋里坐坐站站，马上就会站在她身后的，她便有意无意地拿着另一只手来挡着。他其实并没有看她，只是看她在写作业，想法又多了一层。像他们这边连女孩子读书还可以读到这么大，他们那里只要是女孩子到能做点事的时候就都要去做事情，白天根本在家里就看不到她们的人，真是做死了。就连上学，也要先把活做完，到处都是些不要人命的小事，但是就是非常地磨时间，在学校里也还是想着怎么样要去填饱肚子。去田里偷人家的蚕豆，去挑大粪卖钱……有些女孩子，他见过的，很聪明，但是家里就是不让读下去，一点希望也没有，眼前没的吃，将来也不一定会有。

他突然说道："你这句写得不对！"她没瞅睬，大约在心里还是悄悄地把上下文看了一遍，觉得一点也没有错，才歪过头来便问："怎么不对了？你倒是说说看！"他指着本子说："那，'因为你的原因'，其实呢，是个病句，'原因'里面本来就有'因为'的意思的。"她"噢"了声，只趁他不注意的时候改了过来，那

旧事 　　　　　　　　　　　　　　　　　　　　9

本子上被橡皮一擦却越擦越糊，就有一大块铅色的迹子了，一看就看出来了，使那一句特别地明显。他一直站在她身后，也不知道在看些什么，仿佛是有一个人在"咻咻"地在对着她耳朵吹气。她把脸歪下来，抬高肩膀蹭了蹭，觉得自己的脸在发烫，大概是头发焐的。

不知她是故意的还是心不在焉，总是写得很慢。他大概也看出来了，其实是他自己心里比谁都着急，他又出去看看大爷回来了没有。只见人远远近近闲散在田埂上，田里有白色的雾气，有什么人攀进麦棵里拔出一两棵跟麦子长得差不多的野草。手背在身后，草一直这样拿在手里捻过来捻过去，并不马上扔到地上，唯恐落地生根了去。是有这样的事的，随拔随扔，草根上只要还沾住泥，总要活好几天，被什么人一踩，踩进地去，那是非活不可。睢睢望远看到了天，仿佛他是在驾日腾云中看地上的芸芸众生。眼光一旦收了回来，他也望到了自己。直到中午，人也还未散讫，也不知道在那里看些什么，他知道那些人跟他是一样急。

她姐姐回来做饭，一进门看见了他，先自笑了笑，很客气地让他坐。她跟她母亲一样也是酱紫色的脸，但是因为年轻的缘故，像是在大太阳底下晒着，发出透明的亮色来。上嘴唇向外开，不说话总也闭不上，那门牙就显山露水，静静的，就以为是在那发呆。如果说她妹妹是个脸腮饱饱的鹅蛋脸，那么她不过是脸架子比她妹妹宽些，方方圆圆的，所以给人看起来是比妹妹会洗衣做饭些。她先去做饭。把铁锅从灶上拿下来，把锅灰用扫帚刮刮，拿着丝瓜结成的坚硬的半段丝瓜瓢在铁锅里来回刷着，小半瓶香油顺着干硬的瓜瓢滴了几滴，瓜瓢蘸着铁锅一圈圈熟练地转下去——那铁锅有了油光气。咸菜叶溢着油圈漂在水上，很容易让人想到清汤寡水四个字。知道他要走，是践行饭。本来要杀掉一只鸡的，那鸡却还不能吃，四五只，孤零零的，吃不上嘴。

但她也觉得似乎吃了太多的咸菜了，于是很周到地讲："我们这里只有这几年才好些，要在以前锅都揭不开！"他笑笑，说："我们那里其实也是这样的，只有过年的时候才吃得像这个样子。"他听她的声音，想起那天晚上在声音上做鬼脸的应该是她。他坐在桌前，桌上烧好的那碗汤静静地冒着热气，随手拿起二姑娘的一本书认真翻看起来，对于书上的内容他居然都还能够记得。他看着头痛，便把书一合，放在一边。他看见大姑娘把脏衣服一件件归纳起来用清水泡，水一倒进去马上就浑浊了。大姑娘坐在搓衣板前搓衣服，笑问："你识字的呀？"他说道："唉，在家里读到了初中毕业，读不下去了。"她笑说："喏，你看，我家二妹也读到初二年级了。"她揩了揩手，也拿起桌上的一本书随意翻起来，书页从头扇到尾，她笑着马上又放回原处。她不认得字。不认得字还把书老放在手上就有点装模作样。她低着头把盆里的水用手舀起来浇了浇衣服，淌下来的还是发涩的泥浆水。他顺便问起这边可有什么便船去汉口。她说道："这个我是不知道，你要去问爸爸呢，他经常替人跑船。不过你要去汉口的话，就要走水路方便哟。"搓衣板上的水还在往下流，看上去就成了一条啸急的河。她普通话说得不太准，所以措辞有点吃力，情急起来也夹着几句湖北话，说得自己都"扑哧扑哧"笑。

外面的鸡在鸡窝里叫，大姑娘嫌吵，就让二姑娘出去把它们放出来。二姑娘先去看看门口种的几株南瓜苗。那南瓜为防止鸡来啄，四周用芦柴竹一根根编成的竹帘子围着，那南瓜细长的青藤便缠绕在竹帘子上，上面还盖张网，可不能全用网，上面有网眼，鸡啄照样可以啄得到。那一只只露出半裸的晾翅的小鸡，永远那么大个子，喉咙里像有只珠子卡住，永远低低地吹着哨子。似乎触觉到里面有什么，围着竹帘子转来转去，越转越快，往上面试探性地啄一下，惊疾地甩着头，把喙在地上刮来刮去，是啄到了一口竹屑。她看着不忍心，伸进手去摘下来一个小的嫩南瓜，鸡马上老鼠出洞似的围着那小南瓜，把上面啄得狼藉一片。

大姑娘急说："真是糟蹋粮食，这么一点大的瓜，你等它们长长大再给鸡吃不好吗！""等它们吃完，还不快把它们全都吆出去觅食。它们被关了有半天了。"话在大姑娘嘴里说出来川味更浓。

鸡在荒地上，垂头伸颈，惘惘的，又乍然散去。在各处安定下来，偶尔"咯咯咯——"吊上来一两声，哀唤弥长。

饭桌上没提他船的事情，别的没有，就是觉得这样又白白地吃人家一顿饭。他很想问船票的事，几次话到嘴边又闷了下去，想着上午已经问过一次了。但是不问，别人又看不出他要走的决心。他把他那件给他们的绒线衫一直放在床上。吃过饭，大姑娘在桌前收拾完碗筷，问他待会儿要不要一起去田里看看，他想着在这里也没有什么事情做，无着无落的，便也跟着去了。顺便瞧瞧可有什么别的人知道船期。田里照样是一群悠闲着的人。有一群年纪跟他差不多的人围在田角，大概也是凑着这热潮来的。有一个较小的男孩子，脚上一双干净的军用卡其色球鞋，白衬衫，穿的虽然都差不多，但是因为较为整洁的缘故，也给人一种衣冠济楚的印象。他一个人蹲在沟边用一只木棒掏洞，掏出一块泥巴洞就大了，马上就有螃蟹爬出来，他拿起来一只放在自己手掌心上，白色的肚皮四周的小蟹爪在空中划来划去，好像就有无数只爪子。也有人把裤脚卷到膝盖，站在沟水里抓鱼。沟水在那沟子里时间长了，里面也长水草，那草间总有停住的一团一团的黑影。用手在一个什么地方一掬，也能掬个一两条上来。那年轻些的男孩子见没什么意思，又把那小蟹扔到了小沟里。突然又向一个地方疯跑过去，这才发现是在赶前方的一只雀。只有他站在大姑娘身边不大说话，也不到别的地去。

有人就说："电影已经放到南头了，就在南头学校小操场那边。今晚你们谁去看？"

大姑娘便笑问："什么电影？什么时候放到我们这边？"

"听说是《红楼梦》，都放了好几场了，什么时候放到我们这边也不清楚。"

她有些怀疑，说："《红楼梦》是什么，好看吗？上次去南头看武打片，都说好看，我就觉得没什么意思，害我白跑了一趟。"

"都说好看，不信你问问他们那些看过的人！"

他们这边放电影，就是一张白的黑色包边的电影幕布挂在厕所的墙头上，非常简易，路过的人站住脚就可以看上几眼。

大姑娘晚上回来把这事告诉二姑娘，二姑娘因为明天还要起早上学就有点不太愿意去。大姑娘想着现在不去看，马上大忙起来，谁还有那个时间去。她便要自己一个人去。没想起来要问他，他是个随时都要走的人。第二天她起来眼泡肿肿的，昨晚一定哭过了。说是电影很好看，人可怜！把这电影讲给她妹妹听，她妹妹是早已知道这故事的，大娘却在一边听得出神，也说："是可怜！"

她晚上拿疙瘩面做疙瘩，手里的铝制圆钵子满满地往那口袋里一挖便挖出半座小山，但是疑心是不是挖得太少了，于是拿出另一只碗用手抓了几把，把手对着碗口拍拍，把手上面粉小心地拍到碗里。面粉扑到空气里，微微有些呛人。这次觉得又多了些，她把那多抓的几把全倒进了面粉口袋里。桌上吃饭没再说要替他去锅里盛一碗这样的话。看到二姑娘先吃完了，站起来要替她添一碗，她忙说："妈，我不要了！""这么点哪里就够了？"她硬要把锅里的全倒在了她的碗里。

夫妻二人面对面各自倚住床栏杆，说一天的人和事。起初都是她睡不着，他便也十指交错搭在被头上陪她说话。帐子顶汪了些进来，把空间挤小了。她不太开口，偶尔伸出手把那帐子顶一打，那帐顶就悠悠地晃起来。是他说的时候多。

"小六子买了打水机，用条大木船运回来的，我昨天看见他喊人帮忙抬机器的。"在这里买个机器的确是稀有事，大约是合了众家之力。他看她一眼，嘿嘿笑着。她打了个哈欠，用手拍拍头，眨了眨眼。她知道他也一直想买，她一直不赞成。

他又说："今天下田把麦都看过了，哪个人的田有我们家的好，不知道的，都说麦种好，麦种不是同时买的？他们都在旁边看着的。"

她"哼"了声，脸别过去，眼睛一闭，表示这些话她才不要听，"他们还不都是嘴会说。"一阵沉默过去，她终于忍不住说："你不要耽搁他，人家这么离乡背井地去汉口，一定有什么非常重要的事情要去做。"

他也眯着眼，连同额头也眯得发皱，像是隐忍身上的一处痛楚，旁边一只椅子当床头柜，上面的一只煤油灯快要把芯子烧完了，他欠身拨了拨。接着又闭眼锁眉，说："船老早就打听好了在那里，他有什么事不跟我说，我没问他吗？告诉你就有用了？还不是要等人家的船开拔！而且都是货船，我想着再等等，看看有什么其他的船过去。"

船三天后有，是他认识的一个朋友出的货船，他可以直线搭载到汉口，但是他既然要搭人家的船，就免不了要帮人家上货卸货。大爷就对他说："你上船，眼头见识要有，到汉口还要个几天呢。"

饭间有人来借磨刀石，要把镰刀磨磨，说他们预备下午就开始割麦子。他扯起嗓门说："人一个都还没动手，麦子还泛青，怎么就开始割了？"他坐在小木凳子上笑说："你现在看起来是泛青，天上的大太阳一晒，马上就黄给你看。"大爷弯腰把放在石制的粮食柜底下的镰刀也顺便拿出来磨了磨，然而镰刀倒是磨好了，磨好的镰刀放在这里就又想试试手。他一下田才知道，已经有许多人的脊梁在麦田里此起彼伏。这些人可真是快！然而这一割就是割不完似的割着，一串鞭炮点燃了引子就只能响到尾，割麦子，割菜籽，打梅花钵子……但是产量一样的很低，看到结得满秸满秆，就是一点收获的喜悦，手上去一摸，却是瘪籽多，就有一股上当受骗的惆怅。他因为过几天走也兴兴冲冲地去了。其实是对粮食的习惯性的攫取，也是没有看到麦子到了收成时候而不去割的道理。捆好了又一趟趟地人工运回来，单调而用力，把麦捆放下，又冲出去。大姑娘与大娘就戴着草帽站在脱粒机前把一把把的麦子放上去，麦粒被打得泼溅在人的小腿肚子上，实心的小拳头一拳一拳地打过去，落在人的脚底周围。那落在远处的便是空壳子，铺了一层，茫茫的。二姑娘就在远处弯腰转来转去，把落在缝里的一一拣起来，用脚去踏踏麦壳子，看看可还有什么麦粒含混在里面。她戴那顶有点大的草帽跟大姑娘相形之下，却有一种俏皮的可爱。她还太小，才十五岁。

"看看，抬头看看，鸡飞进来了。快把鸡赶出去！"

大姑娘在那边叫，一边还要顾手上的事。她只好去小心提防，不然要是大姐过来，定然要发脾气把这些鸡骂一顿，鸡又听不懂，听懂的却是人。然而有时候这边拦住了，那边却飞进来，那边人刚走过去，这边又以退为进。他看见了，也笑着与她一起拦。鸡有时候急起来也扑着翅一飞飞出去老远。她倒是难得地看到鸡原来也可以飞这么远。"我家大姑娘就是人有点急。"大爷在一边笑说。

在这里起早贪黑忙了几天，大娘就来替他晒被窝，果然看到了那件绒线衫，便要拿出去一起替他洗。知道他要走了。他从外面回来，看到脚盆里的衣服堆里有一件十分眼熟，他翻开一看，原来是自己的那件绒线衫。其实是洗干净才带在身边的，他想拿起来，觉得这样洗两遍非常不应该。但是想着这样拿起来反而使别人起疑心，要到处问有没有看见，他不要别人事先预知。他一定要悄悄留下来，藏在被窝里，直等到他离开时，别人一打开被窝才发现，然而他人已经在路上了。留下来的是一个背影，不知道他已泪流满面，一点泣声也没有。谁也没看见他流泪！然而谁能够晓得，在这样的人世间里那卑微的美丽的心事。事后大爷跟他们说起来，赞一声好，在船上的时候就要说给的，说要给当然是真心实意地给，可不是嘴上说说。二姑娘也听到了，她或许以后就永远记得这个背影。

麦子一直割一直割，需要人手，来不及地割，坍塌到了他的脚前，他再也迈不开步子了。他捧着麦子在那里哭，麦粒子和着泪黏到了他的脸上。

此后他就不说他要去汉口的话了。

电影放到他们这边来了，正好农忙也结束。大姑娘非要再去看一遍，因为也是觉得上次看完后最动人的地方也就那么几段，以至于把其他的地方都滑过去了。大爷就笑问："怎么，你不一起去看，不喜欢看？"他笑了笑。大爷又说："不远，就在前面河的对岸，那里有个宽阔的谷场。"大姑娘问："二妹去哪里了？上次没去成，这次一起去看。"也是因为这样两人去看电影意图太明显了。"她今天还不知道什么时候回来，送东西到你姑姑家去了，你姑姑估计要留她吃晚饭。"他在那跟大娘堆草垛。他没再说什么，也就一起去了。

他拣了一处人少的地方，坐在石磙子上。人太多的地方，就时时觉得那地方上的话更加明显，有点使他受不了。幸好音响出奇地好，掷地作金石声，那嘈杂的异地的声音撞在上面，使他平静。他反而有点不愿意看画面。播放仪上面的胶卷"嘚嘚嘚嘚"

有规律地转着，转到另一只空盘子上。电影"啪"地一灭，前面的人开始蠢动起来，都回过脸来问："怎么放不了了？"不知谁叫了几声，有人从什么地方递过来工具，也有几个孩子好奇地围在那灯光下看。大人不耐烦，把他们往别处推。又开了另一只备用灯，备用灯亮些。终于新的一盘胶卷上上去了，重新的"嘚嘚"声。现在光柱强烈地打在幕布上。那光影里的像，红色的阁楼上的梦！他看了一眼坐在旁边草垛上的大姑娘，眼睛被眼眶里的泪水淹润的时间有点长。她很容易就感动了，那样地天真，然而是另一种天真。以前他们那边也像这样放电影，他都没有去看过，听到那声音远远地传过来，那人物之间的对白，其实倒也相当于是看过了。倒是现在在这样的异域里专门陪人看起来，富贵闲人，到这里就为了赶这一场。悖逆地异于别人逃出去又怎么样，一动不动的鳄鱼，山的虚影一样的脊线，看着它不动了很久很久，不知道是真的死了还是假死。

　　电影结束已经到很晚了。扁扁的月亮显得有些无赖，满地都是，有点像久雨后的一个下晚厚厚的云层罅隙中透出来的一点阳光，离他们很近很近，有点扎人。刚才那电影的声音还在心上阵阵发麻，麻感过后，又是这样的月色，大概任何的两个人这样踏月徐行都会不自觉地有一种情景交汇的喜悦。大姑娘首先不对劲起来，也是没这么单独与一个人这样走过，说："今天的凉月真是亮，你看！"大姑娘抄的是近路，他不大认得，始终走在她后面，她不时地回过头来，见他不说话，是不是他也在感动。她不再打搅他了。他在那回味中想起之前那离别时候的漂亮的姿势，一个背影，背影的正面泪流了一脸。大爷大娘还是跟往常一样在煤油灯下对倚着。二姑娘今天不在，那种天涯知己之感好像一点也没有了。他在那堂屋里一个人站着，像是穿了条湿裤子，只好那么站着，一坐下来那冰冷的湿就贴在整条腿上。他也是怕惊动了什么，跟刚来的时候一样。

　　他现在不大回来住了。一个人住在大队里，单独的两居室，客厅就在厨房里。知道他识字，大爷托人把他荐到生产大队做村支书助理，管管账目。人都说他哪里就识得这么个通慧人。既会熟练运用几千个汉字，又会把笔算账。是有几家要把女儿说给他的，但是似乎大家都达成了一个共识，就是这个人是大爷带来的，自家还放现成的女儿呢，哪里就数得到他们了？就跟他当初听到那句"我家大姑娘就是人有点急"一样，都早就清楚了。虽然招个外地的女婿到底是桩不太有名誉的事，要成为当地人也可以只要改个姓氏就可以了，也不是没有先例。不过没跟他提这话。

　　稻谷是刚打下来的，把那谷场用石磙子来回磙得结结实实，太阳照晒几天。他跟大姑娘又一袋袋背在肩上，打那河岸边走过。回去大娘用两块青砖舂出来一碗碎米，煮出来的粥还是绿莹莹的。

　　有只半截子的水泥船栽在那河汀，那河本来也是人工早些年开挖出来的。船头有个圆形的舱口，随着水势高低而显而没。见二姑娘老早就站在那里了，他与大姑娘各背着稻谷从她面前路过。他去看了看，是有条大黑鱼停在舱口，犹疑地要不要进去，她手里的网兜正好已经等在舱口，只要那条鱼游进去马上就一定会落到她的网里。"你这是守网待鱼嘛！"他笑着。她并不理睬。他大概也是觉得她姐姐在，一说玩笑话就轻佻。她姐姐走过去，看那么大一条黑鱼，也一起去帮她握住网兜长木柄，有半只头探进去了，她姐姐就怕溜走了，先把网兜往上一起，从水里起上来，速度没想象得快，那黑鱼从边上蹿走了。她姐姐直喊可惜，说道："好大的一条鱼，就没抓住它！"她放下网兜，抬头清看别处，也许那鱼是进来产鱼子的。他把袋子重新扛在肩上，连咳了几声，喘气托大说了句："你要吃鱼，明天有时间我去钓儿条来。"其实那句话是对她说的，但是听起来误以为是对她姐姐说的，她就笑说："我也会钓，可以一起去。"他笑着答应了。他一直咳，一直咳。

湘鄂一带夜里多瘴疠之气。他在这里经常要随着大队走，勘察地形，人手不够也凑上去拿担子挑河泥上岸。农忙时又要跑回来，夜路走得多，生了肺病，想着年轻，熬熬就过去了。只是咳，一做重活就要受刺激咳起来。自己去医院看了看，买了一点药，没敢按照医生的意思买，要照那个吃法吃半年，准把身体吃残了不可。此后就时好时坏，也没熬成个好。大姑娘来看他，吓了一跳，赶紧再找个医生来，说是富贵病，要慢慢调养。此后便送饭来，替他洗洗衣服，做做小事。有时候一天要送几回，不是忘了这个就是忘了那个，总送不完似的，似断还续。忙的时候便让二妹来，她也只有寒暑假来的次数多些。等到她来的时候，他总是把衣服先洗好了。其实二姑娘即便来了，也不在他这里的时候多。她就在那条河里坐在小木头船舱里，去找秋菱。他从大队回来，无论如何都要从河边走过。她总穿她母亲的布的旧衣服，那宽大衣服就有种肥衣朴素，袖子口因为太大便一直卷到臂端。伸出一大段白色的弱腕去够那菱，那双手在水里泡着，连那秋水也有了明朗之气。扁平而淡薄的胸骨硌在船舷上，时间久了，那一定很不舒服。西方的小说中那些赤诚的西方少女，一片热情，然而她是东方式的，有少女时代特有的无邪的淡淡的情味。

他问："菱长得很大了吗？"

她回过头来说："不知道呀，我先找找看。"

"你怎么想起来找这个吃的？你喜欢吃？"

"我以前经常找呀。"

他跟她也说普通话，但是不知道为什么，不管说什么，一用普通话来表达就显得隔碍，怎么也打不到里面去。湖北话他又听不大懂，又不太愿意学。她吃力地把一片片锯齿边的菱叶子整大块地翻过来，看了一眼，吊着姜牙似的嫩菱她只摘几个下来，皮很薄，就用指甲剔去菱皮直接吃。不像老菱，菱壳嚼不烂，煮熟了好吃。她拽住水草，把船一路牵过去，这样从头找到尾。慢慢地连船带人也就看不到了。

他头上是一大块的天空，到处都有这样的一块一块的天空。淹淹缠缠地病了这么长时间，人也疏懒起来。头发长得自成一个什么发型，往那树上独倚，便有几分女性的翩跹。他把顾长的手指搠开来放在老树皮上，骨节分明，慢慢让那手滑下去一点，再滑下去一点。她人还没回来，回来就一定会看到他这扶病的模样了。水域里有大片大片的水花生，那淡白的花在绿丛中几乎不被人看见。但是一旦看到了，就觉得非常好看。船转回来了，她站起来把手上的水渍甩了甩，搴帘挂钩，把那溜下来的长刘海挂到耳后。篾竹篮子悬在臂上，把秋菱上的水沥干。他上去把那篮子接过来，让她去厨房坐坐。但是两人坐在那厨房里的客厅久了，他就感到踧踖，不为别的，他比她大几岁，那种说话的氛围永远是那样，关切不关己的。时间一长，沉默的时间一多，她自然就要走了。

"家里两袋黄豆都筛过了？"

"筛过了。"

"谁来筛的？"

"姐姐跟妈一起筛的，爸前几天跑船去了。"

"什么时候回来？你姐姐也没跟我说。"

"家里的事情总该做完了，爸爸才出去的。只有一些小事在那里。"她手里把篮子里的菱来回翻着，看看大小如何。

她四周望了望，站起来拿了个空碗来，拣下许多大些的菱留给他吃。她要预备离开了。他站起来忙笑说："我不会吃这个。"

"怕拉嘴?"她问,"野菱就是菱角硬。要煮一煮才好吃。"她要替他煮好了来,他倒觉得这一说像是要挽留她,非常地窘迫,只一味地推辞。好像也是拉长了时间一样。她停思了半晌,歪着头问他家乡那边有没有,但是也是多心怕一问而提醒他什么似的,他万一想起来了,就要留不住这个姐夫了。她只是觉得眼前这个人跟她姐姐结婚是很合适的。他在那吃着,半天也吃不到一个完整的,索性把那菱放在嘴里嚼,更是肉壳不分,只有一阵涩涩的水腥气。也许是她这个年纪的女孩都这样,喜欢一个人,她哪里就知道了呢,现在看着眼前这个人是蛮好,年纪大了就又不同了。他把嘴里的菱渣往外面一吐,也不觉得那苦涩的菱壳有多么难吃。

他有时候也见她在远处的田坡上找荠菜,做荠菜团子;在别的河里拔芦蒿;收她爸爸在水里放了几天的罾。她非常热衷于自然里的这点有趣的食物。她看见了,就笑说:"怎么在这里看到你的?"他也觉得没有这么巧过。匆匆的口边的一句话,心里就有种荡气回肠。以前在同一个屋檐下,总想着要赶快离开,凡事想着避让,那些个时日,几乎没有一点印象。是那样可惜。有时候她姐姐跟她一起来,姊妹俩说着湖北话,说说笑笑,他听着就觉得离她是非常远非常远了,远在了另外一个人群里。这个世界上除了他们两个人,还有许许多多的其他人。倘使把她放到人群里,他这边就是他自己一个人。

她升到高中第一年后就没再读下去,一方面也是程度深,有点吃力,跟不上去。那时候的人辍学本来也是常事,说不上就不上。他觉得现在是看不出来,世道不会一直这么差下去,以后总会好的,到那时就看出来了。她父亲托人让她跟人先去做学徒,后来又到一家布厂里织布。因为看她有些文化程度,就让她做了车间的勤务人员。

他肺病彻底好了后就跟她姐姐结了婚。婚后两年，她也就结婚了。丈夫是那抓小蟹的年轻人。也是她姑姑那边做的媒，她姑姑在布厂里做织布工，他爸爸正好是布厂车间主任，也许是留意了许多年，听她家有个侄女，她一来就敲定她了。

先是走的一段水路，是轿船，早早就在码头这边等了。他总是隔着人群在一边，有人喊："泗吟，看不到你的人！"他听到有人喊自己，心里憬然一震，走过去胡乱应付一会，就又到别处去。轿船到的时候，她就让人背着坐上旱路的花轿。化了妆，因为又戴着许多头饰，实在不大看得出来就是她。如果是她，也已经两样。已经长成这么成熟了，打扮起来眉目也是画上去的，也喜欢这种入时的颜色深浅。是四个年轻的小伙子抬，其中也有本家亲戚。照例要捉弄一下新娘子，于是海浪一样地上下颠跌。她人又不重，所以颠起来就像是里面没坐人一样。新娘子硬是不喷声，四肢抵着轿子的四个角，也是说新娘子没过门开口说话不吉利。他看着那轿子颠得实在厉害，为什么不出声，即使是不吉利的。她这认真地看待，仿佛是很心甘情愿的。现在她的感情可靠了。他自己也是心甘情愿的，要是不情愿，那肺病怎么就不病上个两三年？甚至于觉得当初自己没有离开，是"因为你的原因"，他这种想法也真是幼稚。他自己比谁都清楚明白，即使就是再给他三年五年，结果都是一样。那点卑微的美丽的心事。

新娘新郎的酒席上挂着两只大红灯笼，照得那桌一片红海，照得新娘新郎看起来都长的差不多，所有人都长的差不多，像是一桌人都在那结婚。坐在一边的那个捉蟹的青年，他看着他，想想后来见过几次，因为不是一个生产队里的，所以碰见的次数也很少，只来这里玩过，他都没有怎么注意。这一次结婚，他依稀想起来以前的许多事。那时真是一点也看不出来，哪里就想到了呢？就是想到了，他也不会把她抢过来。倒是大姑娘在屋前屋后地忙，他被人拖上去要跟二姑娘闹，也是一个说法，说姐夫喜欢小姨，说起来不为奇。两人往那一站也像一对新人，他们那些闹的人就是觉得要越像越好。但是不知道为什么没有闹起来。是他的小孩子坐在那里哭了，伸出双手要人抱，找不到爸爸妈妈，他赶忙下去哄他。

现在他的口音也一部分自然地同化，他便也跟她说湖北话。他把她当妹妹看。他看到有船到汉口去，总要问声看看，船走了，他在那里看看那水面，总还没看多远，就只有一条昏线横在那里。也许追着那条线，去了汉口就有些不一样吧。可是，人生已经过下来了，经历过了饥荒时期，自己活了下来，有儿有女，照理是要感激的。

二〇一六年七月完
2016 年 12 月刊载《钟山》6 期头条

华 灯

起初广东的猪肝跟白米煮的猪肝粥崔吉甫很是吃不惯,虽然早先听崔长海说过这边菜的做法是杂五杂六。"他们吃青虫,青虫你们没吃过罢。也吃蛇,啊,你们是没看见过,那蛇剁了许多截,还在案板上动。"他竖起第二个手指模仿给他们看,"竟吃蛇吗?"他们望着他。他便笑了起来。崔吉甫跟他来广东的深圳后日就是半载,人也跟着瘦损大半,倘使继续这样瘦下去,就要死在这里了。

他坐在那里用左手圈一圈右手的手腕,不盈一握,索性就那么微骨苍冷地垂空着,把手掌反掀过去,目昏思寐,那下颌便疏疏地往上一搁,时间长了似乎是盹着了。他也不嫌热,窗外汹汹的白亮的太阳把他射出来一条娉婷的影子来。深圳的太阳是黄沙上面的太阳,并没有蝉的"吱吱——吱!",只有绿杨满树的静静的戟愣愣的大叶子。

老板人今天不在,大门黑洞洞地张着,他坐在那里偷懒。办公室里的电话响了起来,一连串金属的铃声催着人,金属的小铁片刮着玻璃,简直一刻也不能使人忍耐。他勉为其难地去拿起听筒问了声好。"吉甫,你是吉甫吗?你是崔吉甫!"电话那边哇啦哇啦叫着。是他家里打来的。家里等闲不打来一个电话,因为不知道往哪打。一向都是他打到吉良家里去,让吉良的小女儿去喊他的妻来听。他知道不好。"你爸爸昨天死了。"他大嫂告诉他，她急得把电话打到了办公室里。他父亲病中延年，她付出了很多努力挽救他的生命，熬汤请药，用滚烫的毛巾每天把他的脸狠狠地擦了又擦。"牛奶成箱地买给他喝，哪一顿不单独地为他做点菜，把他当个菩萨供在那里也没有用。"她叽里咕噜，并不高声。牛奶是个稀奇食物。他想起她那脸气起来就往后缩着点。她自己去河边，双脚陷在淤泥里捉几只鳖，用蛤蟆钓几只虾子，垂死的人，要什么得给他什么。也难怪她气，气，实在该气！但这里面情况似乎有点不同。大家以为他年纪大，担不起那开刀的风险，默契地只一致愿意花点钱在吃的上面。小孩子有时嘴馋起来，摸墙摸壁，到他的卧室去拿牛奶，拿饼干，用手捏住虾须从碗里油滴滴地拖出来。

她只告诉他爸爸死了，其余没说什么。那等同于是通知他要他拿主意回去。

一大家子的至亲骨肉团团圆圆地坐定在圆桌前酌商着许多事情。其中有一件就是问代表他在此列的他的妻陆梁娥，他到底要不要回来，然而听着那意思就好像当面问着他本人似的。他的妻，一只手指头点着腮，凹下去的酒窝便代表了她实际的一点思考，本来也没有她思考的余地的。在这样的场合下，他们叉着阔膀子，把脸别着，防着她们插嘴。她们就在他们别着的脸外嘀啾，向来跟他们的说话是当面锣对面鼓地平行下去的，互不干扰。她的声音要比别人高出许多，才会引起注意："要他回来？他才出去多少时候？我们家情况你们也是知道的，结婚分家的时候，连只凳子都是自己打的。"他们家是穷，一点根底也没有，别人家也一样穷，没有法子"具体问题具体分析"，所以也不觉得是何等的悲哀。究竟是一样事情三家摊派，折中让崔吉甫剪一绺头发寄了来烧去化成灰。他的头发又早推成了寸板，深圳这边的天单只是异于别处的热。想来想去只好剪去了便于工作的十只指头的指甲，也算是身体发肤了。怎么不早告诉他？都怪他的妻。事实是早告诉他两天，那也除非是坐飞机回去，那费用恰是这半年来的所有积蓄，早晓得如此，可见一开始在家那倒又好了，一大家子的人也能够渡口气给他。分居后只更往穷途末路上走。现在好了！他的妻扬着粗眉，一手握成拳头抵着腰"一拳拄定"，远远地霸占在门口，要他跟崔长海出去。因为崔长海在深圳的几年已渐渐阔起来，她就看见了他们的一点风光。结婚也不算长，一点也不体谅人。他这样牵丝引线地找出许多理由来证明他为什么要回去。可是越是这样想，倒越是觉得难过，因为他根本就是回不去的。

"崔吉甫，来，把你脚前的铁车拉过来。"他站起来先去把车上的铁架子一只只抛在别处，架子豁朗朗地响。

"小崔，做事不能这样的。你知道我以前在香港，隔着层玻璃就是我们主管办公室，在他的治下，要是地上的一粒钉没捡起来，你是要被批评的。"

他只觉得机锋似的驴头不对马嘴。他笑着不喷声，只说："我并没有一粒钉没有捡起来过。"

"年轻人做事不要急躁，你这一急，事情做不好，还要去重做。"他只在那里笑，只有一种忧惧。他还在那里说他的坏。

"那，我说话小崔又不相信了。年纪轻轻就不信人，小崔主意大着呢，我们是老了，小崔将来是要做老板的人，是看不上我们的了。"崔吉甫极力辩解，说来说去却也好像只张嘴沉默。

他们中立刻就有人依了这气势问："上午我叫你，你怎么一声不睬？！"

"上午？我并没有听见，我今天身上不大自在。你是在这里叫我的吗？"他手指着。

他们且不答，只把眼睛伸到他脸上一看相，说："是比先前瘦些了，可你就是天天三担六斗米也不会养活得像崔长海。"

"猪肝最是滋补的，哪里就会瘦！"众人站在那里都一齐笑了，脸上的汗从纹路里流下来。他们中有个胖子，比先前更胖了些，颈项的横肉因为堆褶着，那脖子的一圈颜色就要比别处深。

"吃不惯！"他只这样说。像只担着惊的鸡来不及地护命，别人手执刀来追杀，他就往地上抿起厚翅窝着头。做人做事这样不得人心，被老板听见去，马上就会找个机会辞歇他了。他的手指被铁框的尖角划破，温热的红粉可爱的一点心血简直不像是他自己的，又有点可惜，他把破指埋在拳头里止住血。

他们让他去把别的车推过来。

挨到了下班，太阳也已经落到了西楼的西窗外的西山。自然就是要去吃饭，他也就自然跟着人潮去食堂。稀释过的早上剩余的半桶猪肝粥可以作一样汤。他们的宿舍不知道从哪里征辟得来，需要穿过中间一段荒烟蔓草。毁弃的长砖碎石子堆成长陂，夹着几处洼塘，塘里的黑水似乎从没干涸过，仿佛快要干了，又下些雨下来，把那地下的土都快腌烂了。前面是机械咕咚咕咚地砸过来砸过去，因为是近郊区，连路造得都比市中心宽绰有余。空中只有些纤翳的晚意，而那大路上的大灯就已经大亮起来，煌煌地泛起了夜，到了那背面只剩一点毫芒似的青黎的幽影，往里看，很深很深似的，仿佛也并没有这点光，只越显得黑。

他跟崔长海一个宿舍，吃过饭就要自然地要乘着人潮去洗澡，他人不在，大概是抢位置去了，他懒得去抢。他出去打了个电话给他的妻陆梁娥，刚说了几句就笑着问："这次家里来了多少人？"她说赵有珍有一大家子，李德茂只一个人来，吴素荣家来了两个……席开八桌。她想起来告诉他那位许多年不见的杭州的姑姑也来了。他只记得那位姑姑年轻时长得好看，待他也并没有什么特别的地方，甚至稍稍有点看不起他。他常常饿着肚子蹲在那里把浑身晒得暖烘烘的。但那时间太长了，她一定也动起旧念问他怎么不在。本来许久不见面的熟人，一旦落在故人堆里都是点水蜻蜓，打着纱翅到处只停歇一阵，温故而知新；不论是愉快的，不愉快的，说起来都带笑互指当时怎样当时怎样。他一定找两把椅子让人家坐定下来的，因为怕人久等不耐，仓促地找来两只别人用过的杯子，利用里面的残茶把杯身荡一荡，不甚讲究地从盘子里随手抓来一把腊掉的花生。他找出些来过去的事来说，一件件过往的憾事对方不及道出个中原委，吹开杯口的茶雾，"言未发而哀乐具乎其前"，他就有种悲剧的喜感，一张脸沉在碾碎了太阳金的旧空气里，什么都能够说得。谈到他爸爸的过去，他爸爸的死，手来回地搓着膝盖，慰老怜贫地："岁数大了，人到时候了。"——阎王要人三更死，定不留人到五更，于是听者也伤怀。接由着那杯子想到家里怎么连一套像样的茶具都没有，实在可恶，他皱了皱眉。那假皮沙发裂了很多道口子，也实在可恶。回去第一件要紧的事就是买套全瓷茶具，再做件沙发套子。

今天是最后一天，客人大散，那里一定忙作一团，妇人们的臂上搭着一叠红手巾，全凭感觉逮住人就散，唯恐漏掉一个，散散就把人提到一边说几句话，找袋子给客人装孝布，装装就又去归叠碗筷……不一定就能够发现这些小气的、不如意的地方。但是他还是觉得一刻也不能耽误，赌气地对他的妻说："这次回去别的事都不做，把家里的不锈钢茶杯换了，再买匹布做个沙发套子。"她说："你可是发什么痴，那皮沙发都是许多年的了，人穿的衣裳都买不周全，你还要买布做沙发套子？！"她又惊又气。她在那边掉头不知答应了谁一声，有人叫她，他便喊："梁娥——梁娥还在吗——"，那边没有应，他就把电话挂掉了。才吃完晚饭他就已经觉得空心饿肚，一盆热水浇在冷石上，觉也不

史 诗 |

觉得。热水是用脚踏住踏板踏出来的，是女式的浴室。他们一拨人洗完后，哪里还有热水，踩了好几脚，只沙哑地滴了几滴，像一个重感冒的病人。他就用只胶木桶诚诚心心爬了几层楼从厨房打了一桶来。这一来似乎真饿了。

深圳是没有鸡啼的，也不知是哪里来的鸡。那也许还是通夜不灭的大灯骗去了它们。他躺在床上凝神谛听，一根长头发丝落下来不知道飘落哪里去了，又因为犹疑的缘故，悠悠忽忽地胖了上来，听得是心惊胆战。门外的一点声音就像被罩着个喇叭似的。崔长海把手抄在口袋里，用脚把门抵开，开了灯，摸了摸浑圆的下巴，看了他一眼，心里想着：这男人瘦来！他醒着也作没醒。那边马上便没有什么动静了，星空被搅成一阵螺旋在屋子里，那鸡啼就被吸收进了螺旋里的心。嘀，睡得比他还快，他是吃得太饱了。吉甫汗都急出来了，可是仍旧闭眼假寐，他又不是那种能够大着胆子半夜彻底清醒着的人。

那崔长海一个人在外面自在为王，惯会使几个钱。平时他出去，他就托他带一包油炸花生米来下饭，长海就有点嫌低搭。店里的熟人还当他嘴馋是为他自己买的，半夜起来兴荒，抓几颗放嘴里。吃倒也不在乎此，咸萝卜干，豆腐乳，不拘什么下酒菜，旁边就应该有只玻璃小酒杯，一杯照吃。他是有那么几次借故说忘记了，只说了几句他请客出去吃的话。他这时候倒觉得是被他看扁了，"我就要你请吗？"

他们常去一家店叫"十方菜馆"，就因为崔长海以前经常去。几家馆子小卖部集中在一个路口，只是一个横着的"T"。抱团取火。客人吃过饭后顺手去隔壁买包烟。仿佛就是种薄利多销与捆绑售卖，也顾不得同行相嫉与否。也是因为在这僻处的缘故，崔吉甫认认真真地徒步四五里去，权当是回去过一趟的。脚下全是光秃秃的柏油路，路外就是泥，寸草不生，不知道是不是被烫死了。

进门的右侧就是长柜台，柜台后总站着一个低头打算盘珠子的女侍应，兼作欢迎客人。崔长海就胡乱吹了几声口哨，渐渐地那口哨听起来已经依稀辨得出是"行不得也哥哥，行不得也哥哥"，客人等得有些时候了，她拎起茶壶替他们去厨房兑了点开水进去，那茶味就很薄了。店里似乎就只有她这么一个女侍应，因为听见厨房里的厨子总不时地回头喊一声："袁传芝啊……"

"王招弟呢，你是新来的?"崔长海歪着头又问，"我先前以为她只是不在。"

"招弟姐回去了呀，她家里有事，都急死了，一定要回去一趟，就把我荐过来。"她偶尔过来他们这一桌，给他们催一下菜。

"原来你也是徐州沛县的!"徐州的沛县大概就只能出王招弟那一类人才。无论是女的五短身材，虽然出身于柴门简陋，上有阿姊，下有小弟，但也不怎么甘心受委屈。照照镜子，七窍也还是流利的，就因为知道自己有点不上品，逆反地尽着用贱价的化妆品，打扮起来也是妖姿冶态，往近了去却有些酸心骇人；还是男的体格停匀，跟着王招弟这样的女人也踏心地居家过日子，吃什么都是几个人一桌，用盆装。夏天就是个西瓜，因为一只西瓜可以切成八块，再来几个也不怕，可以切得再细些就是了。装模作样地忖度着女人们的意思行事，女人们在有人的时候一旦得志，动不动就叱咤一声给脸子看，他抓皮抓肚，涎皮赖脸地打个诨也就过去了。倘使看袁传芝，那绝不是与之为属。没有指甲油，那手是天生的珠圆红润。十指天生的不能够沾阳春水，一沾就要起冻疮印。也许那圆润就是那疮印的余韵，虽然到了夏天，深紫已褪成淡粉红，娇怯的虚浮还在，一碰就破似的。这样的女人通常是很早就甘愿结了婚的，就因为一切是宛转的甘愿，不作他想，所以在旁人眼里也不大近人情。可是因为都在这里，被人叫着袁传芝，看着也只觉得可亲与顺眼。

"我是丰县的。"她笑着说了句，照旧回到柜台后。

"原来你是丰县的！"他回头看着她说，一下子回见柜台上的一只招财猫笑眯眯的，非常得意，他把女人的前世今生都看得很清楚。

冬日里有一次他们去的时候，她在柜台后面厌倦地一手托腮，眼睫毛低垂，大概是只有一只脚站着，身体有些不稳。崔长海不觉一呆，就要走去柜台前拿菜单。菜单盖着脸，眼睛却看见那柜台狭桁间有个木架子，架子上横木为枢，楔在架子两头的环里，那横木上吊着的木笼里头躺个婴儿。这样的女人，他倒也不觉得奇怪。也许，老家那还有一把。孩子因为在陌生的环境里始终睁开眼，仿佛一不小心就要哭出来。她的一只脚就那么搁着，防着。那悬空的笼子来回交叠自摆，这大概也就是说的一个人的浮生若梦罢。他笑着退回位置上去，绝没有招惹的意思。

有客人吃完饭，走到柜台前需要开一张收据，她不会写"瞿"字，随手就写个别的字来音替。客人着急起来："不是这个呀，是瞿秋白的'瞿'呀。"她听完就马上就用笔在纸上快速地画来画去，看看还是不大像，悲哀地笑着递给他看，手指着那字间："是这样吗？"显然是不大会写。客人咯叽咯叽地用上海话在空中比画来比画去，"瞿秋白你竟不认得吗？"她那笑渐渐变得很硬了，也不把笔递过去给他，努力地维持着自尊。孩子哭了起来，她别过脸去冷冷看了眼，神色却还停在账簿上。他倒是把笔抢了过来，一挥而就竟扬长而去。

她过去一臂把他夹起来，一手掀着纸，一时间内外交攻，脸被迫得火烧火辣，仿佛红窗映雪，如果有那么一点萧条的红色的话，也是因为脸色沉下去的缘故。孩子果然一下子哭上了瘾，她只好抱着他到门外来来回回走着。然而透着一排玻璃门，隔着了一段距离，崔吉甫看过去她鼻子是鼻子，眼睛是眼睛，也并没有什么特别之处，也是因为崔长海曾经在背面夸过她。她额下的一双眼睛有点塌到里面去，在他们那里俗称"凹脑子"，说不出来是稚气还是丑相，从那侧面看倒也是曲线的立体的五官，长长的人中往前微微突着点，当然是因为牙齿有点宽的缘故。也还是说不出来到底是美还是不美，模棱两可的。一个女人的色相再好看些就总有不好看的地方罢，再不然就要想到她的品质了，要不然怎么会说"好德如好色"。

他这种对女人的态度，以致崔长海十分阔的时候，他还是羁穷。说他穷，也不竟然罢。他年底回去时手里也把着一叠百元大钞来数着。数完把床垫高高地掀起一角，撇着钱对准巴掌一拍，再放进垫子里去，他就又要想着出去了。因为节省用电，陆梁娥坐在窗户旁拣韭菜的黄叶子，又看不大清，拨来拨去十分地难拣，一双凄清的白骨皑皑的手上沾满了清湿的泥，菜刀的寒刃上也沾满了泥。抹布晾在窗户外，冻得僵硬，被北风一吹，"磕托磕托"地打着窗户。她去外面把它收进来，倒感到那屋里比外面还要黑。小孩子站在黑暗里把桌上的几只空八宝粥瓶子摔倒了又竖起来，偶尔的一点响动都十分惊人。她想着就这么一会儿的工夫，还想着要往外跑。一双手歇下来就急忙高声喊："你先去放两桶水，明天水管子冻起来，没水用。"知道不好，她厉声叫了声崔影："你去看看你爸爸把水放满了没有？"孩子马上跑过去一看，也高声喊："满了！"她不信，跑过去一看，满倒是满了，水龙头没关紧，里头还有水一滴滴地滴在那水面上，像是永夜里的漏声。她眼里忽地涌起一阵寒窑寡妇的悲哀，一时间红了眼，起来一脚先把凳子踢翻。

直到很晚他还是没回来，她心里想着可是被人留住吃晚饭了，等得着实不耐烦。她也不愿意让崔影去喊他回来，仿佛是千

　　　　　　　　　　　　　　　　　　史　诗　｜

里迢迢寄托了人前去打听似的；自己去吧，夫妻两人大晚上往人家一前一后地站着，更是难为情的。那崔影似乎比平时调皮活泼些，晚饭做得也比平时丰盛，她用手指指这个，指指那个，她一一搛给她，又把筷子横过来把她的手一打："样样要人搛，你今天爪子是不能动还是断掉了怎么？"孩子似乎是骇住了，一双手反剪在背面，退到门后赖在墙上不肯出来，只忍着泪把鼻涕往上嗅过来嗅过去。她怎么也不肯出来，她就一把抱起来哄着："哦——哦——不哭，不哭，是谁打我家宝宝的，谁打我家宝宝的，打他！唔，打他！"她伏在她肩上就忽然哇地放声大哭，晚饭也没吃完就在她背上睡着了。她抱得是腰酸背痛，衣服也不替她脱掉，就用床被子笼统地盖在她身上。

到了晚上九点钟听到有人敲门，她故意延挨了好一会儿才把他放进来。

他转身去关门，咕哝了一句："怎么这么久才开门？"她就掉过来搔头顶，说："我心想是谁留你吃晚饭，我们都已经睡着了。"

"是吉良一定要留我吃，我说不吃不吃，家里已经做好了，我动身就要走，把我扮命拦住不放，恨不得要打起架来，酒都替我斟好了。"

他拿了只不锈钢茶杯泡了杯茶，往那沙发上一坐，那破口里的白海绵，无数的被嘴唇包着的小牙齿动起来，他用手指抠进嘴唇里，不一会儿，又站起来在房间里来回踱着。房间显小，来回踱不了几步的，碍三碍四。房间虽然已经被他的妻打扫过了，可是还是显得灰秃秃的。他抬头看见了水晶珠子吊灯，去打开开关，有两只早已是不亮的了。倒又发现了天花板上有一大块霉迹子，他望了又望，问："咦，怎么受潮霉成了这个样子？屋后的冷杉枝丫这回是一定要找个时间锯掉，落了这么些叶子在屋顶上。"她冷着脸翻身向里，不喷一声，心想若要说起来，真是三

华灯

33

天三夜也说不完的，你现在是有点时间就往外跑。他踱到床边弯下腰把头探到崔影脸上，脸向着脸，说："她眉毛长得好看。"他用手指甲去刮刮她的眉毛，她掉头来一把捞住他的衣服："她睡得好好的，你惹她做什么？"他马上装作瘪三的样子，脸隔住被子往她身上一趴，抬起来醉眼蒙眬地说："明天你让她去她自己房间睡。"另外不知道说些什么，只听不见，嗤嗤地。

"咦，你不早点上床睡觉，梦想什么荆州哩！"

然而他并不睁开眼，只把眼皮拉得长而薄地颤动着，是跳动的火苗的尖，期期艾艾。"你——你——你今晚脾气好大！"

过了半晌，他自己爬起来："唔，上床哉！"

他上床且不去睡觉，半弹在床头靠背上把手探到床单底下。他的妻平躺在被窝里，转着眼珠子静静地听，那钱数倒是很快就数完了。他就看了眼睡着了的崔影，捏捏她的脚，又把她的手摸出来跟自己的掌纹比比，发现指头上有三个螺。"你看她有三个螺，一螺拙，二螺巧，三螺四螺把笔算。"小孩子哪里经得起他这么折腾，他见她眼睛一睁，就去把她抱起来，说："会数吗，来，帮爸爸数数，有多少。"小孩子一醒过来就似乎感到热了起来，蹬脚舒臂，"仔细冻着了，过年可吃不了肉了。"她把她两只小手捺在被窝里，她蛮起来跟她母亲角力。她虽然抱怨他把她弄醒了，但也帮着把被头拉拉，用红棉袄兜头兜脸把她半包住让她坐在中间。他闭起眼，皱着眉头，仿佛抱怨起来，说："你不要动，你让她数，你让她数！"他把床头的一只亭亭的梨形钨丝灯的线往这边折了折，那灯仿佛电力不足似的，把新缝的织锦缎被面却也照得洒亮。这暗花织锦缎用作被面现在已经是很稀罕的，冬天若是合着身盖滑不溜秋的，不敢钻进去的，所以也只能作封被。上面的一层层的经纬织水波纹曲线完全开透了似的散开来一朵朵空蒙大花，在这陋室里被衬托得非常熟艳。她两只小手拿着大钱，披着棉袄就那么坐着，脸红红的，佛龛里的踏着祥云的粉彩瓷招财童男童女一样在颧骨上抹了两团红粉，表示多肉多娇："一百，二百，三百……九百，十百，十一百，十二百……"数乱了，聚拢起来又重新数："一百，二百，……"她数的多出来一张。他疑疑惑惑地把身体坐直了，"不对吧？"他又数了一遍，是她数错了，"我说你怎么多数出一张来。"但仍旧笑了起来。陆梁娥也吃吃地笑他疑心重，头一回做了这么多钱，她也非常地高兴。

他想到了明年后年的这个时候，说："你等着瞧罢，明年可比这还要好。"然而过不了几天，他不知道因为什么缘故忽又凄凄凉凉起来，说："唉，我到底再出去一年，我是再也不预备出去了。准备养一百头猪，赶三趟鹅。"放鹅他是老手了，轻车熟路。他忘不了那点安稳的根底，陪他过童年的时候。一只只肥鹅胖鸭左摇右摆，手上擎着个稻草扎的假人捆着赶它们，偶尔停顿下来抽支烟。

他睡得迟，起得却很早，难得在家休息却有起了无限的精力。她在床上提着嗓门喊了声："吉甫啊，吉甫——"只听见门外的一阵寂寥，知道他又跑出去了。这一喊倒是把旁边的小孩子震得哭了起来，哭得是声嘶力竭。她忽然在这个有哭声的酸楚的早晨里清醒地觉得她整个的青春就要这样被误掉了，头脑一阵发昏，心里却非常地平静。也不晓得为什么非要他这个人在这里，想起来也很讨厌。

"这一大早上你上哪去的？"她躺在被窝里问。

"我能到哪里去？我就到吉良那里去看看。"

她一跃身，伸出手去抓住他的头发，说道："你是奔命进棺材哩，你一大早起来就到他家去，他们家的大门上是抹了蜜还是抹了糖的！我说你这一大早到哪里去了，我还当你死在了外面！"

"我去的时候，他们都还没起床。"

"人都还没起床你就去，死人！"她更是气。左一句死人，右一句死人，也不怕个忌讳。孩子的喉咙都快哭破了，她一把又把孩子搂在怀里，用脸温着她的脸，一边威吓一边又问："你要什么，你要什么，唔，你跟妈说，妈马上就给你去买。"不多时，她噙着一泡泪，呜呜地说要一盒子玩具积木。

因为是个短三春，年一过也就到了三月里来，她拿着把扫帚敧在门框外，看着小孩子蹲在地上玩雪。那硬的污雪覆了一丛在墙角，内里是早已被销空的了。他坐在门洞子里，眼皮打起了许多细褶子，披靡着，睁都睁不开来，就是这样也不去打个中觉。用手搓搓脸，搓得红红的，也相当于洗了一把脸。

她也打了个哈欠，眼睛胀得昏昏的，说："今天太阳这样地好，要把几床被子拿出来晒晒的。"她只不动身，他也不动身。因为也觉得一绳子的棉花胎蓬蓬的，更增了这闲庭昼永的怅然与疲倦，使人想起幽屏后的堂深烛暗。

"上次来了多少人的？我听吉良说我那姑妈在这里住了有一个多月？"

她怔了怔，怎么又提起这件事，只想说断："谁承望她来！"

"听说她在吉美家住了半月，又在吉良家住了一段时间。"他又接着把话拉长。

"哪晓得她的。"

"你这话也没跟我说过嘞。"

"这些话谁想得起来要说得。"她不耐烦地冲了他一句。只有他这么个人一遍一遍地往来回味那人多的空气，家庭的空气。她就恨他们家这一点，吉良比他又还要好些，长得就像他们的母亲，吉美也是，至少脾气像，做起事情来口一张手一双。一笔写不出两个"崔"字，独独就他像他的爸爸。

急风惊人，夫妻两人都不由自主往东面看了眼。他们家院子没有关牢，很是写意，就是间小屋挡着，有没有人路过是一望而知的，但还是都有点失望似的收起脖子来。

"你知道深圳有个女人是要跟我回来的，你不知道罢。"当然也很可以不说这话，这时候心里哪里就摆得住话。

"那你怎么不带她回来的？"她笑着问，眼睛却还望着庭院口。

"我是跟崔长海出去吃饭认识的，吃的次数多了，几个人渐渐熟了起来，问你是哪里人，他是哪里人。有一回她就把薪水单子给我看，这个月拿了多少，上个月拿了多少，一目了然。她自己还带着个孩子，说她有丈夫也强如没丈夫的，把钱藏在米缸里都能被他翻出来，防贼一样防着，我说只有千年做贼的，没有千年防贼的。"他说得头头是道。

"后来哩？"她问。她还是去抱了床大被子出来，往那绳上一担，差点拖到了地上，她又梭过去拿了把椅子出来。这一动，她感觉天就有点晚了，就要去做晚饭。其实中饭也才吃过不久，她也跟一般的家庭小妇人一样，一闲下来就只懂得做饭给人吃，且逼着人给吃下去。她还是略住了住，脚底发雾，把棉鞋的后跟踏扁了把脚踩在上面晒太阳。

"咦，你怎么不把她带回来，把我打到冷宫里去？我又不拿刀子跟你兑命。"她笑着又打了个哈欠紧问。

"今天晚上睡觉舒服了，这被子晒了一天了。"

她伸出一只脚来跷在他腿上慢慢地游下去，他把她脚才抬下去，她却又把它放置在他肩膀上用指头刮着点他的耳朵。刮也尽由着她刮，他只把头歪往一边避开，因为眼睛是一点一点地望到回忆里去，脸上有拂着旁边的一只苍蝇的神气："你听我说来——"兴兴隆隆，仿佛"话说……"又回到从前，让听客把那从前以往再默一遍，定下心来。她就是耐不住性子。"我请她吃几次饭，她就在饭桌上不经意地说了句'吉甫，不如今年就跟你回去过年罢'，也不知这话是真还是假，又还是个外地女人。"也就防着他想到这一层，怎样伤人地把薪水拿出来给他看。当然，女人最后大概还是回去跟她的丈夫过活着。

她过去把被子翻过来，她个子矮显得有点吃力。

"你们原来都在家的呀。"有人朝这边走过来高声喊了声，是崔吉美，眼见她过来随手撅了根砖缝里的枯梗衔在嘴里。她牙齿大，似乎嘴唇动起来才可以挡着些。后面还跟了她一个十八岁的儿子景克正。夫妻两人性急忙慌地去倒茶，搬椅子。他一边问："去过吉良那边没有？"

她倚定了门，脚躅在门槛上："刚从那边过来，两口子在家做烧饼吃，也没说几句话，我说我要到吉甫这里来看看。"

"过来叫人！"崔影跑过来喊了声姑妈，表哥。

"到他这一代，算是换代了。"梁娥看着十八岁的景克正比她母亲还高。肉丰于骨的脸上却有一双细眼睛，被人打肿了似的。吉美也笑着把这么大的儿子从头看到脚，把他袖子上不知道哪里蹭得来的灰掸了掸，"在哪里皮了这一身灰！"

墙上的一颗尽日晒着的猪头一劈两半，还在缓缓地被晒着，硬得发白。一只铁钩子穿在猪头的一只眼睛里，钩子把眼睛勾得紧俏俏的，猪脸仿佛还有点笑意，有一种跟熟人借钱的神气，无论说什么都始终保持微笑。她过去把它翻过来仔细望望，笑说："你这猪头今年腌得好，我们那猪肉，石头没有压紧，血水没有挤干净，又放了一遍盐。来动筷子的，哧！简直打死卖盐的！"

景克正空空洞洞高亢地"哼——哼"几声，"我们吃到嘴里的那个咸！要打死卖盐的呃——"末了垫以清楚的"呃"字，拖得奇长，成了呵呵的两声笑。昏头冲脑的，仿佛不太知道"打死卖盐的"究竟是什么意思。一双手在裤子的两只口袋里只闲不住，动来动去地把玩着一只小铜饼弥勒佛。裤管被提得高高的，露出脚踝上一段白净的袜子。也不确定究竟有没有说对，狡黠地扭头就走开了去，把那只弥勒佛拿出来，铜链子匝在一根手指头上吊着引崔影，笑说："我那里还有很多这样的，你要不要去看。"陆梁娥也笑着问："去啊！哥哥那里多呀，去啊！"她望了眼她的母亲，她虽然对她的表哥姑妈并不陌生，但是对于他们住的地方却有种未知的迷茫，因为很少去。

　　那太阳一落下去，简直就是到了夜晚，又因为是冬天，一没有太阳，总像是有点风在刮着人。那天边先抹了一层淡淡的虾子红，再上面是一层烟白，一层雨过天晴，仿佛清冷冷的水里的雨花石上的漪纹，非常地细致清楚。她把门掩起来一扇站到门后，磨了很久了，已经拿到了钱。还是敷衍着站在那里盘弄着辫梢。夫妻两人要留他们母子吃晚饭，他跟他母亲后面学着胡乱推辞。

　　三月里一过，吉甫就被她早早地打发了出去。

　　他一走，这个年才算真正地完，往后的日子简直不能想，日复一日就是个无底洞。她一个人在家静极思动，也想着要出去，那崔影跟着她是饱一顿饿一顿，不上半月光景就像是个野地里的人。她自己也把脚给砸开了一道口子，在家倒歇了有半个多月，缩得再也不肯出去。她的小姊妹们打麻将说谁赢了许多钱谁输了许多钱，她牵着崔影的手混在她们中间仰着头，烟囱似的两只鼻孔俯视着人，冷嘲热讽，说不出来是不屑还是疑问，认定麻将场上无赢家。其实像她们这样的女人出路现在是越来越少，有了出路也还吃不了那种苦，又一心想着赚大钱，到头来只学会了辛苦算计地生活，一面也逼迫着自己的丈夫到处去抓钱。她这才想起他口中的深圳女人是这样的恐怖。并不是忧心忡忡他把她一旦抛撇了去，他哥哥妹妹都在这里，这样的大祸，他不敢闯。不怕他。只是他会在她身上撒多少？每个月的薪水都是有数的，但是零花钱还不是随他指派？管天管地也管不了人穿衣吃饭。女人都是一样的。她想当初嫁给他，万没想到他家是这样的穷。她二十岁做姑娘的时候洗澡水都是她妈打好了伺候着她脱衣服，的确尊贵得很。多洗几次碗都要被人说："姑娘，手泡皱了。"嫁了人，跟自己的男人冒着风雨去大卖场拿杂货摆起地摊倒又没人说了。她看了一眼崔影，登时觉得自己也相当没意思，孩子都已这样大了。她在那里玩积木，把积木砌成一座扁平的小城堡，她拿起一只瓶盖对准那城堡的尖顶一打，积木立刻散作一堆，把孩子都吓死了。待孩子要哭，她又帮着把那城堡搭起来。昏闹了半日，这才起身去做晚饭，拾着一根半湿的柴火去煨那猪头。还有半颗被崔吉甫带到深圳去了。

母子两个迎亮吃晚饭，吃得也向来都比别人家早得多。只吃到半路，那吉良家的孩子崔婕来叫她去听电话。崔婕平时不见则已，这一见来，越发显得"墩厚"，虽是比崔影大三岁，可是看那光景竟然像是大了七八岁的样子，长得是粗枝大叶，一双阔眉悍然地倒插上去，下面的一片嘴唇往外刁俏地抄着点，非常像小姐身边的贪吃丫鬟。她闻到了香气就问："婶婶家里今天做了什么吃的，怎么这样喷香？"把那一双眼睛审来审去。"你不晚来，那猪头还没烂哩！"陆梁娥把她的屁股轻轻一拍，说不出来是恨还是爱。她赌气地跨进菜园里强扭下那瓜顶还有株黄花的黄瓜来。再看看崔影，一缕魂支支离离，平时又不短她吃来短她穿，待她不错了呀。她这样计较着，一双筷头在空中对了她的眼睛："你给我把饭吃完，哪里也不许去，不然一棍打你出去！"她要去接电话，匆匆换了件衣裳跟去了。一时间电话又不得到，她就只好坐在那里等，把一只白腿摆在长凳上弓身抓着。说正在吃饭死人电话就到了。崔吉良坐在旁首捧着饭碗吃细鱼，都是未发育全的鱼的幼仔。一条鞭似的鱼脊软骨沾着许多软刺，嘴里像含了口烫蜡似的，尤是这样，她也听明白他说的话："你大嫂子白不得闲，去河里摸螺蛳，又用辟竹篮子张到这些细鱼，全是些鱼卡。"

"大嫂子狠，什么都能来得，我看见外面晒了有两筛子，她有这个心思哩。我脚是不能下水，这几天脚上的伤口才收合。"

"你要的话，拿一筛子去。"他说。

"我不要，细鱼腥气。"她以为是想跟他要鱼，这是欲取姑予。

"老大，你喜欢吃这鱼呀？"

"你看我几时吃过这样的鱼？你去问声看看，我几时吃过这样的鱼？崔老大我不是那样的人。"他揀起一条丢给蹲在一旁的猫，那猫喵了一声跑过来就吃，他嫌弃地把它一脚踢，"要吃到旁边吃去，吃得脏污邋遢的。"

"我现在早晨醒来别的事没有，家里四张嘴一张，八双手一摊，十六只眼睛就望着你了。"他站起来，四下张望，双掌按住桌面，十分激动，像是随时要把手一抬，掀翻桌子。他的妻在一边用陀螺捻粗线，捻捻，手放在舌头上一点，那线捻得又密又实，上面就全是她的吐沫，但只就把鱼一条条穿起来晒。她紧盯住他，因为可以立刻大喝一声跑过去制止。

梁娥一直不搭话，煽风点火自烧身。她弓着身，眼睛斜溜门外，微笑着。心想你再家计艰辛，也是夫妻一门团圆把得家定。你一个男子汉，算筋算骨，上次脖子一仰朝天喊，要买·百条红手巾散人，大手大脚。让你在人前充好人。临了，多下那么些只在你家做抹布，还好洗脸干什么，也不想着替大家俭省些。钱已经被借完了，再来应酬不起。他知道崔吉甫赚了多少，晓得又怎样？他们也不想想，她的钱是容易得来的吗？自己还没焐热哩。

他见她一句话也不说，没事人似的，装聋作哑。他就差明说跟她要钱了。他气得坐下来不朝她看一眼。

吉甫电话正好也来了，说的也无非都是极平常的几句，单拣那重要的又不及细说，使人着急。她预备让崔影跟她爸爸说几句，可是小孩子却迟迟不来，便骂："统共几口饭，扒到现在还没扒完，也没见过饭这样难吃的。"一面这样说着一面便往回退，不给他机会。

回去她待要发作一顿，却见那崔婕一直跟崔影两个在那里唧唧哝哝，欢声笑语。崔婕早听说崔影新买了一套积木，玩了很久也不肯歇手，便对崔影说景克正告诉她他那里有许多别的式样，就跟先前告诉崔影他那有许多个菩萨坠子一样。

她进了房间坐下来，一手揪住沙发的无数道口子不放，这样毛毛剌剌戳着手，恨不得一把扯烂，倒也快心。天快要下雨了，那天花板上的霉湿气越来越重，心里一阵泛恶，听着也不像是在哭。人都劝她看开点，她也就真的看开了。也不能这样一直哭下去。她渐渐跟那些小姊妹学会了打麻将，赢些小钱（家里的田地早已经荒弃了，那草长得是比稻麦还要繁荣）。每回散场，崔影就问："妈，今儿是赢钱还是输钱？"她只看见钱在桌面上递来递去。她虽然也怕输，牌品却很好，看见有两人靠了电线杆徘徊不去，笼络起来，也就凑齐了那一桌麻将。崔影有时候坐在她后面，别人就说："你看她也认得牌了，牌瘾也大嘤。"她回头看了她一眼，"哼"了声，说："这孩子小小年纪确实懂事，知道把钱当回事。她爸爸是长年不在家，也不知道是谁教她的。"她伸过手去把她的嘴用手揩揩。

孩子一会儿要拉屎，一会儿要溺尿，梁娥不得不打几圈就要下去服侍。妇人心小，老见梁娥赢，大家就摸牌定座位，陆梁娥坐在东边便赢西家，坐在西边便赢东家，又老见她被孩子拖住，大家打得没有什么耐心。"快点，到你了，梁娥。""梁娥，你这把还来不来？"梁娥赶来一手拉孩子，随意打出去一张。大家都知道她有个孩子，也就渐渐不带她了。

梁娥有时备极无聊，抱起她来，把她的衣裳拉一拉，捏住她的鼻孔给她清一清鼻涕，一时间没地方擦，蹭来蹭去最终还是在小孩子的衣裳角上蹭干净了，说："你不是一直要去你表哥那里去？崔婕前几天还问起我来的。"

崔影在景克正的抽屉里看到确实团了几个菩萨在那里，链子绞作一堆，理出来有三五个。但是没看见崔婕说的他告诉她的别的式样的积木。她坐在高椅上含着一颗糖，一会儿调到左边，一会儿调到右边。两脚悬空在那里荡着。景克正坐在床沿上把手支在后面反撑着，看碟片里舞女的唱歌，那影碟机是他母亲跟陆梁娥借的钱新买来的。歌词里说的是她的舞女生涯，罗裙与酒污。画面一转就是她枕在雪腴的臂里屈身在白昼里的床上，床上都是贞洁的白布单、白被套。他欠起身来往前倾着点感到厌倦，低下头来，也不晓得看些什么。他眼睛又小，使人有不可测之感。那无数次的幻想都是没有意义与用处的。女人也并没有睡，也初睡破似的对着窗外的声色犬马——声色犬马的空隙处就被黑夜的黑色填充着。疏懒的头发里做成两缕蜷曲的，从发间垂下来以薄媚，是八九十年代香港女星喜欢的造型。她单手托着只酒杯晃着杯中酒，她就是在家也还是个舞女。歌曲就此处结束了。他去上了趟厕所，下午的五点多钟已经像是个阴天——还是秋天里的，一团团的蠓虫低低地撞着他的手，使人清醒，非常地讨人厌。她看见他进来了，看见玻璃上映的一个惨白点子，幢幢的，因为里面并没有陪衬物，但也有虚伪的边廓，仿佛是个原始的穷野。她高坐在那里被逼近的野兽监视住了。

她说："我怕姑妈。万一被看到怎么办？"

"我把门关起来。"他一阵沉默，在沉默中还带着点威胁。

她想了许多她要什么，要快，在崔婕回来之前。但是她也只能想到目前比较有希望得到的。

"我要买许多动画碟片，我还要这个。"她把那几个菩萨一把抓起来给他看，又让它们从指缝间滑下去。腿劈开来，崴着脚，低头扭捏地等着。他说好。

当然动画碟片也并没有买，那菩萨坠子她拿在手里皮了很多天。渐渐也很乏味。

陆梁娥在麻将桌的桌肚底下倒看见了一条，"咦"了声，想这丫头这样丢三落四的。也是因为心系听牌，并没有立时盘问。四人面前都坎了一排，似乎听得都很大，摸得一张，也并不明看，只手指夹住去反复摩挲那牌的刻印，都是打到深处的惯伎。摸到了就会用膂力往桌上重重一扣——和了！斯文些的女人，把脚颠簸着，俯身详视锅里的牌，要打哪个，要摸哪个，速度很慢。自摸到了只轻巧地翻过来。这次和得大，齐唤赢的一方请客，招来崔影去买东西。那店家上了年纪，少找了一块钱回来，她以为是崔影藏了起来，便打了她一个嘴巴子，"你说不说，说不说，不说我打死你。"她还要抢起板凳来砸她，众人都拦在里面，说："算了，算了，小孩子去买糖吃了。"他们越是这样劝，她偏要她说。崔影因为也不能够明白，长久地立在那里反而有一股安全，看着那许多人围着陆梁娥。

她站起来把牌一推："不来了，不来了！"还没见过她这样打到一半就不来了，一个个也就都索然无味起来，四下里都散了。门外依旧站有几个人在那里看。她推搡着她去店里问，那店家仔细一回忆才知道少找了。她牵牢了她的手，想起来有件事要说："是妈冤枉了你，你以后要仔细。还有那些链子虽然不值钱，你也不能乱丢哇。"崔影说："妈，我知道了。"

"那些是景克正给我的，有一回他上完厕所，要我脱下裤子来。"

陆梁娥停住了，骂了无数个杀千刀的。

"我问你，崔婕有没有？"她问得很快。

"不知道。"她想了一会。

"杀千刀的!"

"崔婕有没有,啊?你告诉妈。"她又问。这次声音明显地温软了下来,内中怀有诱哄的期待。

"有过。"她含糊地朝着那个方向走,使她满意。

"屁呃,你看见过的?"她紧着问,不给她思考的机会。她终于落入了圈套,不会说了。看不出来她信还是不信。为什么选中她?那是注定的。崔婕嘴会吃,应该更容易,但是会吃的嘴当然也敝,年纪又比她大。

那影碟机可以插话筒唱歌,她们后来联袂去的时候老远就听见景克正在房间里唱歌,也不知唱的什么,只惊鸟似的"哇哇"几声,到了房间里更是震耳欲聋,崔婕捂着耳朵作吓死的模样。她仍旧坐在那高椅上笑着看。他把话筒递给她唱,她笑着说不会。他才有了个女朋友,那女人一定要她唱,帮她提着长线,她想来只会一首谣曲,很快地就唱完了,唱完就红着脸把话筒笑着递了过去。她隐约知道这影碟机的钱是跟她家借的,所以也替他们感到高兴似的,是她借给他们用的。

她手背在后面靠着墙把头斜过来问陆梁娥:"他们家的钱什么时候还?"颇有几分李凤姐当垆"我家今天不卖酒"。

陆梁娥因为这样长久地盯梢锅里的牌,渐渐得了近视眼,那程度以等差数列递增下去,倘使每年增加五十度,那也已经过去了有十年。厚厚的小圆镜片迫着她的眼睛,使她的眼睛像水煮过的,无甚精彩。她以前怕她,现在可不同了。然而崔影的一双眼睛还是从前的一双眼睛,蛙眼似的鼓着,仿佛也并没有眼窝,动辄缩到门后,是被骇住了。因此她的十八岁也同样比别人来得晚了些。

"这样的事情你倒又记得这样牢?"

她的人整天在学校里，心里计思着的却是这些。她不禁一阵恐惧。因为她只有她这么一个，那倒也不至于做慈善全捐出去吧。都是她的了，又来得这样容易，她会发了疯似的胡花吗？

　　"我给你下过命了，你今后难！"陆梁娥肥短的下巴嵌在臂弯里，另一只手随意从锅里抓副牌起来，自打自娱。嘴里却还叫着："小茗香呀，小茗香呀！"小茗香一直跟她是牌搭子，这几天都看不到她的人，不像她有这许多时间。她有再多时间也没有用，也没法子变钱，然而她的小半辈子是这样过去的，可是这样地过去也算是很快乐罢。虽然也有一种略似寡妇身份的忧愁与烦恼，但是最难熬的时期都过去了，今后也不会再有了。她的双腿在桌底下参差地荡来荡去。

　　"不是我要管，我不过是提醒你要珍惜你的钱。"崔影仍旧背靠着墙低下头去，小声地说。一条腿弯上去抵住墙，把布鞋的厚底来回摩挲着，可以想象那布的细屑簌簌地掉下来。颈子上套着一个串钥匙的绳圈——因为她的钥匙总是找不到——她把它用嘴衔起来，濡湿的绳子带着点咸味。那钱为什么跟她没关系？反而是他们不拿她的钱当钱，她牺牲了整个童年换来的。

　　陆梁娥跳起来拿了一只麻将牌对她砸了过去，骂道："要你操什么心，你倒是一本清账，我的钱是你管得的吗？我几时亏待过你的？"

　　她木着脸，也不去躲，被她打惯了。那麻将从她头上飞过去。

　　她瘫软下来，用手指着外面，喘着气："你趁早去买几件衣裳穿才是正经，十八岁的姑娘穿得跟个老太太似的。我都不敢跟你出去，真的，我真怕别人会说'你看，她妈穿的都比她女儿好'，冤枉死了人。"

　　崔吉甫坐在客厅里的老板椅上，手拿一只正宗紫砂茶壶就着壶嘴喝茶，听见了这话可有些话要说："孩子说这话也不错，知道钱不容易了。你到爸爸这来。"他就知道打官腔，说些忠厚话。"忠厚乃无用之别名"，他比谁都刻薄。这么些年，她有父亲也相当于没有。

但是现在至少有一样比以前好了，他每次回来不大出去了。也是千年的媳妇熬成婆，在厂里资格也是做老了，已经到了很高的位置。也许是这么些年赚了点钱，避嫌似的。崔长海是早就下了海，凭旧技开了家外贸公司，风头照样无两。

"崔长海说明年在北京开分公司，我倒要去他那去了。"他颇有些为难，一方面也舍不得这用小半辈子熬来的如今的职位，现在重新开始虽说是有个熟人在那里，但现在有的吃有的穿，手里有些可以控制的闲钱，不至于充军充到北京去。

"你怎么倒成了他手底下吃饭的了？"她看也不看他一眼。

"话不是这么说，说是在手底下吃饭，在谁手底下不是吃？偏他崔长海我就吃不得？"他啧啧有声。

"我——我不过养的是个丫头。"

"他崔长海开豪车我走路，他吃山珍海味我吃粥，这总好了吧，咦——"他把脸别得直直的。

她看见他把眼睛皮拉得平薄，看见有血的丝缕，期期艾艾。她忽地笑说："你那位深圳的女人不是替你生了个儿子吗？她怎么没跟你回来？"她又掉过头去笑着对崔影说："你是不知道，你爸年轻的时候在深圳认识了一个女人，连孩子都有了，现被他藏在深圳。他坏吧！"

他像是听了个全新的笑话，他是早就不提了，但是也对她开玩笑地："真有了个弟弟，你要不要？你要不要？"把她当个小孩子看待，她不啧声。当然在她的母亲，倘使有个什么事情与此有关，或想起来，便都要提，版本也不尽相同，也是因为后来那女人没有在他身上捞到什么好处。无论真假，都要愚弄了，抑或什么都是以过去为由，已经与己无干，那便全都没有一些真的可言。至少不在眼前。普通人的幸福大抵如此。否则便连眼前的幸福也都没有了。

二〇一八年四月二十日

2019 年 2 月刊载《钟山》1 期

今 天

　　车像开在水里，冲出一张张水幕——哗！哗！车内放轻音乐，至善至美。空气中像生了苍苔，汩汩地灌进车里，如同古诗里的"烟雨乘凄凉"。朱白罗从来没有这样伤惨过，他是个新都市化了的人，不作兴的。今天，他想到了死亡，但是死去的人要去哪里？他恐惧地想不到，但他自有他的坚强意志。

　　他急切间要找些话跟他的妻说。"现在有几点钟了？"他问，"明天有没有雨，天气预报怎么说？"他的妻潘良娣坐在那里把身体绞过去，圈牢她的孩子，任凭孩子在里头扭来扭去，一面竖起面孔唬她。那小孩子越是毛躁，一会儿揪她脖颈上的肉，一会儿蛮一声，大概心里总也惦记她母亲手里的果冻。良娣从包里拿出果冻，掀开透明包装纸，把果冻上面的甜水咕哑一吸，递与她。小孩子渐渐吃得不像样了，把包装盒咬坏了，良娣低下头去替她吃掉了一些。

　　溽湿燠热的空气一遍一遍鼓击朱白罗的脸，他像是开在刚果森林里的马路拐口，风力总是一变。他只得把车开得更慢些，怕自己的手一个打滑，冲到高坡下面去，甲虫似的掀翻过来，四只轮子在那孤零零地转。

　　今天，他开车去了一趟他父亲的坟地，坟地还在更远的郊区。坟端搭顶清代的"官帽"，是用铁锹在泥地里转个圈挑出来的，现如今已坍塌下去，他重新置换了一顶。

那坟地离他住的地方不算远，中间是一条大路，每有新死了人家，雅马哈便达达地畅开到底朝空中放几声空炮，远远听上去，像活着的人厨房里煮的一锅雪白的稠粥咕嘟咕嘟地冒泡泡。

死去的人去往那坟里？烂成了一泡死水——那窒息的所在。他自己的心也似乎敲了下空格键，空白地跃了过去，呼吸不上来，他从腔子深处大大地挣出一声咳嗽，太阳心"砰"的一声，像有人对准他开了一枪。

"把窗户关上吧。"良娣说。他把音乐调高了许多，高音中还是有种淡淡的四平八稳。他把膀子搁在方向盘上，忍耐地撕去阔嘴上的浮皮，一不小心撕破了，伸出舌头来嗫了嗫，觉得那嘴又热胀了些，延烧到他的耳根后。他浑身有些烫。

他其实可以不用去公司的，向老板请病假，但他不是这样的人。他刚刚是一个部门的主管，他在这家公司里做了许多年，本来临不到他，因为前一任年轻力壮就生了重病，也是拖了很久才死掉。他替补上去。这公司规模虽然不大，但也奇迹般地依持那一代代不同的年轻人轮流更换的当儿而得以残喘至今。白罗手底下也管三五口人，遇到不大听他话的人了，抿了抿嘴唇，仿佛有些扭捏，但也说出这样的话了："这点权力我还是有的。"

他先把妻女挣扎着送回家中。他一开门，正见他母亲从东房间梭到西房间，再从西房间梭到东房间。良娣一手抱着孩子，把果冻搁在桌上，转头就"咦"了声，那果冻的盒早已被她不知摞到什么地方去了。连同废纸箱子踏踏扁，洒上了水，增斤添两地被她卖出去。良娣恶狠狠地告诉了白罗。白罗回到他自己娴熟的家中，置身其中，突然很稀奇似的。那客厅中央一块是空旷的，好像就为着这空旷，那壁角所以堆满了许多灰色。白色的沙发也靠墙放，垫子慵懒地球在沙发缝隙里。沙发的白色吸足了夏天

50

的汽汗水，变成了牙黄色。每次有人坐上去，那靠垫都能够瘫软下来，永远垫好又瘫下来。冰箱一侧贴满了小儿童画纸，时间久了，边缘逐渐模糊起来。什么都是过了许多年的，有气味的，但也说不上是什么难闻的气味。

"上次也是的，湿巾给孩子用过了，留到下次用，"她告诉他，他会告诉他母亲的，而且比她告诉她要中用。"把小孩的尿当肥浇花，天天浇，花全都烧死了！"他听见她嗡嗡的，她发脾气向来是把脸一正，紫阴阴的，"一个歹毒的妇人"仿佛说的就是她。他仿佛大难不死似的，在这活了许多年的时空里，安稳而奇异地重新审视她。

他曾经在一天中相了八个人，最后一个是她，那么就是她了吧。他那时业已到了危险的境地。他母亲发了疯似的使自己的头发变白，在洗衣服时往往要河水深处爬去。他平复心情，他的过去回忆起来也非得要有这样的耐心不可，方能细细体味那悠长的悲哀。他耐住性子活下去，也这样过来了，回忆起来尽是这样的伤心，仿佛那是真的伤惨了。潘良娣的小个子仅到他的肩膀，长的不算难看，眼睛塌下去一点，一看人，眼皮打了许多褶子，仿佛千斤重似的抬不起来。是个女人，他有个模糊的印象。他也曾积极乐观地在她身上要新发现优点，以此安慰当初自己的运气不算太坏。可是既然已经娶了她，那样的积极乐观无疑是给自己添上许多麻烦，因为在这其中，还得要固执地编些借口来做些妥协。

他有次确乎很感动。家里停电，她自己一个人大着肚子摸黑撸完澡。她洗完后头发没来得及梳，结成一绺绺挂搭下来，很像因为没有人给她送伞而平白无故地淋了一场大白雨。衫子贴在她的大肚子上，连她肚子里的小孩也要冰着了似的。她知道这一幕被他看见了，不放心地替自己辩解："哎，趁现在没有人，我先把澡洗了。"她不愿说是因为家里人多，一个个非要赖到最后抢着洗，她只好摸黑先洗完。

她娘家先后来了两个弟弟，有一个是她的表弟，往他这一搭就是半载。小孩子长得像她娘家那边的人，细小的五官，过于流离缥缈，与她浏亮的哭声，焦躁的动作，简直不大协调。孩子一出生，在与孩子及他母亲的周旋中，良娣一下子有了自信，插嘴撂舌，也欺负他，使他自己在委屈中也把自己惯得不像样。他的车就是在那时买的，直到现在每个月还在还着车贷。他早就想买了，不过苦于没太多钱。

两个小舅子关起房门来，里头传来几声欢声笑语。两人就像长在床上似的。他皱了皱眉头，要是在昨天，他就要开门站在门口说他们几句，但在今天，随他们去吧。他坐在沙发上刚闭了眼就被他母亲催逼着站起来去吃早饭。

新做的包子闷在锅里已经焖老了。他把包子里头的一团菜肉疙瘩和在白粥里，粥汤浮着闪亮的猪油，新粥汤被这么一糟蹋，一下子变得稀薄起来。他一塌糊涂地吃下去。这村俗的吃相！自打他杀进城里混饭吃就改了过来，菜是菜，粥是粥。现在，他就非常地想要邋遢。

窗台外面晒着一篓萝卜干，篓子挂在竹竿上，竹竿一头担在别户的窗台上。他母亲爬到桌子上支持着把萝卜干一条条掀过来。她因为怕跌下去，像马爬。早上八点钟了，那太阳还没有到她这边。她也实在没别的事情可做，她在她自己的一亩三分地里精耕细耘。她以前常劝良娣再生一个给她带。她是一个仓黑的小妇人，略带些口臭。她仿佛太久没人跟她说话，吐沫憋在嘴里，像早晨刚睡醒来。朱白罗朝她撅起的大屁股看了一眼，想滑稽地在她的屁股上打一拳，无缘无故地。他站了站，也就出去了。

他没有开车，预备打车去公司。不知怎么的，他觉得今天大概一定会出什么意外。他刚出单元大门，潘良娣就站在窗口关照他晚上回来捉空绕到超市买几筒面，"也不知道是不是风吹着了，还是刚才早上小丫头拳头打的，她细拳头又重，吃点容易消化的。"她一面揉着自己的胸脯子，一面说。外面风大，吹乱头发盖了他一脸，想要答应她一声他都觉困难，究竟不去理会，便仓促上了车。车辗转向前开，他跟那司机一路从容攀谈。尤其是在等红绿灯，他觉得可以好好与他说几句话。

"司机先生是本地人？"

"我啊，我是外地人。"

"那您是在这安家了？"

"我是租房住的，一直租房，有十年喽。"

他与这司机一问一答，司机说的也是他自己的难处，仿佛这对他也就是一种安慰。然而他迟到了十分钟。

今天公司开例会，他并没有冒冒失失地闯进去。迟就迟些吧，况且今天他隐约觉得自己跟平时两样些，他担心他在众目睽睽之下会说出什么丧气话。

办公室里只有他一个人，在公共场合，他一个人的时候，站在窗户前总有这么个习惯，一只手捏成拳头抵住腰，用手托住，仿佛体力不支，这使得肚子腆出去老远。也使得他的体相格外明显。他从正面看体格匀称，并没有中年发福的迹象，只一张阔嘴占据了半张脸，促使额头狭窄，贼头贼脑；若从侧面看，却是个结实的胖子。扁扁的皮鞋尖从肥绰的裤脚下畏葸地探出一截子来，像被一个沉重的人踏得吱吱呀呀的木板楼梯一样，非常艰难。

会议结束，开会的人窃窃私语地路过他办公室门口，一阵哄闹，他醒悟了过来，拨开人群，跌跌绊绊直向老板走去，他寻了件事向他请示，一定要向他请示。他今天没有去开会，他恐怕要误会了。老板正跟别的人讲话，白罗不便插嘴，候立一边。因为也是下意识地觉得他自己的嘴大，他隔段时间就把自己的嘴抿起来，抿得红彤彤的，好像又胀大了许多，像被人打了个嘴巴子。他们谈话的时间太长，两人偶尔直眼看他那么一下，若有若无的。他站在那里的时间太长了，绷在那里努力地想要从他们口中要听到一点好笑的事情，使自己笑起来，做出点动静，然而他并没有听到。

"你可有什么事？"老板端着水晶茶杯问，笔挺的裤子直过了头，往里瘪，像当着时代的风口站住。

白罗大致快速地把事情原委复述一遍。"咦，这不是昨天在会上商议过了吗，那么就按照商议过的去做吧。"白罗待要辩驳几句来作些弥补，"你听我说！"他喝断他一声，白罗立马把自己的腴嘴抿回去，被当面呵斥，越发觉得自己的嘴阔，简直招人厌。

他坐在自己位置上，空空洞洞的，一时没了主意。他坐在办公室发呆是不能够被别人看见闲坐着又有的说了，也不像话。而且这老板会忽然地把他们办公室门一开，装作找他们办公室里的哪一个人，看人不在，旋又把门关上。这使得人转过眼睛去努力地逼视他，仿佛这样就可以防止他看到别处。今天，老板似乎对自己也不满意。方才他看自己，被无缘无故以那种口气对待，使他很不受用。他用一只手刮下颌，发出"喊嚓喊嚓"的声音，撑着两条眉，挑中桌子上一盆植物。那植物的叶子一对对开到最里面，雀舌似的里面最柔软的一片，外面的一片大叶子却断了。他剪一段胶带绕一圈粘牢，贴上小标签，上面写上"禁止手触"四个字。叶子颤颤巍巍，他用一只手指托住叶尖端详了会，防止它断然地垂下去，像托着一个女人的下巴。他还把一大盆吊兰分拨几株，用矿泉水瓶子装起来，四只柜子的顶角各放一只。他发现那植物已经很久没有照过太阳，他马上要把它搬到外面去。

他的老板正往这边走，他看了白罗一眼，笑说："把花拿出去晒的。"白罗听得心惊肉跳，一路赔笑，算是答应，他跟他走在狭长的走廊上，只觉得无地可容身。一走完这狭窄的地方，他脸上挂着笑容，端着瓦盆小步趋到对过的一栋楼里去，只要离他远远的。他像只麻雀乱撞进一间房，这间房对外开两扇窗，茶褐色的玻璃，从外向里看不大看仔细里头的情形。而外面凶亮的太阳贴在玻璃上，从里向外看却是静荡荡，灰扑扑，到处在下雨似的剥落而凌乱。白罗受了这许多吓。

他精疲力尽，看瓦盆里的绿植，瞳孔在放大，看走了眼，觉得那绿蠕蠕地要爬上他的身。他回回神，把植物往那一丢，径往办公室走去。

"今天早晨会上，老板可说我什么了没有？"他一手撑在门框上，歪过脸来问他的助手。他的助手王有志坐在里头的办公桌前，把肘子架在桌上。他长着一只紧致的三角形下巴，支在手指做成的叉子上。

"我不知道，"他放下手来。"我不知道，"很快地又一声，"我也没有接到通知呀，照理，像这样的会，我们也是要去开一开的，有什么事我们都清楚，对不对？你说他传，就把一些重要的事情说漏掉了，最后要是担干系，追究起来怪谁呢？"一面说一面对着别人挤眼睛，话里有话。

"朱经理今天没去开会吗？怎么你竟不知道吗？"他诧异地问。白罗在门口站了会儿，手指头在门框上乱弹。

那王有志又点头拨脑地说了几句，白罗怔怔地看着窗外，心里究竟不敢大意，去别处问了问，得知老板在会议上没说他什么，反倒把心一宽，想起昨天的事情来，着实紧锣密鼓忙了好一阵才歇下来。

因为今天发薪水，女人们下午在里面的办公室业已聚了几回，你来我往，秘密打听各自发了多少，这些早都知道的，可是女人们还是要把它当个秘密看待。打听下来要是比自己的多，埋怨自己的那一份不够花，要是比自己的少，就更要埋怨自己的钱不知道花到哪里去了。王有志坐在她们中间，望望她，再望望你，笑嘻嘻的，插几句嘴表示赞同，帮着她们埋怨。桌子上有一包拆封的零食，"这是你们买的吗？唔，是什么东西？"他翘着指头伸进去拿一个放进自己嘴里，一往一还，一往一还。有个女人告诉他不是她们买的，"要我说，这么香的东西，小孩子吃了哪里还吃得下饭！"顺而藏之，像只大老鼠。

他的一举一动尽在白罗眼皮子底下。白罗看得是咬牙切齿，他一恨他的升斗细民模样，二恨他明明想要吃却还要找上这许多借口。他也是这大半日担惊受怕，实在是生气，他一面寻计要安排些事给这王有志，他要小小地报复下这不可理喻的世界，在他的权力范围内。

"我这儿是有件事要吩咐你，你今天恐怕得要出趟远门。"他开玩笑地说，撺掇着。他因为也是被吩咐惯了，吩咐起别人来反倒觉得别人不会答应似的。

"怎么去，自己坐车去？"王有志反问，公司报销费非常有限，一不小心就要自己倒贴进去。

"自己开车去还有捷径可走，那还快些，说不定今天去今天回。当然了，要是公司的车已经有人预约，那也只好坐大巴去，不过快慢我不敢下保证。还有一件，我走后，这手上原先的事情还烦请朱经理另外安排人去。"几乎是偷偷地在耳边絮叨，像杨絮在眼前飘浮，疑心可是吸到了人肺里，使人毛躁。

"这个倒也用不着你来操心，我自会有安排。"朱白罗在纸上三画两绕签完名字，抬眼皱着眉望了他一眼。王有志被他这一望，嘴里尤自叽里咕噜："这也用不着我们来操心，只不过，在这种事情上我们不知道吃了多少亏，如果这些事情处处要向您报告，要您来盯着，这话也不是这等说了。"说完，便对着办公室其他的人把颈子一缩，作出"啊哟，我怕得哦——"的模样。

我怕你呀？他是新晋拆迁户，手里捏着几套房子，想到将来有一天全部出租或卖与别人，便也陡然起了胆色。朱白罗在办公室里闲了半日，又不能够太闲，便与其他的女人兜兜搭搭，说了几句玩笑话，手上还拿着刚才那签字的纸，一面留心门外，也就把这两三个小时混过去了。

他觑眼见老板从办公室走了出来，他跑过去借机与他说几句话，好让他看见。他即便下班，也要挨半个钟头再走，孜孜矻矻，生怕被人说走在老板前头，不识抬举。他一路走得匆忙，白罗预备还要没话找些话说，但有些跟不上，也就不跟了。

他转回车场去，眼睛扫视一遍，走过了一辆面包车、两辆重型卡车，走过大门，越走越快，跑过了公交站台，溜下去老远，全都没有发现。不，他今天没开车，他想起来了，今天为什么没有开车，他是自己打车来的。他怕出意外，今天，他就怕出意外。他怕死去。他纤徐地吐出一口气，嘟噜嘴，两片嘴唇颤抖不住。人死了要到什么地方去呢？他想到他的孩子也要死的，说不定还会横死在他前头哩！城市的晚风吹掠他的衣襟，一阵萧条。他站了半天，也不知道做什么了。想起来要去找家酒馆喝酒，但这在他原是件稀有的事情，下班不回去，难得的，况而逗留在酒馆喝酒。可是这等地方哪有一个中年人可以去的酒馆，都是些年轻人的吃食店，寿司、奶茶店，简易的，便宜的，一间间挤挤挨挨，童话中的小屋子一样。有许多黄绿色的装潢——年轻人真好，可是一个人不管多么年轻，终于是要死去的。关于死去，他也反复地只能够想到这些。除了他感到自己的一点紧张，外面的世界像个空柱子，风一吹才嘤嘤地响，那是他自己紧张的太阳心。

　　他要拼车去一家小餐厅喝酒，他踉跄地进了门。他一转眼就瞥见两个瓷做的女人在柜台后面木质的格子里，无面目，一红一黑，一只琵琶大腿半蹲半就。那大腿上的肉展开来，故也特别丰肥，有纯粹的粗俗感，他直觉地她们是娼妓模样。然而她们的上半身却不合比例地细致，拉长了，一双臂膀向上缭绕，还要向上，烟囱里冒出的一缕青烟，使她们下盘更显得触目可憎，而那有限的空间又使得这样扞格不入，一股烟氤氲不散，仿佛难受的是他。

　　他叫了一大碗猪骨汤，动物的晒干的生殖器。他从那碗里捞出骨头来，只轻轻一吮，那肉就脱落下来。此外便是喝酒。他的及时行乐，他的放肆，也不过是这些普通人的酒肉。他觉得太不能够，他又叫了一瓶酒来，这次要比上次的还要好。这样的小餐厅，再好的酒也不过如此罢。然而小餐厅也有小餐厅的好处，厨子站在灶前，火光映面，鼻子坑坑洼洼。锅里箍了冷水热汽蒸腾，滑腻腻的桌面，用手在上面写大字儿。一盘素炒茄子端上来，里头放的油都比一般地方要多许多。要怎样就怎样。

　　有个女人替他把酒拿来放在他桌上，她话音里有外地的方言。她放下酒就坐在他旁边的桌子上，穿件淡粉红挖领针织衫，像套着只丝袜筒。她脸有两三点雀斑，那雀斑长在颧骨上，成了阴影，总像是红扑扑的，有种原始的健康，像刚从乡下出来。这样的都市里居然也有这等女人？不知道，也许她也是娼妓，白罗马上这样想，这也是一种自我防御。这样的防御是由幻灭一层层积淀，使他在极度疲倦中维持的仅有的敏锐。因为如果是妓，他就可以随心所欲。

　　不多久，他们也就打叠起桌椅。偶尔传来椅腿摩擦瓷砖艰涩的"嘎——"一声，使他心惊，他就要回家去了。他们在另开一桌吃晚饭，似乎是一大家子人。他笑说："不妨碍你们关店门吧？"他们都说不妨碍。他坐在这里的时候太长了，他自己是无家可归的人。太平路四十号倒是有一大家子人呢，他的寡母，他的妻，他的孩子，他的小舅子，都是人生中的至亲骨肉。然而，他不能把他今天所想到的死亡告诉这些人，他们会当个晦气话来听。

白罗喝了许多酒，也不敢过分地醉过去，唯恐会在这里宿夜，在轻薄的早晨里一大家子兴师动众找上门，吵架，械斗，闹得人尽皆知，他在这城市里多年惨淡经营的声誉毁于这一旦。"坏事传千里"，那还是乡下的经验。他没有醉，他清醒得很，所以他分明记得他摸了那个女人。然而他是绝不会这样做的，在这里惹上这许多不必要的麻烦，还跟一个陌生人，他可不能犯傻啊。犯傻就犯傻吧，人生不过就这么回事吗？可是那个女人摸的他吗？他红着脸眯起眼睛来瞧她的反应，她并没有惊慌失措打掉他。啊——她或许还是个处子，刚从乡下到这城市里。他心里浮浮沉沉，究竟生出这许多幻想。

他吃完饭去了一趟厕所，结完账，就倚在大门外潦草地吸烟，他觉得他自己是个都市流浪汉。他不能有家，有了家，他就什么也做不成了。这时候的天也看不出来是什么时候，只有墙上钟、手里的手机在忠实地记录着人世间的光阴，如果这样一种技术能够成为现实，把人的余寿嵌在人的手腕上以警示，白罗或许就没有"今天"了。高楼的楼面上只跳跃着各色的灯，在这样人潮涌动的地方，一旦静下来，简直有种荒垄穷泉之感，像《聊斋》里男女幽欢的地方，灯火光明，事后再回过头来，倏忽变回原形。今天，他也要去跟一个陌生女人上床，想到在一个陌生的女人面前，在他觉得不错的女人面前，剥尽了衣服，有种看得见的淫荡，像是在白日里，拉开窗帘，让太阳照进来，且在潘良娣面前，他的妻面前脱得一丝不挂，只这样一想，他也不由得大大地哆嗦了一阵。

小旅馆就在马路对过。房间由四面墙封闭起来，家具几乎没有，满眼就只有一张床，那床结实而又宽绰，铺尽整间房。电灯泡黄泱泱的光里头掺杂一缕缕黑色，腻沉沉的，于是她的皮肤更加黄了。她涂了口红，把两道眉毛描得黑黑的，像两柄弯刀。他局促地站在狭长的过道里微笑，他没有抿起他的大嘴。她把一只手指揿在他的吻上，隔着手指，她款款地吻了他一下——吻在了她自己的手上。这爱情化的调情一幕使他低头看自己一身的白肉，都市办公室化了的，有一种孩子气，在这里仿佛成了一种亵渎。然而他是从乡下的僻处来的，他知道那暗中的不为人知的下流无耻，横泼的，下流中的下流，无耻中的无耻。他应该淫鄙地露出两片优柔寡断的臀。他的臀两边有些痤疮的旧迹，那还是因为他经常在办公室坐着的缘故，似乎萎缩进去，与他的一张阔嘴极不相称。

他蜷曲在那里，被人轻轻拨散。便很像澡堂里的女人直挺挺地在椅子上了，四肢叉开，可任由另外一个女人摆布，替她搓澡，哪儿哪儿都搓到了，艰难地抬起脖子来看一眼自己的身体，就连这样都觉得自己稀丑相，这大概是因为使她们联想到了自己在被窝筒里的情形的缘故。现在把那被窝筒掀开，因为是自己付了钱，又不得不。

城市里向来是没有月亮。然而白罗出去的时候，他看到了，好不容易看到这么一回，从一个女人的身体里出来的时候，在这分别的时候，从人世间的华灯中远远地看上去却是非常假，硬邦邦的，像个男人。远处也有许多塞塞窣窣的声音，说不清楚是哪一种声音，从哪里来，像是这座城自己睡熟的呼吸，在两条平行线之间也有高低起伏。

两人沉默地匆匆过街，有些压迫。他不知她是怎么样的，他是心不在焉，又有些懊悔。简直太仓促了，仓促得像一只蚂蚁在地球仪的球面爬。他只记得这女人有着黄瘦的脖子，细细长长，或许还能看得见那喉管的蠕动，他现在发现那原也有另一等的可耻的丰满与色欲。

　　他转向旅馆，重新进去。

　　这旅馆夹持在两间大的饮食门面店之间，所以看起来十分不起眼。那细巷道一路陡上去，只容得一个人进出。抬脸望尽头，只有一团黑。

　　这房间有两套门，所谓两套门，不过是这里面每两间房就有一个短走廊，而留有一扇开闭，对面的房间并没人，白罗便把房间的门大敞开，让外面一点天光透进来，空间仿佛就大了许多。房间里头仅有的一张柜子上有一座折颈台灯，台灯下挂有一个女人的饰物，闪着光。大概是先前的女人忘记在这里的。这张床上重重叠叠躺过许多男女。他把那台灯也打开，一条光柱下来，床单洒亮，光滑而淫荡，雪白而骚气辣烘。

　　"这是什么？"他摸她肚子上两道短疤凑近了去问。

　　女人歪着头，笑着，自己也伸过手去摸了摸，一摸摸到了他的手，便把他的手拉住，眼睛往上看，也有一种思索在里面，说："这是我生孩子留下的刀疤，你看是一条，其实是两条，在同一个地方开两次。"

　　他嘻着嘴，头仿佛不宜久抬，一头栽下去。她果然是黄色的，泛着白，一种生活在热带的杂色人。然而她的乳头颜色浑紫，深秋熟死的葡萄一样，碰一碰都能往下掉下似的。

　　这女人从乡下来，在乡下生过三个女孩子，然而她的丈夫一定要她生一个儿子，她也一定不肯再生，因为他没有能力养，还把她弄了一身的病。她跟着同乡跑出来，一直往前跑，往前跑，跑到这座城市里来，被她丈夫捉回去几次，揪住她的一颗头往墙上撞。因为孩子太大，她那长大的男人，迫使得她生的孩子也大，只得在肚子上轻轻地拉口子。"开的时候不疼，一点不疼，麻醉一过，那后面可有罪受了，痛死了人哦——"她抱怨地说，死亡在白罗脑中掠过，他倒也没有那么恐惧。他怒睁圆眼，又感到厌倦，没有睡觉，恐一觉睡到大天亮。在城市里那也非得到很晚才有天大亮的感觉。牙膏牙刷都没有一支，明天怎么洗脸刷牙，洗脸刷牙还是要去公司。况且，无论如何要回去一趟。

他回去的时候，强奸了潘良娣。

那潘良娣晚上打了多少个电话给他，让他千万去超市买几筒面，那边一直没有人接。他既然已经迟了这许久，即便他没有买，那么她自己也一定是已经吃过了。她蓬着头，穿着一身长筒睡衣，在睡衣下摆挽了个结，露出一双白腿。她面无表情，单质问他："你为什么没有买面？我不过关照你替我买筒面，你为什么没有买？"她怪他没有替她买面，她抱胸倚在那里，头微微斜着，看别的地方，便增加了两人的沉默，过了许久又问："我不过是叫你绕到超市去买筒面，你可是买到现在，面呢？""不是买面你这么晚回来，原来你还晓得回来，你说，你上哪里去了，这么晚回来？你说！"因为这在他是第一次，稀奇的，午夜十一点半。她似乎也无可奈何了，只这样问着。

起先他也沉默地坐在那里，心里有近于无聊式的空洞。在这沉潜的空洞中，黑色的空虚的土壤里，培植出来一点根芽，他知道以后不会与她见面，且是永远不会，他回味的仿佛是另外一些事情，与这女人无关。即便他知道她住在什么地方，他不会去找她的，他知道，也是怕她缠住他讹诈。但她果真讹诈他，他倒更有理由去这样缅怀了。良娣见他不动，一时盖不住脸，把这件事渐渐颠三倒四说得相当严重起来，压低声逼问，说他是不是出去睡了一个女人。他终于被搅得不耐烦，其实还是心里一惊，站起来一手捉住她的手腕，把她钉在墙上，她倒又吓得哇哇大叫起来，一面嘴硬，噎住声音："打死你，我打死你！"他的母亲站在门口也以为他发了疯了，不敢去拦住，哭着声腔劝。那房间里两个小舅子早已睡熟，更不知发生什么事。他拎起她，把她往床上一摔。

第二天他准时吃完早饭自己开车去公司，在路上听见那炮弹打出去的声音，以为是哪家在放烟火。他用脚踏住油门，小腿腓肌隐隐地牵痛起来，他挽起裤管来看，青肿几块，想起那是良娣急起来用脚扫上去的，那两条腿同时生出来许多条腿，简直像鱼尾。他自己坐在车里，虚舟飘瓦。她的头发散在她的白脸上，乌云盖雪的一只猫。女人就是这样矛盾，又要怕，又要打。他怎么会娶上这么一个女人？

那王有志打电话来，他的车被后面的车追尾，碰瘪了一块。昨天他那边下了大雾，今天他可能一时回不来。白罗这厢听完，心里一面疑惑，因为他再也不明白怎么会把王有志这样的人派遣出去。他笑起来安抚他："你先不要急，事情我知道了，等我回公司，我会有安排，我现在在开车，不方便说话。"他一口气说完，挂上电话，心烦意乱。到了公司，先赶紧打了个电话过去问清楚情况。

那肇事的人把手掌一曲搭在额前，代替弯腰做敬礼模样，也是怕赔钱。王有志因为不慎提高了声音说了那人几句，那人便抢起狮膀就来威吓，王有志护住头蹲下来，他也就顺势打了几下。王有志忍耐着，回来把衣服一撩到底，给人看他的几条肋骨被打成了菜色。公司赔了医药费，又把车修了。老板在会议上，拿着一支笔在半空中点住了白罗，戳着他，仿佛是在说：这就是你做的好事情！开完会，老板把白罗叫住，把他训斥了一番。

白罗一个人站在办公室的窗户前，一只手捏成拳头抵住腰，那肚子照样腆出去老远，仿佛气鼓鼓的。

二〇一九年三月完

2020 年 2 月刊载《钟山》1 期

思　南

　　我大概因为要回去的缘故，才觉得农历年的年味这样深。更南方的申城还是秋风黄叶，扬州密密的雪埃已瞀眼，雪业已下了很久。南方冬雪初下时是又烂又大，这时是刻薄的朔雪。火车站离家不远，我独自拎着一只箱子，撑了一把伞冲雪兼程，往家赶去。镇上有长辈见有一个人从远处走近来，抬起脸，说："你回来了？"我笑着小声地叫了声叔伯，因为不大确定。还有更老些的人，拄着拐，又了眼认真看了看我，便问："啊，你回来了，你什么时候回来的？你是——百里家的孩子吗？"说完就沿墙根徒步转圈去了，如同一只钟的时针。我笑着回答说是的，并告诉他我几天前就回家来了。我是先前在单位加了许多天班，预存在那里，拿到年底来用，便比这镇上外出的人早许多时候回来。

　　在许多天里，那雪未能消尽，很齐滑的边，是夏天里滴在地上的一摊雪糕。鱼脊骨似的屋顶袒露了出来，比先前还要乌瘦，还要冷落发涩，使我感到寂寞。可是那申城我是不能再多留一天，因为早就空虚了大半在那里。

　　他们都知道我回来，外祖父第二天一大早就送来许多肥鲜，其中有一只菜花色黄鳝。那黄鳝肥而阔，很是稀罕。我把它溜进桶里，它便一直委顺在桶底，颜色比先前黑。有人进我家抬脚把那桶踢踢，说："好一条长鱼！"因我自己的无所谓，连觉得我母亲也不似从前严厉地避各种讳。不必说年初一不能用刀切食物，不允说"杀""死"；就从今天起也要禁止叹气为难。我说："杀是好杀，鱼羹面你不会做。又不能让它先死，鲜味走掉了。"我母亲看了我一眼，也附和着笑说："剁剁装不满一盘子，不作兴的。"大家似乎就这一说。此外，她有许多别的事情去忙，黄鳝就这样留了几天。

我不过开口说吉祥话，吃东西。"钟简，你家那长鱼是母的？"大家笑了起来，我也笑，"一定是公的，那健硕的肉——"他们又笑了起来。我在牌桌上听牌心里忽然惦记起那长鱼团着黑气，大概是已经死了。我趁着曙色要回家看看。路灯已经熄了许久，虽然是新年正旦，照样有几缕阴凉的鸡啼，是极静的夜，令人怔怔的。有个人形影单调地立在那里，我一听那声音就知道是他了，说："你怎么起这么早？我昨天还看见你在那看牌的，抱着只茶杯站在墙角，只略站了站就看不到你人了。"我昨天初见广璋先是吃了一惊，惊觉之后也没什么话说，想着他应该变了许多，就是样貌也比先前胖了些。

"哎，我刚去医院替老太太拿完药回来。"他沉默了会儿，就匆匆往家赶，我们住得实在是近，一路上叙了几句话。我眼底下一直还是刚才梦寐的模糊。鞭炮一声声捣向天空，今天是个财神日。他家院门大敞着，门头上新贴的五张鱼尾风声条条。也许是我打了一夜的牌，胸口像汪着一口凉风。地上还有许多瓜子壳，糖果花绿纸。老太太从里面出来一面说自己一天到晚也不知忙些什么，来不及扫，一面问我年纪，有没有成家。广璋去房间替他母亲把几种药按照药方一一配好，用方块白纸包起来。我不便进去，只在那客厅里坐着。

他出来舔了舔手指把桌上日历翻过去一页，那日历还是新的，空白处已经画满许多幼稚的图形，重叠的圆圈，夸张简易的人脸。

"你今年有多大了，成家了没有？"他母亲进来再问。广璋神气有点窘，仿佛这就是一种解释。他大概也不愿告诉我她已经老糊涂了。她拿起桌上的抹布似要擦桌子，疑疑惑惑左顾东望。她终于要往脸上送了，他一把扯下来，端正了她的脸，去拿张面纸替她把嘴擦了擦。

"你现在还在申城？还做着先前的工作？"他笑问，"你那个地方乘公交车七一六路再转乘十五路，十五路还要坐十站才到市中心。"只要一回忆，他也恍惚觉得申城没有大变，站在公交站台，板起脸来等公交车。

"哈哈，你请了一个保姆，几年前买的房子今年要拆迁，你现在是好了。"他看了我一眼笑说。

我还不知道我人虽长时间地在申城，然而我变阔的事，这里已经知道得很仔细。

"哪有这样的事，神乎其神！"我谦逊地咕哝一声。

吃完早饭，他闲不住，去抱来一大株菜籽秸秆，丁丁挂挂，那秸秆上结满了油菜籽。他笑着告诉我不知什么时候漏了一粒种子在水泥地的空隙里，就长成这样一大株。他除下眼镜，眼睛鼓出来，有些神经质——年轻人的瘦样。他贴近了脸去，一颗颗仔细用手搓来搓去，那菜籽粒便滚滚落进笸斗里。

他先前并不像这样在家中，他与我一起毕业于申城不同的大学，毕业后当然是就近留在申城。但也好像还没毕业似的，充满学生气。

他在申城一个人租房子住，房子前面的一栋楼里的窗台上站着砧板、酱油瓶子、盐袋，万家灯火。他坐在桌前看书，穿着白衬衫。对过有个年轻女人在后窗户中注意到了他，有次碰见了，笑问："你是不是老师？"他回答说不是，这本来也没什么。他回忆起来才知道里头的真相。她应该留意他许久了，当然也是在那里租住的房子，因为他后来再也没碰见过她。"我那时真是……"他面前仿佛站着一个甜艳的美人迫使他害羞。

"我现在想起我在申城刚毕业那些时候，也不觉得有痛苦。"他吸着烟，烟丝静逐。他的老母亲拿着一把"铁扫帚"——像鸡的硬喙刮着地，把那瓜子壳往门内扫，怕把财气扫出去。地上的尘埃随势往客厅里涌，在太阳光里翻飞，微微有些呛人，是个太平年岁。

他在申城忍受得了寂寞这件事并不为许多人敏感地知道。

他后来在一家小单位做事，单位地处偏僻，一般年轻人不愿意去。广璋每天徒步爬一段高坡才到单位，夏天是顶着一轮严酷的太阳爬上去。尽管给安排了宿舍，又要从头学习新知识。他是愿意的。宿舍隔壁的一间房一直空在那里，房间四面墙刷得雪白。一张床的床板上铺着张正而不足的凉席，床的一边布了两只柜子，一只台灯罩子下空荡荡的。从外面只射进来一点缥缈的光影，申城向来是没有月亮的，也不知是什么光。还有一两支歌的无限循环，然而广场上的人并不发疯。他天天听那些歌，但如今一首也没记住。

他星期天有时间煨了一大钢锅子红枣汤，补的，没有勺子，把一锅红枣端在水泥地上，蹲在地上，用筷子从锅里一颗一颗拣进碗里。那洗好的床单晾在外面架子上，外面刮着风，他在楼上倒已经忧心它是否已经倒下去了。他从窗户看见果然被吹倒了，跑下去再扶起来。他不敢做太多别的事情分心，隔段时间他就去窗户那边看看，浪费了这许多心思，过后又懊悔起来。他给自己造成了这繁剧的印象。他上楼下楼跑的次数太多，一颗年轻的心跳得太厉害，他也能够抑制住坐在桌前仔细默着机械原理图，华丽森严，像以前背中学课本上的古诗一样连抄几遍。"沧海月明珠有泪，蓝田日暖玉生烟"，不大懂其中的意思，但也直觉地是个幽丽的世界，专门买本结实的本子来，般配上一笔一笔的端楷辑录。有无限幻想。

"总有做不完的事情。我是异乡人，自然要比当地人多做些，这总不是坏事。我并不计较，我是愿意的。"当地人以为他家是有什么大的难处，一个人背井离乡在这申城求生，所以轻蔑。连续三年薪水还是原地踏步。"经过我手的那些仪器，在地上掼掼，有一点声音，我负全责。"他站起来惊眙地看着我，用手指着自己的鼻子，我招手示意让他坐下来。

他总是坐在车间里对着豆绿色的仪器，那绿色的光泽中映出他自己的脸。那细细的螺丝钉很可爱，用螺丝刀一个个拧进去，唔，拧不动了。拧完后还用刀柄敲打几下，听那声音，他可以想到这些仪器扎实程度。全是他自己一手造出来的。年纪轻轻，他就喝起了浓茶。他把那杯里的水一饮而讫，像喝酒。

他们这单位是二位老板合股，大老板拿着只玩具似的宜兴紫砂小茶壶去厨房倒水，为了便于监视，在用复合板做隔断的每面墙上挖开一扇大大的窗户。他两只眼珠子瞟来瞟去，如果被一个女人看见了，是要使她很不舒服，一个男人总是用眼睛瞟来瞟去的。广璋看到他了，他端着茶壶，不进来也不是，顺势进来也像是走错了地方似的，在那里笑。"反正现在都这样，哼，你在这里辛苦弄一个赚钱的，外面马上就一窝蜂。"他脸上沉重的肉讪讪起来，只会阴沉沉的。不知道他是心疼这仪器，还是懊悔这辛苦。他一双腿站得笔直，西装裤子被站成了浅括号，放下茶壶，把那仪器往后一倾，仔细端详着，仿佛又有点信心。做生意的人投机的神气。"现在也不能太……"他眯起眼睛，细细地看后面。广璋并不搭理，他宁愿把门都开开。"你要监视就监视罢。"他的侧脸正对着门，静静的令人吃惊，不能想象这静的力量像申城的午夜。他瞟着他，眼睛看成了乌黑的两圈，乌贼似的东西。发现他并没有偷懒，也就喝了两口茶走了。

生产出来的仪器被一台台退了回来，退到了他的手上。当然是因为别的一些低级的错误。因为用的材料又很劣质，所以很不结实。有一次仪器的外壳破裂开来，把客户吓都吓死了，以为要爆炸。那二老板倒是斯文达理，戴着圆溜溜的眼镜，胸口在椅子上一凹，整个身子探下去，一天到晚在某宝上搜索，为了省钱。年底有人来要账，把前门都堵住了，他从后门偷偷溜走了。

他们也有年会。姑娘们（那是他们用极少的钱雇来的）在办公室叠小红灯笼，早就布置了起来，也是因为实在无事可做，仪器早就卖不出去了。她们拜托他这个瘦高个子挂在天花板上，笑语欢声。一面墙张贴了一张"吉祥如意"的红纸，绿色剪空鱼鳞锡箔纸围一圈，象征舞台。年会没有去酒店，五六张圆桌就放在他们单位的食堂里。酒菜摆满了桌子，厨子做的量很足，意思是虽然没有去酒店，但相较之下胜在实惠。这在他们朋友圈内传成了笑柄。现在哪个公司年会在食堂？几个姑娘拿着话筒清唱了几支熟歌，他们光顾着看，一个个喜滋滋的，饭菜都冷掉了，油汪汪的，其中一只整鸡没有人动筷子，整个背耸在那里，冷掉之后，更像是没烧熟就往那盘里一装，清冷冷的。多是大荤，吃不完往桶里一倒。

他们是他们，我是我，他跟自己辩白。他心里虽然坚硬地这样想，却渐渐痛楚起来。

他住的地方临街。他吃完饭一个人走在街上，避着许多人，沿最里面往回走。街上赤日红尘，轰轰的像太阳照在累累块块的黄色粪便上。

第二天早上他去单位，其实自今天开始就放年假了。他匆匆赶过来处理些没有完成的事情，一看到桌子上未处理的退货的文件，永远在那，一叠子。他只把仪器盘弄了半天。先把里面所有的零件擦干净，一件件卸下来，装上去。擦完了，没有别的事情可以做了，又通上电再让它自顾自地运转，在这整个宇宙中。他心意懒散地混了半天，到底还是离开。他后来无法，只把仪器外观设计得花里胡哨的，在毫无用处的地方，镂金错彩，用一切词来形容都是不恰当的。好比悠闲的古中国的清装"三镶十八滚"，就单只为了卖相好。"只有你自己"，暧昧的痛楚里只有这一个清晰的点，风中残烛。他有时候也向别人抱怨。

他们也安慰他说："这些人真是……理他们呢。"

"我前几天去拿工具，独巧把子断了，就冤枉你说是你弄坏的，我的妈呀。像这样子，谁还敢去碰。"他把右手背打在左手手掌心，"昨天跟他们打牌，说好帮我撑一会儿，让我多赚点，到最后原来是一个小顺子，气死人。"

"打牌就是这样，凭的全是运气。"广璋的脸上挂着笑，也这样说了。

"怎么不是运气？坐在南边是赢钱，唉，换到东边，马上就输。"他一只脚蹬在桌子的抽屉上，来回开关。

"风水这东西……"

"还是要信的。我老家以前有间破屋了，里头有条人蛇，被人打死了，后来那人也无缘无故暴死。"

"我妈去年替我找瞎子算过了，西边有我运势。今年不宜结婚。"他隐约觉得上回输了钱与这对了起来，便往西边站了站。他还在那里看仪器的结构，在这样的对话里也想振作起来，那仿佛还有些英雄式的牺牲。

"现在单位在外面名声都做臭了。"他对着窗户，一双眼睛随来随去。"光凭你一个人？！"他劝广璋，也许是在嫉妒。因为现在他做到制造主管的地位，一个外乡人。他生就的一副俗脸，又是窝眉秀，他真要是把持不住，一个人在申城会立变成另外一个人的。

他们是他们，我是我。他自己把这层意思又告诉他母亲。他母亲那时还很明白。他觉得不够，提高了音阶补充："我要做就做最好的，连国外人都要赞叹！"他母亲只是笑，他不确定她听懂了没有，只好把话锋一转："这当然会赚许多钱。""唉，我当然巴望你发财，光是你一个人是没有用的。"他母亲笑说，对于自己的人生经验十分有把握，心里也有点知道他发不了财。

他现在在市里就拿两千元的薪水，应了他母亲的话了。"我初来时，他们答应给我四千元，我还能从事我先前那自以为理想的事。后来企业也缺钱缺得厉害了，欠了许多债。""那也不是我一个人。"他顿了顿，笑着补充道。"要是继续在申城混，拿的钱比这还要多些哩。混一天，了一日。"他渐渐变得面无表情，他低头把菜籽来回在两只手里过着，吹去碎屑。他也是舍不得那已得的两千元，但在这里也没别的地方可以去。

"你应该出去找个新的事情，凭你的资历，无论做什么，就是不要在这里。好比我那桶底的长鱼，总是一个圈，动未动也看不出来。况且现在不光申城物价涨得厉害，就连这镇上也是如此。现在最要紧是先保身。"我奉劝他几句。他把脸微微侧了侧，仿佛也表示同意，沉默地看着屋外，有烟涛微茫之感。连这方丈的院内仿佛站着十几亿人口，使人看不清面庞，一串串的，匆匆的，像海面。院门只开半扇，半边门洞里含条窄路，看不多远就有朦胧的火药烟，也像海。他低头把茶杯里的茶叶吹开去些，蹙着眉头喝茶。

他母亲吃了药坐在院子里"弓形"藤椅上，手指里扣只小银杯，整个人穿得棉墩墩的，里面是熟透了的五脏六腑。一样是个好天。她刚咪完一杯红酒，每天一小杯，活络经脉，外加两只肉丸。

"我认得你，你是百里家的孩子，你出生时只有这一点大。"她铺排在椅子上，用手比出我出生时的分寸。

"太阳在这边哩，"她用手把太阳一指，眼珠间或地向上鼓动，"你出生时只有这一点大，一眨眼，你这么大了。你现在好了，我知道，你在申城买了几栋别墅，请了许多个保姆。"我原本断然说没有，但老年人似乎什么都不大相信，我就跟她解释起来。我告诉她我起先是预备买一套房子，那房东告诉我半年后这里就拆掉。这房子实在是旧的与煤油灯壳一样。天下哪有这样的好事情，大约是诓我。我不久在别处贷款买了一套，过后却还一直鬼鬼祟祟留意那里，果然有一天拆掉了。我便在申城告诉他告诉你，而我母亲也在播散过程中越说越气愤，不利索，而自骗自。

"太阳在这边，我是看见你出生的。"老太太重复着。

满院的阳光的确让人睁不开眼，我往家走去，先放了几只炮仗，"嗵啪——啪"几声巨响簌簌落落的。精力不济，我又补了一觉。睡醒时，太阳还是很好，这无聊的好天气。不多时，我就看见广璋站在路口，手里牵着他自己的孩子，小孩子灼灼地望望东，望望西，望着这个新奇的大世界。大概是望她自己的母亲回来。广璋却先看见了我，便笑着向我走过来。小孩子手里抓着一只简易的小火车，蹲下来在地上用手按着滑来滑去，滑远了，跑老远又拿来，再滑，一趟趟地喘着气。一副可怜的幼稚相。"她似乎对这些很有兴趣。"广璋笑着说。"告诉我，你将来做什么？开火车？做乘务员？"我抱起她问。她认真地想了想："当然造火车喽！"他也相信她的话，显得十分愉悦，仔细地对她讲火车的基本原理，也不管她是否听明白。他也觉得自己这行为可笑，站了起来。小孩子本也没有耐心，玩了一会儿，便把玩具火车往我家一丢，便自己去找她母亲去了。

我请他吃申城的鱼羹面。我因为当年毕业一时找不到我愿意且是有希望的事去做，便彻底沦为饭店的切菜工。因为我知道谁也看不出来我是能做一辈子的切菜工，这样想反而理直气壮起来。有次客户吃到的鸡爪有指甲，客户用手从嘴里抠出来。老板娘脸黄泱泱的，皮包骨，一只小悍嘴像铁打的，逐字逐句说我还是大学生，乞望得到原谅。我也仗着年轻可以顽皮，说幽默的话，时间长了，连这些也渐渐变得沉迟。后来我并没有做有希望且有光明的事，是真的所谓无挂碍地混下去了，而没有一点痛楚。

"我倒是想不到你当时这样。"广璋看了我一眼。我接着笑说："他们全把热水瓶丢给我，那时身上一个子儿也没有，就热水瓶排排站。"我们先前都在一个城市，但总有个错觉，申城实在太大，只要一出门就觉得奇大无比。所以谁先离开竟也不知道。

"我前几天在街上还看见其中的一个过去的高中老同学，与我先前在麻将场子里见你一样，没有话说。但也奇怪，我们在微信里面也互相点赞，评论一些事情。"

"至少我学会了怎样做鱼羹面。"我快意地说，"在这里，大概还没有谁知道可以怎么单吃一条长鱼。将来我或许可以开一家鱼羹面馆，红遍一条街。"他笑了起来，转身回去拿了瓶酒。

天空有片厚厚的浮云被风吹过来，裹住太阳，如炭炽，却是烧完了的，外面一暗，南方的深秋隆冬就是这样，没有太阳，就好像已经晚了似的，似乎又有大雪要下了。

两人吃完把两只空碗往里一推，都吃饱了。我们只喝酒。我遂又热了几样菜。母亲正好回来，"回来做晚饭喽——"嘴里嘶嘶吸着冷气，"这天倒又冷起来了！""咦，那长鱼呢？"她看了眼桶，接着看见广璋坐在桌前，笑说："你来啦，就在这吃晚饭。"

便又去新添一样青椒炒肉丝。她早早地吃完就又去看我父亲打牌。

"你留在这里又有什么用处呢？这里除了打牌就是老人。"我望着他，自以为好意。他只顾喝"君子酒"，在酒不在菜地，大概已经吃得很饱了，呆呆地望着窗外，外面果然先刮起了胡风，呜呜的，先有几粒冰珠落在地上，大概要有一场弥天黑雪。

他看见要下雪了，就打了个电话给他的妻，没人接，大约是太忙了。"素珍去给人端盘子还没回来？"我问，我是听我母亲说他的妻很能干，放了年假还舍不得这两百元一天的活计。农历新年做喜事的实在是太多，她要跟厨子走，颇有"健妇把门"的力量。他"唉"了声，"还没有，早望她回来了，我家小孩子也去的，在家也只有她的老奶奶伴她，她也寂寞。这里都没有同龄的孩子。"说完，他从厨房的窗口望外又看了看路口，其实也看不多远，但还是在那看，呆呆地出神。

他隔壁的房间后来住进来一个女实习生，其他宿舍都住满了。她一来，他的那间客厅立刻就成了一个摆设。

她什么都不会，反过来请教他。他态度无可无不可的，总之不愿讲得太细，她一定没有什么耐心听下去的，年轻人做什么事都三分钟热度。虽然他自己比她大不了三四岁。他把一堆材料放在她手上，让她自己去看。过了些时候，他去问她浅显些的，她果然什么也答不上来。她一半也是赌气，有种自卫。她一手扶着桌角，全身的重量支在这一角上，摆出轻巧的姿势，笑说："我记得你之前说过的，我忘了。"俏皮地用另外一只手捏住书角随手一翻找答案，当着他的面作弊。"只有我自己又有什么用处呢？"他于骄傲的神气中有一种终于承认寂寞的悲哀。他固执地试图让她懂得他是怎样的一个人，通过别的告诉她，他的渊博的机械知识，认真的理解。

"机械是一切理工科的伟大实践。化学你学过吧，物理的三大定律你肯定也学过的。"她告诉他学过，她只记得书上画过一张实验的小图，那是便于女人们了解的。但女人总把科学当个不切实际的小游戏来看。"小实验，那只球在凹槽里滚过来滚过去，"她不屑地说，"那是三大定律！"

他笑着告诉她不懂可以来问，无论什么时候都可以。其实有个人手把手教她，是她的运气。他自己可全是硬学来的。她却不过情面，来过那么一两次，她把书掀开来合在胸前，叫了他声"老师"，站在门口待进不进，等他叫她进来。她不懂装懂地听下去，时不时地望他一眼，表示认真，或疑惑或明朗。白天在众人眼下，她倒是拘谨得这样厉害，下班后，他与她还是要单独地见面。

他看见有这么一条亮线在她房间的门底徜徉，想起来隔壁原来沉沉地住着一个女人。他们之间如同那个客厅，空畅的，稍微有些风一刮就又涨满。他一个人蹲在洗漱间洗袜子，且先把门关上。他洗完袜子，端着一盆袜子出来的时候，倒正好被她看见了，"男做女工"，她一定觉得他像个女人。她穿着夏季连体垂坠的睡衣，蓬蓬洒洒，嶙峋的膝盖骨高高地耸立着。挖成的铜钱领口处正露着一片淡白的胸脯，而起伏一双稚嫩的乳。她迎面向他走过来，一切都往后飘，他实在不能够不看清楚她整个人。冲他笑，其实是她刚从里面打完电话笑着走出来，别又给他误会了去。"唉"，他一点头，嘴里嗫嚅了声。她把头一探，没听清楚他说什么，倒是大方得很，与白天在公司里倒又不同。她人出来也不把门随手带上，木头制的"屋肚肠"被灯光照得黄澄澄的，很有冬烘之气。

客厅里哪儿哪儿都有她的东西，像个女主人，他倒是成了一个暂住的。他打开他的图纸，发现里面夹有一段硬指甲，当然是她一面看，一面剪指甲，夸烈的鲜红太触目，在手绘的灰暗的精密图纸上，有种英雄美人的感慨。

她后来找到了合适的房子要搬出去，也不知什么原因，还要另外花那个钱。他总疑心她是有了人才搬出去的。况且现在这个年纪没有人是不大可能的。跟他是两样。她对他的认真视若无睹；他对她一下子充满了绝望。房间再次空下来后，他去关上房门，房间其实也并没有大的改变，似乎跟以前一样，只有那灯罩下多了只灯泡。

他办公室靠外面的一面墙是一排落地窗户，可以从窗户往外看到远处许多条黑色的、绿得腻嗒嗒的河。申城就这点好处，那河漂漂泊泊到处流，却总有一张"水情复杂，禁止游泳"的告示，使人惆怅。

她现在经常到他这边来，借着请教他问题可以暂时地离开座位。他也不说什么。她整天坐在那里，人都坐傻了。公司现在为了自救，仪器隔一年换个名字，把 E 字母换成 F，喷粉红色的漆，骗新客户。但他决不能相信他在这里已经是做到了现在，不早有一天就这样了吗？但他记不得哪一天是这样地开始的。也许只顾到赚钱心里倒也能好受些，所以能够坚持下来，打败那痛楚。

"你这个小孔倒是做得很好看，"她伸出一只手指去抠，那小孔正好可以放进去她的一根手指。

"这是开关键。"他告诉她，她当然是知道的。

"你现在还是一个人住？"他问，问得很快。

"我还是一个人。不过是有一个女孩子答应一起合租的，后来她爸爸心脏病犯了，她只好又回家去了。我又落了单。"她这么说分明觉得之前与他合租的时候没有觉得是两个人，并没有把他当个男生看待。她双手托着自己下巴，随便拿起一个物件凑到跟前看，把双眼看成了斗鸡眼。他把她手上的东西拿过来，她又拿起另外一个，她发现这小东西可以做挂文件夹的钩子，她就跟他要了一个。

他终于低声说请她去吃顿饭。她却听见了，女人对于吃饭这样的事总是很敏感。"不过还是要回请你的，下次有机会。"她站起来笑说，不让他误会。

他扭捏了半天，还是觉得不行，匆忙赶回去换了件衬衫。衬衫领子洗得有些发皱，有几分落魄的潇洒。当他赶到时发现她身上穿的还是白天穿的那一件，心下便有了几分失落。也许是因为两人单独的时候并没有什么可值得回忆的地方的缘故，在她尤是如此。

她说过她要回请他的，他一直记得这件事，又不能打电话提醒她，远兜远转更是不行，让人觉得了还当他自己忘不了那顿饭。

直到她二十八岁那年，获了公司的一个奖，老板颁奖时笑说她要快点结婚。他听了有些刺耳。不过几天，他就听说她要结婚了。

"也是有一天我忽然替母亲想到了她自己的死亡。我愿她身体健康，乞望她暖和地度过下雪天，多吃几百只肉丸。她年轻时候过了太多的苦日子，是她自己告诉我的，我也替她想到了她实在应当在这时代里多活许多年，算作补偿。"他说。

我又劝他几句"保身""好好过下去"之类的话，在这里"独善"是没有用处的。他绯酡了脸，望着我高声说："现在做什么都要问有什么用，有什么用，可是只问'有什么用'这又有什么用呢？"我一时被问得哑口无言。他收到了信息，告诉我他的妻女回来了，便立刻放下酒杯要回去。他刚打开厨房的门，就是一阵尖风薄雪呼啸而过。他直往家中走去。

还有几天年假就要结束，我也要离开，要去申城，但也无事可做，就潦草地收拾完碗筷，仍旧去打牌去。

二〇一九年三月
2020 年 4 月刊载《山西文学》"步履"栏目

六 月

两人一见面就笑着热情地打招呼。

"我们是榆北的!"戚莲秧尖起喉咙叫喊。她就是平常说话也要比别人高出一个音阶。实在是在厂里喊惯了,缝纫机嗡隆隆的,声音不大,别人就不大容易听见。榆北还是老名字,不是世代久居在这里的,只知道一个叫子澄村。房东似乎不大下乡,只顾回忆:"榆北——榆北——在哪边的?""嗳,就在御六后面呀,御六不是靠在这里?"戚莲秧说。"是御六的啊,御六是靠在后面!"房东知道这里有个御六。莲秧连连答应。

六月的下晚,水泥地被晒了一天,十分地蒸人,莲秧推着车站在门口的影子里也还直淌汗。房东在堂屋里轻罗薄衫,在裤腰间挂钥匙扣,似乎要出去。她也就架好车进去了。

堂屋里的电扇飞速地转,上面沾满苍蝇屎,便打出一片黑来。墙体中间裂开一条曲缝,曲缝尽头是一只废旧的白炽灯罩子,斑驳陆离。后门大开,有猛浪的过堂风,那黑与斑驳陆离就显得阔远起来。"许志欣你可认得?就是许令芳家大儿子呀!"莲秧坐下来自报祖爷名,试图唤起他曾经的相熟来。在这里重重叠叠地生活了好几代人,人流回环,偶然之间碰上个几面也是有的。况且又是祖居无恶名,清白一脉传下来,本就有地域上的认同感。"噢,是许令芳家的啊!许令芳我认得,我之前是在哪里听说过的。"莲秧双手抱着胸，笑了笑，觉得她那个公公过世了那么久，还有个什么她不知道的名声在外。也就这点好处了。"你来租房子的？""唉，看了几家，都看不中意，太小了，夏天简直不能住人。听厂里人说你这里有房子，我下班就来你这看看。"房东又从腰上解下钥匙扣，带她去看房子，边说："现在就剩下南边两间，靠东边的刚刚租出去，是个学美术的男生。你晚一脚，现在就剩靠西的一间。"听他意思靠东边的要比西边的好。她进去一看，里面刚涂的白石灰，雪白雪白的。一面墙隔断卧室与厨房卫生间，墙体里面抽空，木头移门便可来回地拉伸。设置得倒也灵巧。确实比先前看的几家都好。莲秧倚在墙上，笑着说："我们家就靠后面不远，孩子上高中上晚自习不太方便，这才要租的。要说远也不远，骑车也就十几分钟的事情。""高中这边晚自习哪天不到晚上九十点？他们住这里的都晓得哩。以前大屋西房间一个小姑娘也是学的美术，重读生，每天留在教室画画，哪天不画到十点钟啊？""你西房间也租出去啦？"莲秧问。"现在不租了，小孩在外面上学，回来没地方住。以前是跟后面的奶奶睡的。"她尽跟他说些别的话，知道是要谈论房租的时候了。不过她事先都打听清楚了这边的价，然而，看在熟人面上，她想房东还是能够跟她区别对待。"房租多少？你跟我便宜点呀，我们这边都是老熟人啦。"她说得很快，不给他思考的余地。他只往别的地方看，觉得对这件事不应当认真。本来一张四角方方的脸，面目恢恢，不像是会坚持的人，模糊地答应了声"好说"，也是不好意思。他一直拨弄手里的钥匙，金属声细脆，那森森冷绿之感使人心定，很有把握。他把门随手一带，"就给一千二，他们都是一千三。"莲秧还在一边笑道："都是不错的，就是不晓得我家女儿？"他给别人就是一千二也说不定，但是她这时候又不好再说什么，已经都是熟人了，熟人之间讨价还价总有些使人没有强烈的底气坚持下去。

车子在一块高坡上颠簸一下，马上就要拐过来了，柳婷早已听熟了，便穿一双男人的拖鞋跑出来，鞋子太大，跑起来有些吃力，差点滑出去，叫了声："妈!"莲秧下车，低头看她双脚，说："不好嘞，说给你买双拖鞋的，给你看房子的，给忘记掉了!"这鞋是她父亲的，五年前留下来的旧鞋，她父亲五年前就已不在。她之前上初中的时候是在市里面读的，一直是寄宿生，夏天在家时间很短。柳婷这次中考因为差了一些分数没考到市里的中学，莲秧便要学人拿出钱来买。柳婷是要做鸡头不做凤尾，所以来到了这镇上唯一的一所高中。通知书早早就发下来，先口头答应学费三年全免，另有奖学金可拿。那么，这以后就一定要买双适脚的拖鞋。

"房子好，我跑了半天，指望找不到的，还就真给我找着了，你到底要不要，你不要我就要回人家了。看房子的人多，万一被人家要了去，你可不要到时候怪人。里面住的是一个老师跟她的儿子，还有一个老太太跟她的孙子。我们旁边也是一个女的。"柳婷没说什么，只说："就那家吧。"听她母亲的口气也只是知会她一声。莲秧不大懂，有的只是钱上面的支持。学校入学前照例要有军训，柳婷不想去，莲秧就到老师那边说柳婷的腿跌坏了。老师一问是拿奖学金的班级的学生，一脸和气，没跟她要医院证明。莲秧下班回来笑着把这话告诉柳婷，柳婷想到她母亲在那边受到了礼遇，这才从郁气中走出来，她母亲这许多年实在太不容易。

"卖豆腐干来哦——哦——"今天卖豆干的又来了，夏天每天这个时候几乎都要来。是一个中年男子骑着三轮车通庄喊，永远是一副声音，像是被录下来的，使人听了觉得夏天有风的傍晚总是很长很长，一定是被他的声音拖长的。生意很好，那边已经围了许多的人。他的豆干也很特别就是了，先炸过，再用五香八角大锅煮，煮得开裂，酱汁全部浸进去。三轮车就横在路上。柳婷说："妈，我要不要买几块豆干来？"她马上下去拿了个大碗。她知道她母亲今天很高兴。"跟他多要些辣酱！"莲秧高声关照。她照常买了五块，"可不可以多放些辣酱？"柳婷哼唧了声。那男子随口就答应了，也是轻声细语的，像个退休下来的中文老师闲时来做点小本生意。一块一块的豆干慢条斯理地夹到她的碗里，浇上卤汁，又用另一只袋子装上几勺辣酱。他这边的辣椒酱是微辣而有甜气，太辣的话吃得龇牙咧嘴，哈气连连，不大吃得惯。莲秧跟他多要辣酱，是用来烧别的菜。柳婷有时候觉得非常难为情，她母亲就喜欢这样占些小便宜。但是辣酱既然要回来了，心里倒是一阵爽然，想到刚才生怕别人不给。

阳光倾泻下来，平房屋上的太阳能管子周围的空气在炎炎地流动。庭院倒已经有了半边影子。有人在说话，从屋顶沿屋檐缓缓地望进去，是莲秧坐在凳子上，一手支颐，另一只手捧只空碗，碗上别双筷子，搁在腿上。一辆自行车倒在门口。莲秧正对大门口，其实是不作兴对门而坐，但是上了一天的班，看到一张凳子就坐了下来。她跟着厨房间里的人说话，有点听不清，炒菜的声音沙啦啦地响。他们的厨房在外面，用隔板隔开在西南角落，为了使厨房看起来大些，便利用平房屋檐，用几块玻璃搭连起一个顶，看过去还以为是个露天厨房，使人想到下雨天，雨水击打在锅镬上。因为也是靠莲秧这边的房间，如果有什么人不按时按点烧饭，莲秧这边就要被打扰。隔板上挖了个光秃秃的洞，当作窗户通油烟。莲秧就透过这洞与厨房里的人讲话。

"齐老师做饭啦？"莲秧一直客气地叫她齐老师，比莲秧还大一岁，却比她年轻些。本来麦色的皮肤不靠打扮就要显得村气了，但因为是光光的一点斑也没有，又是葡萄紫的唇，倒是与那麦色对偶。里头答应了声，莲秧高喊："青菜就是多用油多煸，我们这边吃的都是上海青，上海青吃油的不得了，油放多没事。不然吃起来有股青邦味。烧骨头汤就不能用油煸，一煸就有油烟气，一定先煨滚后放香油！"她年轻的时候也跟厨子走过，做过二把刀。"都是按照你教我做的，他要肯吃哩！猫嗒食！上次给他买的虾子倒是吃了不少。""虾子不能放冰箱，你放冰箱一冻，就瘪掉了。"莲秧热情高涨起来，又说，"你家李星瘦，比我家柳婷还要加个'更'字，一个男孩子太瘦了到底也不好。上次看到他的，问他妈妈不回来了，他都不开口，斯文死了。""他是不怎么肯说话。跟他爸爸一样，三天问不出个闷屁来。"齐老师端出一碗青菜炒牛肉出来要让她尝尝，把盘子往她面前直送，她总是看到她手腕上的一只大玉镯子先往她这边移送。她站起要走，不肯要，她赶过去一定要她尝几口，她这才搛了几筷子到自己的碗里。"咦，吃什么好吃的，两人像打架一样的？"房东的母亲又端一只小钢锅子从后门里出来，很少看见她端只碗出来。她是一个人在后面孀居多年。看到了那盘刚炒的牛肉，说："咦，不是刚吃过，怎么又烧？""明天我给位同事代几节课，晚上要迟些回来，先烧好，明天让他自己放学回来热一热！"她因为是在隔镇教书，两个镇来回跑，便要常常提前一天备好饭菜。"吃牛肉呀？"莲秧她把碗里的牛肉往老太太跟前一递，老太太皱着眉头，说："我吃粥，腥气！"她这时候必然坐在靠墙边的木头椅子上。椅子背断掉了两根横梁，便以墙作背。椅腿缠根白布带，一坐下去就要摇几摇，也不怕跌下去，人都不敢去坐。小钢锅口有点大，嘴一凑上去，一张脸也就埋进去了。粥是吃剩下的，不能再留，索性拿锅吃，把它硬撑下去。"你都腌大白菜啦？"莲秧眼睛够到她锅里看了眼。"天气热，浇了水都没用，都干死得差不多，前几天到菜格子去全拔掉赶紧腌起来，就在后面竹子上晾着，你要不要去看看？"莲秧眯着眼，站起来歪身伸了个懒腰，自言自语："我就去看看哉。"她背起手，细细地看过去，嘴里还用前齿点点咯什么，终于从竹竿上捽下来一片叶子放在嘴里尝了尝，喊："老太，拿一棵烧豆腐。""你不多拿些？拿一棵好烧？"老太太吃得咕哑有声。"够了，多放点豆腐！"她看了看手上那棵腌菜，她拿了棵最大的。

"'小白菜'到哪去了？一吃过晚饭就没看到她的人。"老太太问。"她多会玩，你看哪个周末她人在这里的。一天到晚想着要回去。"她的下巴被一只手一直托住，闭眼作打盹样跟人说话。

"'小白菜'是长得白！"房东老太太说了句。

"她多讲究呀，总说人要锻炼，呼啦圈一天转到晚。又说隔夜菜不能吃。烧的那个艾草，烧得烟熏火燎的。前天站在她门口一会儿，一股子异味，你真正是不要看。你说她讲究呀，苹果橘子堆得床上到处都是！"她睁开眼睛，又来了精神。

"你看冰箱里，糟蹋得乌七八糟。"房东家的老太太把声音压得低低地说。

"嗯！"莲秧很赞同的口吻，她当然不是这样的人，不然不会对她提起这个话，怕她多想——"由人及吾"。

"你没看她炸的油条，一炸就一大袋子，直恨塞不进去，你难道就不能吃一次炸一次？人都是说无妇不成家，这点事总该会做的。"莲秧马上说道。

"你看，莲秧嘴还就会说！"齐老师笑道。同住的一个老太太，她们都叫她喜子奶奶，人已经很胖了，老是穿着孙子以前剩下的旧衬衫，跳跃地邋遢下来，显得横肉飞飞，使人一望便不悦。她是早已不穿胸罩，那双乳便像两口湿嗒嗒的塑料袋。院子里的人不大跟她说话，只有莲秧在的时候，她说句把话。乘那热闹，遮去别人对她的几分不满。

六 月

她站在水池子前洗猪肺。她把气管套在水龙头上，灌满水，用手拍拍，发出一阵阵空响，把血水放出去，再灌满，直到肺子发白，不像是曾经长在猪身上的。她不能站太久，进去拿了张椅子出来，便笑说："莲秋的嘴不仅会说，人还会做呀。给孩子烧饭，把服装厂里的班顶的去，还要种五亩七分地。我家的可抵得上她一半？她就种点田，是种到哪里荒到哪！"莲秋笑了起来，她一笑就把她那个单薄的嘴唇往上微微翘着，说："喜子奶奶你倒是会吃这些肚呀肺的！""我哪要吃这个东西，孙子昨天就关照啦！"喜子奶奶要是不来照顾她这个孙子，在家的话做做杂工也能够赚些钱。但是现在既然来照顾，就要加倍地照顾，不然不上算。她那个孙子稍微有个风吹草动，她这边就要时刻准备。"要功夫弄！"一只小瘪嘴开着——看不出什么表情。

　　门外有动静，还以为是房东回来了。他在一家小电影院里做播放员，看的人其实也不多，票价很便宜，都是些过了时的片子。但是周末或者寒暑假一定也是有不少人去看的，便要赶许多个夜场。这边学校常常组织学生去看。进来的却是穿着一身唧灵唧溜的紧身衣服的"小白菜"，她往庭院中间一站，也不怕热。手指头不停刮去脸上的汗，这一刮倒是把刘海刮成"人"字形，鬓角长长地贴在脸上。

　　"'小白菜'去哪里的，半天见不到你的人？怎么这么多汗？"莲秋问。

　　"刚吃过坐在那里不难受呀，我吃过就要出去走一走。"

　　"唉，大热天的，不热呀，我们往太阳心里站都站不住！"喜子奶奶在一边笑说，"小白菜"并不看她，仍旧在那里用手刮汗，刮下来便往空中到处弹。那刮出来的一条条红印子，使脸白里透红。

　　"小白菜"本是莲秋替她起的名字，因为她长得白。她们也就跟莲秧叫下去。她给她家后面的邻居也起了个名字叫"大白菜"，人也跟她叫下去。就她一开始喊得笃笃定定的，没有丝毫地容人怀疑。本来这里的妇女到了三四十岁，秋色一旦从眼角开始，就要败叶似的黯下去，而都市里的便是凌乱在空阶上的败叶，有些诗意美。其实"白菜"们的"白"并不是那种令人感到美满的白皙，因为往人群中一站，子夜的月光稍微照点上去，那就是显得楚楚风韵。莲秧有时候觉得自己的不白完全是苦出来的。这么热的天还出去锻炼？她自己一天班上下来，回来洗衣做饭，全都是室内运动。然而莲秧的脸模子却是这里最耐看的。尤其还是倦下来的时候，眼睛皮一翕一翕的，就更是"明眸善睐"。不知道是不是因为黑白相片的缘故，相片上年轻时候的一张脸也的确是那种神经质的煞白，像是受到了什么惊吓，眼睛像是锥子凿上去的，刻骨分明。柳婷问过她父亲年轻的时候愿不愿意娶莲秧，她父亲说愿意。问为什么，说莲秧那时候娇俏玲珑，皮肤白得不得了，那种美是经常使人拿来开玩笑的。

那天齐老师没来，她便烧了碗榨菜蛋汤给李星送去。那顿饭李星吃得特别多，齐老师回来一看就非常高兴，说道："昨天留的一碗饭全吃了。问他的，说你的汤好吃。"莲秧笑嘻嘻地，说："以后烧汤就给你家李星带碗就是了。"从此两家经常换着吃。事实上，她那边比莲秧这边吃的还要好。莲秧农忙的时候实在顾不上柳婷。对过的一户人家的媳妇因为经常打开后门就可以把脖子伸进莲秧的厨房的窗户看她锅里烧什么菜，莲秧头也不抬，总要客气地问声："吃过啦？"她就让柳婷在她家吃几顿。

喜子奶奶也能送饭来，她那个老太太不知道为什么单单蛋炒饭烧得特别好吃，也还送了一张超市会员卡，柳婷去买东西的时候兑换到一只热水瓶。喜子奶奶不止一次对莲秧戏说当初要娶她这么个儿媳妇就好了。莲秧依旧是那嘴唇向上翘着的笑。她不过是觉得莲秧是她理想中的儿媳妇的样子。柳婷回来就不止一次说道："妈，要不要给李星、喜子奶奶买点东西送过去？"莲秧道："李星要毕业了，等他毕业的时候买东西给他送过去。不然他妈妈一定要还回来。"但是莲秧那天回来的时候，看到厨房里的氤氲身影却有点不像齐老师的身量。她照常打了声招呼，里面的头一抬，使她吃了一惊，那分明是个男的。"齐老师这一段时间要不在这边。"那男的笑说。他也叫她齐老师。"怎么不在这了？"莲秧问。"之前她常常去代课的老师辞职了，学校要她教那个更高的班级，常常上晚自习，回来很不方便。"莲秧便在心下猜这人是她的丈夫，便也笑说："怪道你跟李星长得像。"那男的应了声。这才十分确定了。莲秧不再说什么，回屋去了。

厨房因为靠莲秧住的地方，只要他在那灶前一弯腰就正好对着那圆洞，莲秧总要回回看到他就是了，只是不大说话。他刚来大约是不好意思，人倒也结结实实地忙了几天。找出些破损的家具修修补补，也多事地把那把缠着白布带的藤椅用钉子钉牢，房东老太太直夸他人好。在卧室里又添了张床，敲敲打打地装了部热水器。因为一旦连续几个阴天，就没有热水。况且三个人如果同时洗澡，水是一定不够了。以前齐老师在的时候，就跟李星一张床上睡，他来了倒要分床睡？大约也是以防万一齐老师过来看看。三个人不能挤在一张床上。"一家三口"实在是岿然不动的一个意象，挤在一间屋子里就更加地具有分量。

那天莲秧并没有十分看清他的样子，只是不胖的印象。但是她听她们谈论起来都说他人长得不错，在她们嘴里说一个人长得不错，总该是把他的品质纳入考虑范围里。人到中年，再怎么好看，尤其是男性，大都是一个团团的面孔吧——不大容易让人记住的众生相。她们谈话，他倒是从不在场。本来一个中年男子，如日中天的时候，只白天在家就已经很招人闲话了。这边又是一群老幼妇孺，光只往中间那么一站就使人难为情。莲秧也还常常送去些菜，她有时候想也许他烧得已经很好吃了，不需要这样一趟趟去额外地送汤，但是也这样相熟下来了。他就告诉她之前在外面做维修工，几个人承包给一家公司，公司没多久就倒闭了，在外一时无着落，也就各自南北。

"要钱就要了半年多！"他激动地说，"也不在乎我们这点钱，就是拖住你的不放！"

"都是这样，一雷天下响！'人来求我三春雨，我去求人六月霜'，况且还是银钱上的，那老板才知道钱是好东西哩！"莲秧站在门口跟他讲话。

喜子奶奶端着几只空碗出来，也说："老板是坏！"莲秧笑了笑，"柳婷还没回来？"喜子奶奶问。"还没呢，你看你们都吃过了！"

莲秧又掉过头来说："不过话又说回来，老板也不容易，现在哪行哪业好做？没有锅里的，就有碗里的？就我们那厂，为了省点电，到时间就给你把电拉掉，会计不是都在自己宿舍里吃了几天的粥？老板跟你客气？！"莲秧似乎对自己的老板也失望透顶。但是能在一个自己不满的人的眼皮子底下做事做了那么多年，就有一种超出常人的耐力，虽然不齿于日子何时过得这样艰难起来，说给别人听也同样的是战绩。

她沉默下来，大概又不太愿意说自己跟个女强霸似的，口气便一改："我们这是叫没有办法呀。"

但是他倒是觉得她跟他同仇敌忾，便把头使劲歪在一边，把他们公司的老板说成第二人称，"噢！你呀晓得……"模仿起当初的情境说给她听。也是觉得在家里没有人懂得，逢人就要解释为什么在家不出去，只好躲到这个地方来。莲秧看他们吃得差不多了就有些不耐烦起来，心想这柳婷怎么还不回来。她这时候又不愿意回去一个人先吃饭,从跟人兴起的谈话中陡然退出去,一旦定下来比什么时候都难于忍受那寂然的时空,一个人生活久了就这样;更不愿意自己吃过了看着柳婷一个人吃,仿佛没事做似的。

"外面那些事情我见过得太多了。"他叹口气说。

"我第一次去广东,猪肝煮粥吃不惯也要吃,公司又不肯让个人开小灶。""我亲眼看到一个人玩了个把戏,把另一个人的钱就骗去了!"他这些年在外面见到的全是失望。

莲秧不说话,只以脸上的笑回应,看着这父子两人吃饭。小铁皮桌子比较矮,他一坐下去从桌面上看却是跟李星一般高。他看见李星吃得快,就让他再添点饭来,李星痛苦地站起来拿起饭铲在碗边反复刮,把饭铲上的余饭刮在碗边,就着碗口吃起来。他拿起大口青花瓷碗替他倒汤,那汤便顺着碗口边流到桌上,他又站起来拿抹布去擦桌子。她看着这两人,便觉得像是隔着一片汪洋看岸上的他们。她赌气要回去,只有她一个人在这院子里站太久,像个要饭似的。正好有个学生进来,莲秧没看真还以为是柳婷,便叫了声,那学生却当没听到,准备登顶而去。也是住在这附近的学生,本来这里离学校已经很近了,但还是被他们辟出许许多多的近路。房屋挤挤挨挨,又有楼梯连凑,十分方便。莲秧叫住了学生问:"看到我家许柳婷没有?"那学生停住了,说:"许柳婷?不认得,不是一个班的。"说完便穿门越户而去。她这边焦躁地预备要去学校找柳婷,那边柳婷却已经回来了。莲秧忙高声问:"人等你这么长时间,你怎么才回来?"她知道所有人都听到了,心里这才好受些。

柳婷不说话,只往屋里走去,手从口袋里伸出来,拿出八百块,说:"这是学校这学期发的奖学金。"钱是簇新的,没折痕,她的手便一直放在口袋里。莲秧静静地坐下来,在心里怔怔计较着，像是在数数，不允许自己有分心。桌上排一摊，床上两摊，把那八百块摊成三份，嘴里哝哝地说："正好把浇地的水泥费用先付掉，另外还剩一些可以买床被套。"突然把声音一扬："谁记得的，专门跑一趟去交这个钱，谁有那个工夫？"那床上的被套还是柳婷上初中住校的时候学校发的。洗得棉绒都没有了，不小心就可以戳破个洞来。柳婷听她这样讲，就觉得自己这笔钱好像有了无限的价值。她母亲其实并没有什么大的家累，也许她拼命地攒钱不过要让柳婷觉得她一个人也可以抵得上别人父母双全。至少存折里的钱是。

学校因为要让出地方给当地的初中生做体育中考考场，便难得地放了三天假。"小白菜"等不及当天中午就先自回去了。平时在这边就过着清修的生活，没电视电脑的，放了这么多天的假还不早早回去。莲秧想着也要回去，虽然回去也是一样的两个人。但是如果放假还在这边就要让人以为是无地可去。所以最后也就回去了。长时间不回去，家里的电灯到晚却不亮起来，柳婷去找电工，说人吃喜酒去了。煤气上还炖着菜，莲秧只好从烛台上拔下红蜡烛出来先点着。她拿着蜡烛去看煤气上的菜，因为一只好锅带到那边去了，仅剩的一只锅的锅盖盖顶的提纽因为许久不用而螺丝松动掉落下来，莲秧只好找来只筷子竖在纽孔里。家里有太多的东西需要一个男人来维修。她想到李星的爸爸以前在外面是做过维修工的，这点忙他倒是可以帮。打电话过去，他正巧还在，晚一步，他就回去了。莲秧拿出钱来赶紧让柳婷去买几样卤菜。

莲秧一个人坐在那里。那蟹壳青的晚色潮气似的一点一点漫漶上来，把那烛光渐逼得清朗。平时都是刺烈的白炽灯，现在是那烛光暧暧，便把她悄悄地隔开去，隔在一个什么山洞里。她一个人在山洞里等菜烧好，等个什么人。黄昏时候吃过晚饭，总有闲人坐在外面的世界里谈话，他来这么一趟，一定被人给看到了，看到一个陌生的男子往她这边来。也许柳婷去熟食店买卤菜也被看到了，平时她勤俭惯了，一定也要惹人误会。然而他们的误会从来不是什么弘雅深美的误会。一个单身女人，一个陌生男人，实在太容易招人幻想到他们在床上的许多情形。莲秧可不怕别人这么说，怕就怕什么都没有也还被人污蔑了去，那是真冤！而且，他们那些人说起来也都是并不当桩事情去说，多半带点取乐的性质。她与那二百米外的"老鳏夫"最易招惹闲话，大家取乐归取乐，并没有人言可畏的怨恨。果真有什么，大家似乎还会原谅他们。因为她自己光明正大的态度，所以她总有点惆怅。

有人路过，走路的声音不对，是往她这边走来的，是谁来？

"听说你回来啦！"只听见是一个男人远远地叫过来。

她站起来走近门口一看，是他。"老鳏夫"冲她张嘴笑，门牙上镶着的银边，那银边是固定牙齿和填牙齿缝的。不细看，像个什么唾沫星子涎在牙齿上。他以前经常在这个时候到她这边来转转，从哪里就知道她回来了？忙不迭地就来。这里停电，柳婷去找人的时候，一个个都说："莲秧回来了？"那他还不趁机来走走。

"吃的什么菜，怎么这么香？"眼睛往屋里一扫，就她一个人在家。他便走了进来。

莲秧说："我们哪能跟你比呀，你是整天大鱼大肉的吃相。"

"你说我吃得好，你看我还胖啊，你看看，你看看！"说着便把他那只胳膊伸到她面前让她看。她要走，他一只手臂横在那里，像是拦住她的去路。她一直笑，不与他纠缠。他忽然高声地答应了声"来了"，因为忘记是在屋里，声音被打了回来，特别地大，把四周都震碎了。对方还在那喊，也听不见，他急起来了，转身就走。她这才听到有人在隐隐地叫他回去吃晚饭。

"催什么催，催命鬼似的，一天到晚三步离不了人。"他在那里咒骂。

"是谁叫你回去吃晚饭？"莲秋站在窗里探出头笑问正好走到窗外的"老鳏夫"。

他不啃声，口里只连连答应："来了，来了……"气汹汹的，像是要跑过去跟人动手。她只在那里发笑。

路上车子的颠簸声传到她这里，有那么几下使她很确定。确定是他来了。他借房东的自行车来的。她忙客气地说："先吃晚饭。李星回去了？""唉，先叫他回去了。"他怕时间太久，还是先排查故障，最后锁定一个插座可能有问题。莲秋手里拿着蜡烛帮他照明，两人便在黑暗里讲话。她不由自主地跟他讲了些她的过去。其实她的过去没什么好说的，无非是吃了太多的伤心苦，过去中国大多数女人都经历过的。也是怕不怎么吸引人，所以讲的时候都夹带有一两句的叹息声。以前在那边倒不讲，总觉得是没有什么机会。也许有，但是绝没有一个机会里的自己像今天这般天时地利人和过。

"'小白菜'她们多快活，她们要操什么心哪！像我们回来，自己不做就是清灰冷灶，一锅大冷水，谁来管你呀！"他大概猜出她这边是个什么情况了，看了她一眼，她没注意。

"你看，今天幸亏你，不是你，又要摸瞎了！柳婷就要到她大伯那里做作业。虽说她还有个大伯，平时落到他家什么好处的？前几年晒稻子，他宁愿坐在那里跟人家搭淡话，也不想着来帮你一把，帮你抬一抬。还是柳婷，在后面推着板车，一直推了几里路。田是分得不好，离家远，家里没有说话的人，人心坏，就想占你的便宜。你是没看到我给他们的田，哪个不说滑滴滴的！"她这边讲着却疑心起他脸上的表情，借故把蜡烛抬了抬，照了照他的脸，他得脸色很静穆，对于她的话也不知道听进去

六 月

多少。

　　过了会儿，他也开口说："嗯，一个人是不容易的！"沉默了一段时间，他从腔子里呼出一声来："不容易的！"她过去的苦楚有了一些着落。不是因为别人对她的佩服，她才不要别人佩服，但是因为佩服而有的同情与了解，使她有一种感激。

　　灯亮了，她眼前也霍地亮起来，照得自己与他眉目十分清楚，有一种冲突之感，她有些不适应。他笑着解释："你插孔因为插头插进插出，里面的线松动了，正好当初布线的时候没注意铜线露出一段来，就碰在一起短路了。你是不是之前经常跳闸？"莲秧笑道："是的呀！"这时他的手机响了，听他的口气，应该是齐老师打来的。莲秧忙在一边高喊："就在这吃晚饭，忙到这么晚，菜都买好了。"这话分明是对着电话那头的人说的。他两只眼睛时不时地朝她看，却不住对电话那头点头，大概是电话里的人也听到了。她想着无论如何要他吃完这顿晚饭再走。他便留了下来。莲秧先把那半支残烛插回蜡烛台上，里面已经汪了满满的烛油，有几滴溢了出来，流到了她的手上，针刺的灼痛感，马上就结成了块，那红色的泪珠，是孤舟嫠妇伴着那又尖又低的琴音的涕泪涟涟。家里没有人喝酒，她便去厨房拿烧菜用的烧酒倒了一小杯给他，他倒也不推辞。为人斟酒，只曾经在宴席上做过的，都是女人们站起来让菜劝酒。现在这样特地为一个男人斟酒，总觉得自己是做了一回女人。

　　饭桌上她跟他讲她有台老式音乐机，还是磁带放歌的那种，平时倒是没什么大问题，就是放到半路上会卡磁带，磁带不知道卡坏了多少。她平时就喜欢听个歌。他说吃完饭替她看看。三个人围着一桌吃饭，各坐一边。桌上垫着的一块玻璃反射出白炽灯的光，他的脸被白描在玻璃中。熏烧肉是她喜欢吃的，正好放在了他的面前，她每次伸筷子去撬总要看到这张脸。总觉得那化开来的黑色——他的两只眼睛在看她。她不大抬头，又没有什么别的人在，还以为是不好意思。她去搛熏烧肉给他，才发现他一直在低头吃饭，只不过那双眼睛正好落在玻璃上。刚才是她的错觉。"菜多呢，你吃呀，"她又站起来为他搛，"锅里还有呢。"她拿起碗去煤气灶台盛菜，拿个勺子舀着往他碗里送，一只手用锅盖在勺子下面兜着。他忙说够了够了，她就说："怎么跟你儿子饭量一样小。"他看到了那个锅盖顶的提纽没有，吃过饭为她就地取材，做了个木栓替代。音乐机繁琐的零件拆散了一桌，仿佛要大干特干一翻，时间忽然十分地缓慢起来，使人安心。他伸进脸去看，她便也跟着凑上去看，可以闻得到他身上烧酒的淡淡的甜香气，像秋天的一个夜里只身穿三角裤起来关窗户，那涌上来的香气，桂花香混合蚊香的味道，一阵一阵地往脸上扑，直睁不开眼。他抬起头来说："假如要是换零件的话，说不定音质还没有现在这么好。"他只拿了些食用油擦了擦。

他走时，留他再坐坐的客气话没有说，时间不早了，又有柳婷在，被她听了去要觉得奇怪了。她即兴放起歌来。那些磁带全是以前柳婷的爸爸从外面带回来的，那时候稀奇死了。但是莲秧听歌从不懂其中的意思，所以自己随着唱的时候也含糊不清。渐渐地，声音颤颤嗦嗦，哀沉起来，像是冬天里一个人赶走寒冷的时候哼唱的。

柳婷在那边做卷子，她问："刚才买菜的时候有没有什么人跟你说什么？"

柳婷抬头不解地问："跟我说什么？"莲秧不答。

"'小白菜'也没看到你？"她又问。因为要去熟食店必要经过"小白菜"的家，就她会倚门看人。柳婷说没有。一首歌放完了，她走过去关掉了音乐机。室内便有什么戛然而止，无尽的一点一点地沉下去，她不愿意站立，索性上床睡觉去了。

柳婷因为最后一道题目做得太久而做不出来，非常着急。脑子竟钝在那里，瞪着一双眼睛死死地盯住卷子看。她本想草草想出个结果出来，但是觉得耗在上面的时间已经很长，这么随便又觉得可惜。莲秧睡得迷迷笼笼的，翻过身来看她还没上床睡觉，便叫了声："柳婷啊，睡觉啊……"过了半晌，她又叫了声："柳婷啊，快睡觉啊——"柳婷这才耐着性子写完上床睡觉。床晃动了下，莲秧也就彻底醒了。她回想起刚才其实一直没睡，一颗心在酒精里泡了太长的时间。她睁着眼睛看着靠着床边的玻璃窗，她记得窗户后有棵大合欢树，还是柳婷的爷爷在她结婚的时候种下去的。淡粉红的绒花开成了一团，印花玻璃上就有合欢树树枝的侧影探了过来，摇晃得厉害，像是有风刮得，但是没有风声吹过，倒像是被什么人用力地摇撼。

　　"老鳏夫"又来了？她心里想。他以前就是这样的，在她这里转过了之后就假装走掉，等到大半夜转来，蹑手蹑脚地，只为敲她的窗子，而窗子又靠近她的床。她刚开始一半也是因为害怕，就睡在那里唱骂，从祖宗十八代一直唱到八代，树影不摇晃，他大概已经走了。她都可以听到他在墙根下那哧哧的笑声。她也曾经想过要借此设计个什么圈套来套住他，套出他的钱，或者别的什么东西。但是这时候又不愿意自己的什么不好的名声传出去，若要传出去多半还是被人说成家里因为没有男人一个单身女人带着孩子而被人欺辱了。那在她才是羞耻。她刚才也骂几声的，她一直怀疑就是他，但是柳婷太累了，上床就已有轻轻的鼾声，不能吵了她，她暂且先忍着。

　　莲秧用脚把脚头的一张绒毯子钩起来给柳婷盖上，却不小心碰到了她的腿，冰凉的一触。她也就顺势伸过手去摸了摸她的小腿肚子，琦年芳龄时的肉，紧致致的。她顺着她的小腿肚子摸下去，摸到了她的脚，全是骨头。尤其是脚踝硬硬地突起。她记得上面有根血脉，她便用手指肚轻轻地在上面滑了几滑。她手脚背上的青筋特别地多，洗脚时一经热水泡就红彤彤的。她脚小。都说是脚大的人才有福气，但是也说女儿长得像爸爸有福气。柳婷长得很像她爸爸。尤其是笑起来的时候，有种宕逸的潇洒。她爷爷就老说她跟她爸爸一样聪明。她那时候还小，就说她聪明，比她大伯家的孩子聪明。这个孩子也确实比一般的孩子用功刻苦。将来前程远大可不敢说，但是至少一定是健康优秀的。不像她年轻的时候，刚开始的二十多年，无忧无虑得近乎糊涂，哪像她这么勤奋。她可以想象得到她自己那时候的繁复缛丽的生活，帮柳婷烧饭，洗衣服，带孩子。精密仪器中的零件似的插进她的生活之中，少了她就不行。那么她现在这点遗憾算什么呢？人生很短，那点吸引人的有用处的少艾人生更短，然而就是这样都有许多的遗憾在里面。柳婷的爸爸当初她是不肯嫁的。只记得每次下班回来都看到他那双手袖在袖子筒里在河边放鹅，冲她笑，更使得她浑身来气，想上去给他一拳。她记得他那时也在厂门口等过她，像个无赖似的拖住她的车不放，不肯让她走。两人拖来拖去，差点被车撞倒。一表人才又有什么用，跟她一样，糊涂。但她是个女人，一个美丽的女人，再糊涂些总不要紧，到底将来有个男人为她负责。结过婚后，他不放鹅了，努力地赚钱，也赚了不少钱就是了。她相信那是她的魅力使然。

　　她想到这里不再往下想了，再往下就是一个人挈带柳婷吃了许多苦。她把柳婷的一只脚完全紧紧地抱在怀里。在这夜里，只有她一个人醒着。她实在需要有些东西来填补过去许多年的空空洞洞。柳婷个子太高，都快抵到她下巴。当然她并不是为了柳婷才有那些遗憾。中国的大人们到了一定的时候总喜欢对自己的子女说："都是为了你呀！"诚然父母为子女付出了很多，可是往往一开始，父母们还很年轻的时候首先想到的是自己的人生。一旦人到了中年，看到自己的身边的一点骨血，长大成人，什么时候长得这么大？感动于这点生命的存在。当初只是有个什么人来跟她的父母亲说了声，他们就答应了把她嫁给柳婷的父亲了，只说看这两个人的造化。什么造化不造化的，最后还不是结了婚。她想起喜子奶奶要说让她做儿媳妇的话，那么其实要是拒绝也是可以拒绝掉的，也说不定还就碰到喜子奶奶托来的媒人，也一样地一说就成。还是那时候太小，与另一个男人生活黑洞似的把她引了过去？但是现在一切是她说了算。然而日子就是这样一天一天地过下来，一样没有什么原因在里面，非要说有，那就是再嫁也只能是嫁个情况跟她差不多的，那边再带个孩过来，四个人一起过。柳婷的脚因为被她抱得太紧，发酸发胀，本能地抽搐了下，却使她咯咯叽叽地笑了起来，这才放开了那只脚。小吊扇嗡啦嗡啦地转，把蚊帐牵扯得抖抖落落。还是觉得热，她这才觉得不舒服，像被什么东西给顶住，是毯子的一角被她压在身下，她把毯子从身子底下掏了出来，身体下一空，这才清爽了。她一摸自己的背，都已经潲湿大半。

她回去的时候在那条通往镇上的大路上看到了"老鳏夫"，真是狭路相逢。许多时日不见，就连昨晚也不大真实。他捧只茶杯，一双眼睛笑成一条缝，顶让人不自在，那缝里流动的光流满人的全身。是看见了一个美丽的女人，终于独自在心里看出一些不为人知的有趣的东西来。照常的西装裤子，一条宽皮带因为太细致的腰而多出来一大截子吊在那里。

"多长时间没有见到你了嘛？"他问。她几乎要笑出来，跟她一样觉得昨晚竟然像没见过一样，像是钻穴逾墙的一面。

"车子链条不晓得怎么回事，老是往下掉，上次下雨，半路上掉下来，一个人也没有，急死了。说找个机会一定请修车的看看，正好看到你了，你来看看。"莲秧下车说。

"来哉！"

他把茶杯放在石头上，就地弯下腰来看，立刻说是链条太松了，要夹掉一段。他当真转身回去拿工具去了。"大白菜"站在门口早看到，招呼莲秧进来说话，"大白菜"从堂屋里拖出条长凳子出来，两人各坐一端。

"大白菜"劈口就问："昨天看到有个男的骑车往你家去的。我不认得，不是我们这边的？"

"谁？你看到哪个男的朝我家来？"莲秧一脸疑惑，"噢，你说的是他呀！"莲秧笑出了声，"是不是车后面挂着只箱子？那是来帮我修电路的，昨天气死了，回来水都没顾得上喝一口，回来就找人修电路，忙到多晚到多晚。"她告诉"大白菜"这些话，这才觉得现在是回到了外面的世界来了。

"大白菜"还在笑问："怎么认识的呢？哪里人？你还怕我说出去，我是什么样的人你还不知道？"对于莲秧的解释她无动于衷。

莲秧坚决地说："哪里呀，是他儿子跟柳婷一个学校的，住在一起的。"莲秧还在那里诚心地讲诉她跟他的有迹可循。她终于不再问下去，对于这种关系，她所认为的那种机会太多了，不仅限于这一次，没什么意思。

"大白菜"头一低，眼睛往外翻了翻，脸凑到她跟前去，说道："前几天我看到方子德带了个女的到他家去，听他们讲是云南贵州那一带的，买回来的？不知道，他们把点事情不知道捂得有多紧。"

"谁？"莲秧问。

"还有谁，就是你经常叫他'老鳏夫'的那个！他才有多大，可有三十八！"她忘记了他的本名。

"他怎么买云南贵州那边的？"

"唉，那地方穷，姑娘到我们这边都巴不得。他家有钱你又不是不知道。说是对未来的丈母娘好得不得了，每回去见她，买上多少吃的去，还没吃完，这边又买上许多带过去了。"莲秧嫌天气闷热，进厨房舀了碗生水喝。那姜黄瓦缸里盛得满满的，冷水映出她的脸，一张脸在水里摇晃。她定定心。秋蝉在长着大叶子的柳树上乱叫，叫得人脑子也麻麻的。这天是要下雨了。

"大白菜"等她来，又笑说："你是不知道，上次闹了个笑话。说那个云南贵州的晚上回来，一开门，见到门后面有个大男人，吓死了。说就是他。他急得没法，学狗叫，这才溜了出去。她那个老妈子眼睛就像瞎了一样，一个大活人藏在家里都不知道，还问'哪里来的狗叫啊'。""大白菜"双手一拍，没声没气地"嘻唷"了声。莲秧是又惊又气，虽然从没对他开过门。但是她相信还不至于有第二个人使他做出这样荒唐的事情来。

"凭他，在我们这边找个也好找。"莲秧冷冷地说。

"本地谁家的大姑娘愿意嫁给他？前面个大老婆死了，第二个老婆又离掉了，他那个妈妈也难服侍，都是晓得的。你是不大在家，谢媒酒前段时间不知道请人吃了多少次。要他妈妈说，都不成功，还请人吃什么谢媒酒，不是更让人家笑话？"

他才不呆，不把媒人服侍好，人家就肯为你说媒了？"无谎不成媒"，人家媒人还不知道跑了多少脚步，知道难说下来。莲秧觉得他妈妈这事做得欠妥当，她倒是难得地赞成他。莲秧没接她的话，只说时候不早了，要走。她留了留，两人又说了几句话。

"你出来！"他在外面叫她，她当没听到。

"链条应该没有什么大问题了，骑骑看。"他又说。她只在里面答应了声，人却并不出来。

他却进来了。他就茶杯口喝了口茶，其实水已经喝完了，剩下的全是茶叶，他无聊地抿了一口，把喝到的茶叶往外一吐，就坐莲秧脚下的台阶上。他把裤管提了提，露出一截子黑色吊金线丝袜。天气热，他拉住衬衫的一角来回不住地扇。她坐在凳子上，用她那前齿点点地咯着什么。她看到了他衬衫里的瘦肚子。

"大白菜"把他的腿轻轻一踢，"去，听说你家瓜子多，买给丈母娘吃的，没吃完都腊掉了罢。"

"你要吃，你自己去拿。"

"你去拿给我们吃，我们不高兴去你家。""大白菜"总把他当个傻子看，哄着他，又踢了他一脚。

她这一踢倒把他真踢痛了，叫了一声，瘙痒难耐地掉过头来却冲莲秧笑，莲秧低头看自己的脚荡来荡去。

莲秧伸出手去接雨点，看雨点还不小。她站起来终于要走了，她一走，他也就站起来把屁股上的灰掸了掸。

"大白菜"打趣他："不坐啦，你妈又喊你回家吃晚饭啦。你听你妈话哩。"

莲秧站在那里穿雨衣。她听到里面的两人笑谈，知道他马上要出来了。他出来，她正好蹬上车骑远了。她在白得耀眼的水泥路上骑得飞快，链条确实是弄好了。杂着那蝉叫，雨点也越落越快，细细的哔里啵啰的炸裂声。淋湿不到她，她今天是带了雨衣的。

那雨一下就是几天。浴室还没到开门的时候，柳婷要洗澡，莲秧没办法，只好着了个炭炉子在洗澡间里预热。李星的爸爸看到了，说："怎么着了个炉子在洗澡间里，小心一氧化碳。"她不懂什么一氧化碳，只说："她要洗澡，太阳能又没热水，已经烧了几水瓶的水放在那里，又是下雨天，不着个炉子要感冒了！"他听了笑说："我这里现成的热水，以后只要天下雨，你就来，热水多得是。"他带她进去看热水器，热水器上面的小绿灯还亮着。在昏昧的空气里，像个月亮。她说："有个热水器是方便。""费电！一个月没洗多少回，就要大几十块钱。"他现在也惜乎钱来了。她没说什么。两人一直在浴室里谈话，她想起那天的蜡烛光，他听她讲许多琐细的话，她觉得还有好多的话没有说完。那天大概是她先拒绝了。也许是她多想了，究竟是她一个人太久的缘故吗，动不动就要这样想？

柳婷在里面洗，她在外面等她出来，她跟他有一句没一句地说笑，有时低头拉拉自己的衣服，朝墙上的镜子瞟瞟自己的脸，觉得自己的肚子平时看起来没那么大，今天一坐下来，简直就是另外一个胸，上下两截挤出了中间的一条深沟。他在一边翻看《易经》，她想起那次要饭似的站在他的门口。她待会儿也要进去洗个澡，只是那门没有锁。然而里面的人眼光只要碰到那门，就要愣愣地看许久，老觉得那门要被打开了。无数次，开一次惊一次。外面还有人在敞亮地说话。

电影院做活动，房东给了几张电影票给莲秧他们。李星的爸爸没有去，尤其是在娱乐场合，越发要避着些人。也正好柳婷那天学校组织看电影，排一个长长的队伍，老远就看见他们往电影院走去。"小白菜"就笑问莲秧去不去看。莲秧没立刻答应，又问喜子奶奶，喜子奶奶在洗一大脚盆衣服，就问她孙子的那个班级有没有去看。要是孙子去看的话，她也去，到时候可以一起回来正好吃晚饭。要是她一个人去，孙子回来看不到她的人，总也放心不下。喜子奶奶张着口一直等答复，"不是，就两个班级去，柳婷的那个班级跟我家儿子的，分开来的。"她这才再低下头去洗衣服。莲秧想，反正电影院也不远，去去也没什么。中场休息的时候莲秧问"小白菜"晚饭吃什么，她笑："我们呀，我们今晚是出去吃！"莲秧因为要赶回去烧晚饭，没看到结局就回来了。

吃晚饭的时候莲秧问柳婷："最后那个男的跟那个女的有没

有在一起？"

"哪个女的？"柳婷问。

"唉，就是那个跳舞跳得很好看的那个。"

"妈，你不是也去看了吗？"

"我不要早点回来烧晚饭给你吃？"

"噢，跳舞跳得很漂亮的那个女的跟那个男的在一起了，还有了一个孩子。"

"男孩女孩？"

"嗯……一个女孩子。"

电影结局很悲伤，在柳婷就认为未尝不是一个较为理想的结局，但是莲秧是一向认为郎才女貌的，忍受不了那美丽的分离与伤情。她要是看到结尾一定要掉泪的。但是既然跟电影同样是虚构的，那么为什么不让她母亲满足呢？

第二年的六月，李星高考结束。她还是照常上着班，不过心里惦记他今天搬走，于是下班在回来的路上想这个时候他人应该不在了。她先去他住的地方看看，门被风吹开一些，她往里只张了张，看见房子的地上有几张旧弃的报纸，像是遭了窃贼一般。墙上的镜子还在，大约是忘了没拿走。她自己一瞬间也觉得心里也有一点什么被带走了。院子里一个人也没有，她看到自己桌上有许多吃的，是她先前买给李星的，她买的东西他们只拿走了一半，倒又另外留下其他的东西放在她的桌上，像是交换信物似的。柳婷回来看到那多出来的东西十分地不好意思，下次看到一定要请人家吃顿饭。有一天莲秧说："上次在街上看到齐老师了，匆匆忙忙地也没说几句话。"柳婷问："她电话你还有吗？有时间请她跟李星吃饭。"莲秧笑了笑，怎么就没说请他呢？但是如果请他们一家人吃饭，似乎又不太合适。那次见面其实问起他也没什么的，但是一想起以前，就淡得发慌。他先前住的房间又

租给别人了，以前的痕迹一点也没有了，只有墙上的那面镜子还
留着，大概是没舍得扔。

二〇一六年四月
2019 年 11 月刊载于《西湖》11 期

史　诗

一

有只双翅是橘色的苍鹰是个塑料玩具。鹰翅开成笔直的一条硬线。小孩子要手持鹰脊一直往前跑，一直往前跑，就代表了它在空中飞渡吗？

绮嫦看见她的姊姊绮丹旋过身去，捏住鹰头把它轻置在窗户的插销上，鹰的钩喙就叮住，鹰身悬宕，确有一种载沉载浮的神境——背后有一片云天在着。绮嫦就从未想过此。此后这只鹰一直在，但许久不在眼前。她看到这只鹰，就记起绮丹那次似乎在等一个人。

不晓得是不是同一个人？从前是有一个男子躺在她姊姊的被窝筒里。一个人睡一头。那只鹰还叮在插销上，她摸着门把手，问："他是谁，怎么跟你睡在一起？"绮丹微笑起来："你猜？"微笑消失掉了，鼻孔清出两声重气，像受了寒。绮丹把头抬起来，挪了挪枕头，重重地枕下去，想枕得舒服些。"我怎么不认得。"绮嫦问，但绮丹没有再答应她了。

中午吃过午饭那当儿，人仿佛都无事可做。绮丹弯腰用手托起她的右手五指，她对他笑说："她的指甲好看，一个赛过一个。"她早注意到了绮嫦手指甲好看，不过是在他面前第一次提起。听见绮丹这样说，他也低头敷衍地看了她的小手一眼。倘使用指头肚刮过去，确实一个比一个翘，如那汉语拼音里的四声。他笑了笑，表示赞同。尽管发生了一些事，绮嬙始终没有清楚地看见过他的模样。

他大约真是连额角眉尖也平淡，所以那张瓜子脸——男孩子长一张瓜子脸，虚虚笼笼的，不见一会儿就让人忘记掉。窗户外只有点太阳花花，不是太快乐。光只稍微一折映，他的脸更有层静悄悄的雾白。

绮嬙把手抽回来，往后一缩，偏在后背，眼睛往上抬了抬，看了他一眼，整个地有退怯的沉默。这种退怯的沉默是天生的，一出生，身边就全是大人。倘若她是个男孩子，他会是学校里的混世小霸王。她母亲成天往学校跑，白发飘萧地给老师同学赔不是而衬托出他的顽劣。

"十岁生日带你出去玩一趟。"大人说。十岁、二十岁一定要在家中热闹，因为三十岁就嫁人了，要在别人家放鞭炮。

再过两个月绮丹就要二十岁，他们早有此意，预备热闹一番，她母亲表示杀一头猪，说："猪正在长膘，杀就杀掉……"绮丹站在桌前倒又表示不愿意了，"我就放两只花炮，我看还是简单点好了。"

"那么，就带你去市中心走一趟吧。"她父亲开绮嬙玩笑。这样的一种玩笑，不动声色，很中国式的男性幽默，乐而不淫。她父亲兴致好的时候，就跟她说这样的笑话。

"我不要去。"绮嬙听出来了。

"那么去一沟好了嘛。"

"一沟奶奶就在那里，我不去。"她祖母的娘家大本营在东边的一个镇，沿去市中心的一条大路一路嫁过去，她实在辨不明白，便每以地名冠于"奶奶"称呼她们。从前人可以生这么多，他们不懂避孕。一路上全是熟人，哪里像是去远处。

"咦，那你要去哪？"

"去北京，去看天安门。"戈戈细语，然而吐字清楚。大人们笑起来了——笑她还不笨。

"那去北京干什么？"

"去北京看天安门，看长城，不去长城非好汉。"北京她就知道个天安门长城。最后一句她说得老高，有些颤抖，因为忧愁他们不答应。也不知道她从哪里听来的这一句谚语，只懂得用在这里会表示一点决心，也用来说服。

交了十岁，她还踏着大步子喜欢溜来溜去，祖母就喜欢她活泼似小蛇。大太阳底下，粼粼的，那是她咯咯的笑。她父亲以为她的"雀子"就是这样溜掉的，嘴上也说："你哪里像是个女人。"这是最恶毒的话。他的妻早先流掉的一个，他看见是个成形的男孩子。他把那团热乎乎的一团血肉用麻布包包起来再埋在祖宗的坟边。他跪在那里，拍拍手掌，乞求来世还要托生在他家。他后来在医院外听见啼哭，搓着大手，声称就知道是个女婴了。看见是女婴，他也很不高兴。

这个女婴一直就在镇中的小巷子里窜。垩的磨砂纸似的水泥地，能看见一粒粒细小的石子，很容易使人要小心，想到万一跌下来定是皮破血流。巷子叫"岳飞像"，是纪念岳飞抗击敌人而刻的像，大刀阔斧，姿势逆风向前。几十户人家两边夹峙，其实应叫"岳飞巷"。前面挖了三道大沟隐蔽伏击，于是又有"一沟"，"二沟"的地名。当然那时没有武功，就是角力，适当的防护就等于保命。挖出来的泥土就堆垛在这里，把这里的地势抬高了几丈，挤挤挨挨住着几十户，往后延展，赵姓就在这里坨聚。方圆十几里，有顾姓、朱姓……市中心反而像一口锅底。住户间七岔八岔搭了几个茅房。深坑里面嵌一只豁了口的粗釉酱黄大缸，也有人家用这种缸储藏水。茅房是用碎砖和泥土砌固，有许多孔隙，用赵绮丹的考试卷子糊起来，试卷上的分数常常不及格。

绮丹不大愿意把他带回家来。大概觉得他一定不大上得惯这样的茅厕，他个子很高，坐在里面佝偻着。有次他向绮嫦要一把小铁铲，她知道他要埋他的一泡屎。他高个子，笑容可掬，就是不大出声。

绮嫦总在他不在的时候够树上的桃子。好的桃子却从来长在最高枝。她早就拣中一个，痴白中隐赤。她苦于太高，在那树下转来转去，再不摘下来，就熟极而烂了。她叫来祖母抱起她，祖母老缩了，还是嫌矮。她又拿来一根棍子打，打到了地上，也打烂了一块。她总觉得可惜。剜掉坏的一角，仿佛中了邪一样，与刚才看到的事实一点也不相符。桃树的简静的一丛伸到墙外，引来别的人驻足观看。

她的一个小学同学叫"黄毛"，头发眉毛稀疏，似乎因营养不足也因此发黄。不晓得他从什么地方溜进院子里，被绮丹看到了，他背靠墙，像是被人逼到了墙根。他嘎着声音："我就是来看看……我没想要摘桃子。"绮丹笑说："我知道，那你可以走了。"他又问："绮嫦在家吗？"绮嫦出来先是"咦"了声。他从没来主动找过她。他与他家隔壁的女孩子走得近，后门一开，就是她家院子。那女孩子写字迟慢，单眼皮，又呼着厚重的鼻息，嘴角有一点闪亮晶晶，其实也没有，但总觉得是有那么一点。在冷风中，手总缩在袖口中。他是长得稀疏可爱，像是随时要夭亡。她知道她现在笼络他。

她笑说："我没有看见她嘛。"

"她不在家呀。"他站在大门口告诉绮嫦，有些心不在焉，"那我们找谁一起出去？"

"我今天不想出去。"她站在那里，留意他脸上的表情。也是下意识地觉得，只要出去，一定会遇见他家隔壁的那个女孩子。一定会遇到的。

她随即转身到庋藏杂物的小房间去翻找小玩意。他家里有一桌子的小东西，她很恋慕。他会把肥皂绑在一个船形泡沫的尾巴上，利用肥皂的溶化产生力，而推动小船。她找到一个螺母，他看了没意思。

小房间霉阴阴的，有一座稻积子，她母亲在稻谷里埋了几只青柿子，容易变软。因为这样的气味，总觉得过往有许多东西在沉积，有许多神秘。他在里头东张西望，他拾得一把锄头担在肩上，做一个荷枪的兵。她随即又拿起一个司线交给他。他问："这是什么？""我爸用的，轻轻一弹，能弹出一条直线来。"她说。他果然站住不动，认真翻看里头有什么玄关。

一直到时间很晚，他隐约听到家人叫他回去吃饭。他不作声，她也就当没听见。他自己想要弹出一条好看的直线出来。他看出来里头的墨已经干涸。他很聪明，她总觉得他很好。幼儿园一连几次拿"好宝宝"奖状。然而，他对她这些时候，她就是胜利。他去兑了点热水进去，把机栝扭开，拉出一条粗线，然而粗线的尾巴糊掉了。两人把墙上弹得到处都是墨迹，毁掉了一面雪白的墙。她母亲看见那木门紧闭，躬身从门缝里窥里面。胖胖的脑袋后打着田螺鬏，若打成一根独辫便像一颗钉。她让她开门，两人嗒然地隔在那里，像犯了一个错，尤其是他。

已经太晚了。墙上的淅淅凌乱的痕迹已被隐去。面对母亲似的大人，两人都觉得意志消沉，如同远山上的烟织。他揪住那线在指头上绕来绕去，嘴角翕动。她看着他溜走了。吸引他一时，她总不能变出十八般花样来永远吸住他。

二

绮丹总是这样旋过身去，仿佛她身上穿一袭裙子，可以舞出圆。那鹰只被轻放，于无意中生出的一种机智使我惊叹。她没有穿裙子，头戴一顶绒线打的贝雷帽，帽檐向上半卷曲，影子落在眼睛里，像站在屋檐下看别处。她姊姊类似这样的善良，近于一种空白。唯有比绮嫦多许多那在成年人眼中的女性的成就：她脸架子小，眼睛却饱满，嘴唇饱满，似乎也就是"脸如银盆"的模样。她的女性模样在悄然中显露。皮肤的黑便使齿如鲜贝，像刚被太阳晒完过。她站在花丛中晒热烈的太阳。花也开得过于壮丽盛大，遮蔽了老枝的萧瑟。她黑是黑的，却黑里泛金。

她一开始，从上海经常回来，不过在此后次数越来越少。那轿车占满巷子一路开过去，掀起灰帘。那房屋角的"石敢当"上坐着的几只屁股跟着一起转过去，喊喊喳喳，"变了！""大变了！"此外就是听他们说她别的事，喊喊喳喳。她的脸瘦且硬，黑中没有了金色，便变白了许多……

她说她书读不下去了，没心思读下去了。初中读完，高中都快读完了，读到这时候不读了。就是不读了，没有说什么。有时也觉得前面都已白费。

她父亲踏着一辆三轮车，三轮车上是她的被褥、枕头、水壶，码成一座小山头，吱吱呀呀，一路颠簸送回来。光天化日之下，使人惭愧。

绮丹穿着碎花睡衣睡裤，从此就这样了，不会去多想。发了一会儿呆，她吃力地把东西一捆捆往家里搬。一件浩大的工程，她热心地参与在这变化中。门前的两棵树木长势参天，交盖相映，有两个人站在底下说话，不时地往里看。有几只老去的蝉蜕钩在树皮上，但还是有蝉鸣强聒不舍，砸进人的脑袋里去，仿佛脑子里也住着一只蝉，扭紧神经，绷得使人痛楚。她错过一节课堂，再错过一节，就这样下去了。东方式的无邪纯真，也近于一种无视与勇猛。她自己坐在廊檐下十指交错地扒手指甲，用嘴吹一吹细屑。

绮嫦躺在庭中夏席上舔雪糕，撑起双膝，紧紧并拢，她也觉得在庭中岔开双腿要诱人看得更深。她听见外面有人喊"磨剪子抢菜刀来——来——"声音更远还生，纤而稳妥。

她课间上厕所，也要问同桌是否一起去，同桌说要等一会儿。她就等一会儿，磨磨蹭蹭。同桌在整理书。一本本翻验，摞在左侧，再一齐推到右侧。

"听说班主任要课间大检查。"他们经常这样突袭检查。

"怎么又来？"绮嫦问。

"我是听他们说的。"

同桌穿裙子，很快就蹲下去，接着是一阵"雨战竹林"。砌成的厚厚的两壁，底部全被蚀空了，积了层薄壳黄垢。她的一泡尿浇在一部黑色的手机上，不晓得是从裤子口袋里掉出来还是扔在里面的。她倒是什么都不担忧，越是遇到这种情况，她越是什么动静也没有，所以觉得很可惜。

两人互改试卷，看到答案不对，马上高兴地打个红叉。再比谁打得大，看得她心惊肉跳。一下课，同桌就往后面走，站在她要好的一个朋友桌旁，夹道很窄，她总要一会儿就相让别的同学走过去，铃声一响，她又回到座位上。绮嫦总觉得她有太多事没有告诉她。但有一段时间，她不往后面跑了。她把书堆推到左侧去了，中间余出一个大空当儿，两人在里面可以头碰头，可以把下颌埋在肘弯里。

绮嫦一面旋转手中的笔，"我现在不大理后面的人了。"同桌的嘴角塌得扁扁的，脸大，眼睛嵌在里面，细长的，不笑也像笑。不高兴，就这样把嘴角塌得扁扁的。绮嫱"嗯"了声，没说什么。身边总空缺在那里，像是她跟她老在闹矛盾似的而不睬她，她就要往后跑。此后，她买了一个玩具似的塑料密码本，图画模糊不成形，却有很劣质的鲜艳。两人写下了共同的愿望，将来要去空阔的地方过自由的生活。傍晚有秋风吹过。

密码本被班主任发现，他让她们打开本子。他看完后，让两人当着全班人的面读出她们的愿望，两人都笑，用手左右揎一下脸，那笑搊掇不起来。一读就知道，这是个悲剧了，便用笑来纠偏。

她的班主任写得一笔好字，她于无意中模仿起来。他老是低着头看脚下，用教科书仿作古诗中的"歌扇"来半掩下颌。期中考试开家长会，成绩不算坏，她还是不放心地问："朱老师可说什么了没有？"她母亲一面把一只红色塑料袋随手往哪个缝隙一掖，一面说："说这个学生学习刻苦，品德优良。""还有呢？"她略有些失望。她就应当是刻苦的，以之来弥补智力上的不足。但她的刻苦不过是在长久的沉默中所习惯的不放纵。或许培植出点智慧的根芽，那也是在潜移默化中，是在花费数倍于别人的时间中所得到的一点神的启示。

她同桌看娱乐周刊，半个月一期，油纸印刷。她喜欢韩国的一位演古装电视剧的明星，饰演的角色历经难险而成功，就有崇高的美。她把过期的要过来，图像裁剪下来粘贴在文具盒里面。她的多疑多思就使文科很好，文科就是需要写许多的字。板板正正的字，老师不忍心给鸭蛋。她的手掌都磨出了茧皮。她把写完的笔芯用橡皮筋扎起来。她会取得最后考试的成功，她对此深信不疑。她曾想以此作为人生正途。不假思索，却也艰难。

她的父母是种地，种地就只是卖力气，需要大劳力。她父亲却总是坐在上首喝酒，"我的钱多啊……银行的钱还要多，摞得有多高呢，我有回看见，有这么高！"他诧异地模仿出钱的高度给姊妹俩看。她们没有任何表情，他鄙夷地侧头，嘴里嚼着咸菜叶子，烂叶子嚼不烂。他的人生后期全部依赖他的妻，在依赖中养成傲睨的性格。他又仗势他是家中长子。他到中年的时候坐在上首就已经瞪着铜铃似的眼睛瞟她们。一双筷头并拢在碟缘上，小长柄勺子搁在干净的白瓷盘中。并没有像样的几个菜，也要七八个碗铺排下来。她们的母亲却懂得实际的人生，恐吓绮嫱绮丹："你说没钱啊，没钱，你能买到什么，你屁也买不到一个，被人瞧扁了呀。"他们提前想到坏结局。"没钱的日子难过呀，没钱，你只好屁股给人家踢。"绮丹在镇上替人家站店有了些时候，为家中添了许多小东西。首先是替自己买了几张明星画报贴在床头，也用来挡住白墙上剥蚀掉的一小块一小块。画报上是情侣明星。又买了件雨衣，一把雨伞，挂在门后。床前摆一条牡丹花红地毯，一整套的白瓷茶具，还有四只绿色玻璃喇叭口杯子，用来喝苹果汽水。那汽水就是绿色的。她母亲……她不能赚许多钱。她提前想到坏结局恐吓自己。

绮丹要买只手表，忽然地想要一只。他们告诉她，他们哪里来的钱？把表买来，会有人来偷。她不依。临了还是拿出钱来了，她知道，临了一定是有钱拿出来的。母亲陪她去，其实她的母亲什么也不懂，一直陪坐在那里，手抄在口袋里，一直在口袋里握着一沓钞票。其实那笔钱一定是没有了，她想多捱一会儿，只会使钱有一点柔软的温度，更使人伤惨，像冬天中红彤彤的脸腮。

她的母亲只是坐在那里一直在那看她的动作，脸包着惨绿头巾，柜台上灯火辉映。绮丹把表戴在腕上远近比对，在那里校正时间。她的母亲凑近去看那只表，看看可有几点钟了，不过因为是罗马字，她看不大明白，但也不肯移目。她的这点缠绵使人讨厌。她总是不经意提醒绮丹那表还在不在，或者看见了，就说起那买表的事情，提醒这表所费不赀。她的可怜不值得人去同情。

在绮嫦六岁时，她们的母亲还年轻的时候，一个人千里迢迢去坐火车到上海做帮佣。但不多久，她又回来了。问起原因，她告诉别人是因为她不识字。她年轻时很好看，一双蝌蚪眼，尾巴似乎在蠕蠕地扫着人。"我们不识字的呀。"……可是她会算。她前后换了几家，而且时间做得都不长。那女主人们都长着长头发，头发丝容易掉在瓷砖上，只能弯腰用手一根根拈起来。一天要弯许多次腰，在她的女主人面前。她后来一直住在乡下了。因为老往地里跑，脚上着双黑胶短套鞋，髋骨往两边突，穿条短了一截的蓝布裤子，使得一双瘦腿分外地长似鹤腿。屁股后面是一块灰色补丁，密密的针脚，像破砖底下的潮虫的行列。她总像是刚从泥地里站起来，忘记了撺屁股。肩上扛着把铁锹，绮嫦叫她回家吃饭，她整个地像狼草一样，被风一刮，不知挂到哪家大门口去了。"她现在，走走就看不到她人了。"她父亲把脸一甩，表示不屑。一条街上的人都认得她，一只手叉着腰站在门口说起话来头头是道。"我家大丫头花钱，你不要问她，花钱是来得个会花，跟我们哭死了，要给她买只表，好了，时间长了就要翻新花样了。家中有多少钱就能告诉她们了？跟你要这要那，你把一分钱给我用哉！我老是说这死话，儿女都是假的，满床儿女不抵半床夫妻。"她对大姑娘不满，同样地觉得二姑娘也不好。

"你们二丫头十岁时没热闹。"他们说。

"说不热闹，一年两个人生日还是要过的！大丫头要，二丫头也要。那二丫头十岁，是她先过的，我们哄她说带她到汉留一沟去玩一趟，她晓得不去，坏哩，跟我说她要去北京。"众人又一起笑了起来。

绮嫦其实很少开口要东西。她并不意识到家中贫寒。只有她母亲的那条蓝布裤子，永远在提示她家的不富裕。不不，她家从不缺东西。她家东西甚至很多，那些想不到的小东西。各色各样的杯子，小塑料盒子，还有许多颜色与花纹的碎布。

那条蓝布裤子，她寒暑假的每天早晨都有一大脚盆衣服泡在那里，里头就有这么一件。烟潮污辣，是做事时急出来的尿在裆里烘干，混了汗水，有股奇异的难闻的味道。她的手都搓红了，衣服领子袖口洗不干净是要被否决掉。她母亲不甚满意，不高兴，脸色沉下来，把没洗干净的衣服领子拿到她面前看，迫她向后退几步。

她现在一样没有地方可去，巷子不大走了，长这么大再溜来溜去，是要被人说的，女孩子好动就有种滑稽的蠢。她站在梳妆台前摆弄她姊姊的东西，她不懂化妆。她就是有种矜念，想让相机摄到。为拍照而正经地摆出表情，没有美的欲望的展示。成年人拿起这照片看到的却是另外一副她十几岁少女天然的风韵。柔怯的，即使大笑也很弱。她当然不会懂得——正如同她姊姊涂红指甲油。她却不明白这红色的意思。她天性喜欢红色，自然想到黄色，就像用水彩笔作画，用完了青色就会立刻用橙色。

她有一件黄色的绒线衫配粉色的马甲，如果马甲有长袖，那会更好，然而没有粉色的长袖外套，她只能买了这件马甲。她头发厚密缭绕，看起来整个脸就躲闪，尽管有一副静穆的表情。绒线衫袖子有些长，她把袖子卷了一道，当初买的时候以为可以穿许多年。可是别人会看到这件马甲的合适，那蓬蓬鼓鼓的马甲果然促使一双玉臂瘦长。她自己就感到那双臂膀很有些受冻，就为了展示这件粉红色马甲的非常适体。

她现在穿这衣服站在菜花田里拍照，绿秆子顶着黄花团，高高低低。绮丹穿白色的绒线衫，双手搭在她肩膀上，站在她后面，像盏灯罩住她。似乎时兴绒线衫，颜色可以自选。现在我看这张照片，我看这样的神情，知道当时意念中的那种品质。心中所想总与实际中的行动不能够完全一致，就会退怯。这在我认识一个来自福建的陌生女人后，清晰地意识到了这一点。

这从照片中那卷起来一道袖子的黄色绒线衫就看看出来了。两人站在菜花田里照相。她不知道为什么袖子要多出一截，要卷起来，大概是那时身体长得缓慢，以为可以多穿几年，有意织得长一点。她记得这件绒线衫穿了很多年。

她们没有挨过饿，从祖上开始就种一片广袤的地，腴厚的，即使外人不察觉其中，即使家里铁具洗得很干净，也似乎充满尘埃。就像绮丹，她一有时间就把家中的东西整理得十分整齐，整理成父亲的吹嘘中应该有的辉煌背景。然而，东西太多，也易惹尘埃，揩拭不了。绮丹很爱整洁，整天需要打扫。她永远在拖地，在一间铺满旧的、花纹设计很老气的瓷砖的房间里拖来拖去，想把这老气拖掉一点。

她的曾祖父是一个大地主。他在夏天悠闲时诱了一个微骨肉丰的寡妇，寡妇的四肢透过薄衫如一节节白藕。他在她背后眯起眼，眼珠子在眼洞里咕噜噜地——像饿着的肚子咕噜噜地——注目她良久良久。在那个物质匮乏的年代，使人觉得阴惨。曾祖母有一双小脚，脱去绣鞋，父亲说起那脚来至今令人骇异。她总坐着，低头做针线活，露出一截白腻的颈子，针线活做得铁板铮铮。他死时，她坐在门内看见那个寡妇在门口来去徘徊。她不与她说一句话，就那么笑着坐在门内。然而问起亲戚家待嫁女青年可有了人家没有，就一定要说起她丈夫的不好："千万不要嫁像你舅公这样的，举手就要打人，少年时打掉我一只耳环，不知道滚到哪里去了，到现在也没找到。""你看他的一只嘴能说会道，那你问他认不认得杭州大女儿的家在哪里，你问问他看，你看他认不认得。"

她祖母非常热心地不赞成她的孙子辈们的婚姻不幸。找人不能找像她祖父的，会打人，少年时打掉了我一只耳环，我到现在也没有找到。她重复这话，觉得她活得太久了。古希腊中的女先知，与神要了像沙子一样多的年纪，却忘记说要年轻，于是一直活在年老时候。

三

绮丹冬天很少下床，她一到冬天就像个残废。河里已结厚厚的冰，她的母亲很早就拿块石头在冰层敲个窟窿来洗菜。她在床上听那"啪啪——"的回声，直到冰破，她忍着肚饿，把头更深地埋在被窝筒里。她母亲洗完菜，就把冻得麻木的手抄在衣襟底下渥暖，龇牙咧嘴，站在门口问她什么时候起床吃早饭，此外就说几句别的话。她坐在床上等春节来临。她感到很快乐，于是早饭就在床上吃完。窗外天气很好，没那么冷了，可是她不去晒被子。

她外祖父的私生子来乡下过春节，总要在河边看冰。上海的水不结冰。他早早地起床呼吸清冷的空气，觉得冷的空气总是很干净。他跟绮丹讲些上海的事。告诉她，他从学做烧饼开始，然后自己开了家铺子，到如今已经生了两个儿子一个女儿。女儿在清华读书，儿子出国留学。他给她带来上海的丝巾与皮鞋。

他们早知道他是私生子，说话时带到他就保持微笑。祖父连夜托人把他带到上海做学徒，托人的时候讲了许多他自己的苦衷。说这个孩子留不得，留在这里，恐怕活不长了。现在他的眉毛跟祖父长得很像了，眉长连鬓。长到中年时候就笑着叫绮嫦"小金豆"，这名字很像铝皮门上的铜钉。他手掌低低地摊在她眼前，并在手掌中排出十个新铜五角。

绮丹等天暖和时候就要去上海，一切都很便利。

绮嫦跟她母亲在路上走着，刚寄了两床新被胎给她姊姊。孟冬之月，新被胎厚而重，盖在人身上，双肩缩不进去，那要冻着了。她母亲告诉她："她现在不肯住宿舍了，她自己要出去住，出去住还要自己花钱。""我也管不住她了，她年纪也这样大了。""为什么要出去住？"绮嫦也不很明白。她母亲嘟嘟哝哝，"你不懂呃——"便重复说她姊姊年纪大了。空气很静，九月的风落完了，天地果然闭塞。说话也倍觉吃力。

绮丹原本在造纸杯厂工作，住宿舍。她常常是一顶白帽子俏皮地坐在脑后，她总把帽子的六只角叠得饱满。她按照她自己的习惯做事。她把纸杯子一定要高高地码好送过去，尽管别人还要拿下来重新包装。纸杯子一定要整齐地倒扣在小车上，底下铺层塑料薄膜。她似乎永远怕灰。现在没有人这样做事了。

她下班去找单位的主任，问值班室的人，那主任是地道的上海人。他问她找谁，她说："找李主任。""哪个李主任？"他仍旧坐在里面。"就是李主任嘛！"他冲出来拦住她，"那我带你去，你找他什么事？""开工作证明，租房子要用。"他带她上去，走廊上办公室很多，他打开一个房间的门，一个男的拿着一叠纸在看。他抬起眼就问："你找谁？""我找李主任。"她马上说。"他今天不在。"她笑了声，掉头就走了。

那值班室的笑说："你们年轻人……"摇了摇头，表示不行，"你刚才一看见他，你应该就要说'我找你'，他开证明一样，比你那个李主任还要好。"

绮丹一听，又回头去敲开门，哈哈一阵朗笑，说："听说您开是一样的，您能帮我开一个证明吗？"她很大方，男性跟她开黄色笑话，她也笑，就是那种大方，这使她便于开口，严肃地求人办一件事反而不会成功。

　　　　　　　　　　　　　　　　　　　　　史 诗　|

她再返回去厂里有点事，厂里的大门敞开，有条腿从门后伸出来，挡住她的去路。她一骇，双手缩在胸前。正好被这个人一把抱住。"是我！"她知道是梁泽儒。两人一点空间也没有。"有人！"她喘着气说，想要挣脱出来。"我早看过了，人都走了。"他说。他感觉到她要扭出去，他不放，两条蟒蛇一样，越缠越紧。

两人本就一同在厂里。梁泽儒每次来上班，都把手抄在口袋里，然后在大门口左转弯，几脚就登上楼去了。下班的时候，那门口总有几个男的在等着他，疏疏落落地在各个角落，显示他们在等他的不耐烦。她每天都见到他，从不说话。

他到别处去了。他一离开，就有人从中替他们介绍，只要分隔开，两人似乎就有种可能。

"你们都在上海，那是蛮好！"这是两人地缘上的便利，容易成功。

那人告诉她，他现在在开一家五金铺子，在徐家汇区。她仿佛是一提起他就像不大认识他这个人，她回忆起了那萧逸的姿势，在这回忆中，她生出许多幻想来。她与他在别的地方见面。她一直不开口说话，只有眼睛时不时望着窗外的远处，便摆出一副哀矜的神色。她过去是戴着白色帽子在叠纸杯，被他看去了。尽管那时她已经按照自己的想法来做，与人是两样的。"去不去看电影？"他试探地问，他的动作很少了，只忽然局促地一笑。她忽然也高声说了，"现在哪有什么好看的电影。"不过在于女方要象征性地拒绝一下。他沉默下去，后来又约了一次。两人就一同去了。

有了个远方目的，她就对他生出许多幻想来，并有了许多别的要求。她不许梁泽儒把手抄在裤子口袋里，不许他与那些人一同出去，不许他这样，不许他那样。"好，我不抄了，我要请示下你，天冷的时候能抄吧？能不能与其中的那个小眼睛出去一下呢？"那些人是众多河流汇成的大海。他掐住自己的一段小拇指，露出米粒大的指尖，形容那人的眼睛米粒大。凑近了脸去，叫唤她名字，她非常满足了。她整个人无法与大海抗拒。她处于危险境地，在危险中她获得快乐。

他们把房子租在徐家汇区与静安区交界处，那里有的是巷子。长巷子里的门大多都定定地关着，与她那的"岳飞巷"不同。里头住着千家万户。从此以后，她跟他住在这巷子里，那巷子名叫"摸奶子巷"。

她骑一辆大红色的电动车，在冰天雪地里骑，很拉风。去上班的路上摔了一跤，在手上拉开一个大口子。口子已经凝结住了，不大看得出来，但她告诉他这件事。

他的两片嘴唇曲线紧致，鼓起的腮，像含一口糖水。可他却有种独特的寡言，"嗯，帮你吹吹！"再不说话了，过了一会，他想起来拉住她的手，嘴唇贴住她的手背，一吹，"啵"——像放一个屁。

绮丹是乐于享受的，这与我不同。那份只属于女性的享乐，她懂得，即使到了相同的年纪，我的十八岁与她一定不同。她不能持恒地做同一件事，所以她不能把书读下去。她觉得这不可靠。她现在要靠他。她跟他去一起去开铺子。铺子是梁泽儒父母拿钱出来开的。那铺子只有一米来宽。复合板隔出来一个顶，算是两人卧室，挖一个斗方的门，里头黑洞洞的。只有一座木楼梯搭连。夫妻店，也跟以前一样，天天见面。他手抄在口袋里，进门时往左拐，赤着一双白脚踏着梯子进去了。

四

绮丹坐在那里一面哄她的儿子一面与母亲说话。她的几岁大的儿子似乎发烦，不受她哄，一只手拽住她的衣帽，拖她下地。她紧闭一只眼，扭曲着脸随笑舒展，坐起来，跌得不轻。他双手摆出一个奥特曼闪出最后一招用利光结束怪兽的姿势。

"只有钱是狠的，在上海一天不做都开不了锅。都说做生意日进斗金，底下有多少人要吃饭的呀，他们才不管你死活。"

"梁泽儒说我们现在每月用五千块倒又好了。"

"梁泽儒现在比以前好很多了，给他开了家饭店。"她说说就总与母亲谈到她丈夫。绮丹不过是投钱进去，他相当于是做一个甩手掌柜，那多少绊住了他。他本性并不坏，不过喜欢玩。他认定人生短暂，不如寻求快乐。这一点与她是相通的。可最终还是她蹙迫他认识到人生的种种为难。她仍旧是那种爽朗的口气，但没有狡黠的高声。她葬送了她的天真与健康使他不那么嬉皮笑脸。他就是使她处处不大放心。

他被人挑逗起来去赌，赌急了，要赌把大的，偏偏又输了。赌徒只要现金，也没有全部要，他们也被吓住了。怕真惹出什么事，抹掉了一些。绮丹就拎着一麻袋钱，沉甸甸的一麻袋，万贯家财，一朝散尽。她就在那个时候又贷了一大笔款置了房子。房子装潢以白色为主，开灯总开那吊在正中的水晶装饰灯。家具是象牙色，镶滚金边。梁泽儒也戴金器，绮嫦总觉得男性戴那种金器像是假的装饰品，使人好笑。他把双手抱握，肘弯搁在桌上，两只大拇指夹住鼻翼，来回摩擦，代表他一点活络的心思。他问绮嫦多大了，就笑说才十八岁，那还早呢，不胜艳羡。

"我现在是人在家中坐，账单天上来。"绮丹笑说，露出两只虎牙。因为脸庞瘦削，总使人怀疑她是不是真的在笑。

她说的都是非常阔派的话，借此掩盖她的不幸。母亲不开口，只静静地听。两人对坐，她穿着高跟皮鞋，虎纹皮衣，双膝高高地八字分开，在那里拣黄叶子。两人还是母女。事实是这样，母亲现在全靠绮丹。这点梁泽儒倒是不说什么。绮丹晚上还是睡在她做姑娘时候的那张床上，卧室重新装修过，床的位置没有变化。那只鹰戗在那里，硬得像死。

母亲把一双手埋在衣襟底下，穿件绮丹给她买的高档的棉袄。又不能穿，于是在外面罩一件宽大蓝布护衣。她走在巷子中，那稀薄的天空很渺远。她的髋骨越像外突。她去跟人要坎栏，罩住桌上的菜，现在是冬天，没有蚊蝇，她还是要去找一个。她去巷中的一个本家，男主人常年在外，但她一直记得他家有。

本家替她找了两个，她笑嘻嘻地在外等着他。一个塑料的，一个不锈钢的，全部翻给她了，她却不动身。

"家中以前有一个的，被谁借走的，我就是想不起来被谁借走的。"

"你拿去欸！"

"妈，家中没有吗，没有去买一个。"绮嫦说。

"以前是有一个的。"母亲笑着看着绮嫦。

"不晓得哪里去了，就是找不到了。"一口咬定家中原先是有一个。

"你都拿走，我不要这个东西。"她仍旧是不动。

"那就拿一个好了。"绮嫦随口说。

"就是厨房还缺一个。"她拿起来看看，含糊其辞，绕来绕去，只听得见家中确实是有一个并且是怎么也找不到了。

"记不得被谁借走了……"

"唉，都拿走唉。"

"就是厨房还差一个。"她母亲笑着又看了眼绮嫦。

本家女主人回来。"你到哪里玩的？"她问，"向南。"她说。两人就立住攀谈起来。

"绮丹还是要生个女儿。""中间不知道打掉多少个，都打烂了。"她附耳秘密地告诉她。"生儿生女现在都一样嘞。"女主人笑说。

接着两人互诉苦衷。母亲的一点凶相就是竖起第二个指头模仿对手口中的她自己，指着自己的鼻尖，"说我哇！你说我哇！"闪闪烁烁，听不清楚。她注目熟视地上的坎栏，自又去解释圆说一番，"家里以前有一个的，就是想不起被谁借走了，厨房缺一个。"

绮嫦跟母亲人手拿一个，绮嫦低头走在后面。绮丹问明是哪里来的，她起身把两个坎栏一脚踢飞，大闹了一场。"我叫你丢我的人，你丢人都丢到家了。你大冬天跟人去要这个，你就记着人家有这个，你就记着。"她看见母亲去一个个拾起来，在那短促地一笑，"我们不识字欸……"

绮丹还在那里骂。强悍——这是她在慌乱中抓住的品质。她把家里的破烂围堆起来，点一把火，在自家庭院里烧一堆旺火，总使人害怕。

庭中祖母种植的桃树马上就要被砍斫，一茬粗壮的短桩留在那里一年多。春天里还长有细苔似的芽。浇筑水泥地后，短桩与细芽就此被湮灭。因为母亲常常要拖一板车稻子到马路上去晒，要拖很远的路。她个子又比较高，板车的粗绳很容易翻倒她。她回来的时候很烧心，以为热着了。她喜欢吃臭鸭蛋。

她要去看医生，她的丈夫不允许她去看，她站在门外，手指大门，她知道他在桌前黑脸看她，她说："你不给我去看，我死了，做鬼也不放过你。"这件事被绮丹知道了，她就带她去医院看，拍片子。医生说食道已经烂掉了一半，但没发展成癌。开刀切去烂掉的一半。食管缩短一半，就不能吃太多，吃太多就反胃呕吐。从此不能做太多事。只有朝更节省的路子上走。

绮嫦十分不情愿地像了她母亲，她不大花钱，年纪轻的女人，不大用钱。啧啧，稀罕的。绮嫦脸上总掬挹着，幽闭的学生时代又正是培养这神情的肥厚土壤。太长时间了，太长了，她都忘记了怎样去快乐。但也不是不快乐。

我的缓慢的哀戚或许承自我的家庭，但并没有明显地被迫害。我对那福建女人说我到现在才了解她父母的为人吗？我父亲不过爱说大话，爱喝酒，此外没别的。我母亲爱占便宜，爱诉苦，逼迫人持有对她讨厌的怜悯。这是她特别突出的一部分。在我人生变化转折的时候，我正好是个少女。我敏感地知道了这一点，不过到现在我才清楚地承认。这好像也不是什么大错，这也是人的一种。我姊姊呢，她要一种她乐于过的生活，每天要花很多钱。她不过要给人一种她在花许多钱的生活中的印象。她是出生在我们家，但在上海那样的大都市生活，她的婚姻在幸与不幸之间，与大多数人的婚姻一样。

绮丹在上海生活越久，越会对母亲发脾气，不像她沉默。她们对父亲倒不大讨厌，她们有一种默契似的，避开他。也许就为了母亲不是父亲吹嘘中的背景有机组成部分；她恨她不识字，遇到说不通的问题且在不通的问题中处在下风，就总会说："你不要跟我们说欸，我们不识字的呀。"他们在过一种糊涂的人生，日系时，时系年，糊糊一样。他们有他们的一套理解法子。母亲诉起苦来总说是被迫嫁给她丈夫。她之前自己谈了一个，外祖父不许，竟要私奔。后来，她就一个人躺在床上了，肚子里已经有了绮丹，微隆起来，显得孤零零的。不嫁也不行了。她是被迫的，她不愿意这样，所以她就可以归于命运使然，她就常常说她自己不识字；她对她的人生有一种不满意，逐渐失去了基本的逻辑判断，就像那次姊姊绮丹在她丈夫输掉钱后又贷款出一大笔钱去买房子。

其实不是的，不是这样，她心里一定考虑进去了她父亲的话。她本身就不很愿意。她自己做了权衡，然后这样过下去。不过是常这样想：如果与先前那人结婚，那总是有些不同。但是她常常也这样地说：七个竹子八个命，你就是搬到密（蜜）州也是苦命。她就连一时的看开也有种迷信。

我与那个陌生的福建女人站在阳台上。我彻底地看懂了他们，扁扁的纸人，早已获得一种自信。在一个陌生女人面前，我看穿一切。

她趴在阳台上，回眸微笑灿烂，有玻璃的莹澈。这一切不期而遇，如坠浓雾中。她总共来过两次，都要站在阳台上，并探出去一点。其中不记得哪一次似曾相识，虽不全然如此。她总期望在阳台上发生点什么，好让别人在窗户中不期然地看见这两人。

她们所在的阳台上晾着一条黄色毛巾，那黄色很好。阳台外清亮的月亮像一个长着椭圆形脸的女人的半边脸，侧坐在江楼边看过往的帆船。腮、下巴的轮廓都是椭圆的，一定是个女人的半边脸，也最宜于在深密的夜里的月色中看。她是个陌生女人。三月里，她到他们学校里玩。学校还没开什么花，一树的稠绿。她在背诗，她能够读诗。女人不认识路，就问她，她就告诉她怎么走怎么走。绮嫦还是站起来指示，说得特别细致，女人很表示感谢，留了一个号码给她，告诉她可以打电话给她。她一直想着这事，不过没有打。绮嫦不大承认这细致的特别。她刚才指路的时候指得很细致，她知道。"有个女人叫我去她家吃饭，坐 A26 路就到了。"她告诉她的室友。"她告诉我她在泰国做贸易，她是福建人，福建靠近泰国。我们常去的易初莲花超市就是泰国人谢易初开的。"她讲了很多。

"去哪，去哪，你就去哪，当心她把你拐走啦，把你当个唐僧，卷走啦。呼啦一声，你就不见啦。"室友哼唱着，臂膀在空中游荡，那十指在她头边动来动去，把她的头当个混色球。室友在那灯下敷面膜，她个子矮而结实，一切都很灵活。她早熟，她所做一切就惯会装模作样。她常常大声说话，自有她单调的热闹。与之相配的是，她脚指甲也涂蓝色的指甲油。她在打扮着，打扮得体。她脸上涂一层脂粉薄饼，嘴唇因为沾染嫩肤水，又有灯光。这些都不是她的本来面目。她的室友完全错会了她的意思也就不足为怪。

"我长得不好看，她没有必要骗我。"绮嫦解释。她仿佛是不能够太美，太有女人味，女人总是能够看到这一点的，她们会起嫉妒之心。她不要她们的嫉妒，不是她们想的那个样子。于是绮嫦就穿着当天应该穿的衣服校服去了。衣服很宽敞，约束着女性的身体。

五

最后一次吃完饭，女人还要出去办事。绮嫦先坐公交车回去。这回是她不认得路了，天空中许多浮游的尘埃，傍晚的公交站台总是如此。她直愣着脸，坐在路旁的长椅上。她下来时正好看见她，牵住她的手，一路把她拽到公交站台。绮丹觉得这很有趣。

绮嫦此后每回逛超市都会有意无意留意有没有一条黄色的毛巾，可是没有看见一条颜色是与之相仿的。她相信没有那样的黄色了。福建女人一直没有打电话再联系。她有意无意地等她的电话，她捺下冲动，也不打给她。在暑假的时候，闲庭昼静，她轻按下删除键，删除掉了她的号码。

她买来几听可乐，仰起来喝，脖颈伸得长长的，她只模仿喝白酒那样的动作，仰头喝酒，有一股悲怆的气势。她喝得胃都胀痛了，打了几个嗝，眼睛被刺激得要掉泪。

在这满眼泪珠中，有光的芒刺一闪一闪。而她的家庭——

这充斥许多小小罪孽的地方，却不使她的眼泪掉下去。她跑到房间里，把脸贴合在冰冷的白石灰墙上，张开双臂抱住白粉墙，臂膀被撑住了，上下划着。她的眼睛滚烫，需要坚硬的东西来冰镇住。她的母亲躺在床上看甜腻的言情电视剧，色彩浓厚的男女已令人炫目，她方能看得明白。她没有开电灯，穿条补缀的三角裤半敬枕。她那暗暗淡淡的人影在那里，孤魂野鬼。她叫绮嫦把外面的衣服收进来，她拖长了声腔嚷唤，没有人应，声音越来越促急，拍了几下床板。那就让她多嚷几声。绮嫦终于出去了。她样子没怎么变，脸上的凝冻拘束的神气没有变，在阳光下尤其如此。

这样的脸，没有水，没有颜色，什么都没有。永远空洞白净，空洞的是她的阴道。她坐在车上，上海公司的主管顺道载她一程。车上有食物，他开车，不方便，要她撕开食品袋子来喂他两口。她也这样做了，她什么都没想到。他像是仰面恳求，在密闭的空间里，允许她往里填充。他经验老到，造成这举止亲密，便乘这机会告诉她他在面对女性的反应是什么，所起的动作是什么。这基于天性，他告诉她。他说得汗都出来了，把车停在一边，头歪过来，定定地看着她。他像个演说家，在一群女人中、充满人的气味中煽动她们。他在语言上侵犯她，她毫无招架之力，就只会说："这是真的吗？不会吧……""是吗？"她语言枯涩，只能表示她不大相信。越是如此，他越是咄咄逼人。他引诱她记起她有没有做春梦，做春梦的样子。她以后每回看见他心里也不觉得异样。说来奇怪，她对他并不心存好感，只不过不怎么喜欢嘴唇厚厚的男子。绮嫦从此就经常坐他的车去公司。

她坐在他的车中，他不说话，不过偶尔问起她家中情况。她这时想起她家中的父亲。

她父亲现在也只沉默了，是麻木的沉默，与别的沉默不同。他整个的仓黑的脸没有髭须，五脏六腑因喝酒渐渐坏掉，连眉毛都辣掉了半边。从光光的脸上看不出来。他看不出许大的年纪。酒精就像防腐剂。他没经历过多反复的劳作，没有沧桑与艰难，就是泡在酒精缸里消磨时间，致使时间也犯了疑，要不要把他抛弃。

"混账！"他倒是很有力气次地抽出皮带打一个不听话的侄子。他的妹妹老是向他哭诉家门不幸，是她的儿子使她变成一个不幸的人。他就打这个年轻的侄子，打完，那个男孩子就去摔碎刚花钱买来的东西。他关起房门，糟蹋新东西，花钱刚买来的。他大仇得报。他眼睛小，说话简短大声。使人完全不信任。全家就围在那里，安静地看这个长子去抽他。他的妹妹指望他这个唯一的哥哥。她相信这种权威的力量。他狠起来却也使人害怕。一口气憋住，脸绷得紧紧的，飞溅出口水，下死劲打。打完，这个侄子就摔得满地狼藉，下不去脚。她又去哭了，开始借钱补上这些东西。她父亲打完，坐在那里喝茶、谈天，夸他两个女儿怎样。只有绮丹脸上的表情有变化。

他的另外一个女儿，绮嫦，也在上海，上海有许多钱，大家都这么认为。大女儿绮丹也在上海。虽然现在两个女儿不大说话了。她现在只知道绮丹很有钱。大家说她倒卖房子赚了钱，倒卖梨花木又赚了多少钱。她往手机里天天发照片，照片有一层朦胧的金碧的光，使人看不清楚她家里的具体情形。只知道她一定要生个女儿，可以任由她精心尽情地打扮，她喜欢替人打扮，或许是从中可以获得一种充实。她的女儿本来就一枝花似的，长的像梁泽儒，现在被她打扮得越发像个洋娃娃。

上海单身的年轻女人实在太少，或许是因为高额的房租。她们总要找个男伴与她们一起负担，跟女人又不行。她跟人合租，合租的人永远是一对情侣，这样比较安全。她拖着行李站在告示栏前舔舔嘴唇，看那租房信息。租房告示贴了许多层。情侣中的女人实施招待，东拉西扯，不使她注意房间的缺陷。情侣中的男人都不在家。在家的时候，她洗澡忘记拿鞋拖，赤脚踏在木楼梯上，噼嗒噼嗒，溜过白日下滚烫的大街上的仓鼠——透着咸蛋黄似的红影子的肉爪，搁浅的一尾鱼的鱼尾在拍打。她担心惹出声响。

她母亲当初在上海做帮佣便是如此。她横隔在一对夫妻之间，她又颇具姿色。她的一双蝌蚪眼笑起来在蠕蠕地扫着人。她总不吱声，悄无消息。上海女主人就总疑心她被她的丈夫强奸。女主人神经质地大呼小叫，隔着房屋叫她的名字，声震屋瓦。于是她这样地把她的细小的过失放大。终致男主人注意到了，她失去了工作。她不知道里头的仔细，她相信勤能补错。她也坏，但不如她的女主人坏。她打着算盘又换了一家，同样地遭受如此。她在兵荒马乱中来不及穿袜子，一双脚踏在棉鞋里，露出红的脚踝。她屑屑地备好晨装，坐火车返家来。到家是中午，太阳正烈，不至于使人哀愁徘徊。

绮嫦在年轻情侣之间早出晚归。她每回都要买点不必要的东西回来，赚了钱，需要花点出去，东西多了，她可以觉得自己很富有。后来她单独出去住一间小房子，学着女主人样子，赶出去一个租客。租客走后，看见卧室空在那里，她又儿自，开始招租，她只收刚毕业的年轻的姑娘。

她一个人吃不了那么多东西，但是总要高兴地买上许多，她从中感受到这些富足。那些吃不完水果皮就腐烂。而且，她把买来的石榴的籽一个个剔下来，玉米粒剔下来，太多了，太多了，招了许多虫子，在那里长菌丝发霉。她在腐烂郁甜的气味中变得润泽，在堆砌的气味中长成。她获得一种物质的安全。她自给自足，所以并不像诗中的女人，不以为青春易逝，希望一个男人来与她们发生性关系。诗中的女人绣的假花都可以引来蝴蝶，男人便要使她们想到她们归期未定中的他们。带有性的意味。她的母亲更是动不动就提醒她年纪大了，要寂寞了，同样地带有性的意味。

她一开始总希望要离开上海，多次想要回去，不再到上海来了。她不喜欢去上海的外滩，许多人在外滩招揽生意，速成相片五十元，拍出来像卡通画片，但她也没有回去成。她已经很久没回去了。那地方已经成了白日里一个青黑的鬼影，在坝调中蹒跚，眼前飞舞夏天的蠓虫，隔着一重帘似的——是她家厕所的芦席，冬天厉风震天，灌满了厕檐上竖着铜丝似的茅草上绊住的一只红塑料袋。

我感到清晰的悲伤，就会想起那陌生女人会千里奔赴了来看望我。两人坐车路过悠长的桥，桥灯汇成流光纵逝空际，桥訇然断塌，一起被活埋。

六

她很快意识到，她就快被上海这座城市里的灯的洪流汩没，她的年轻毫无意义……她盘弄起头发来，把头发染成棕红色，分披下来，如果不小心垂至肩前，她优雅地撩到肩后。她勤换衣服，就造成衣服上有皂香。但她不涂气味浓烈的香水。她始终不能像姊姊绮丹那样有外露的女性美，她母亲看到了这点也就很高兴，以为她想男人了。她对男人一窍不通。男人跟她约会一年，见面五六次。见面时候她也高兴，她也会表达她的哀愁，这样或许使事情动人。

"哎，嘴对嘴，有口臭怎么办呢，我想不出来，不卫生！"她的室友坚决不与男人接吻。她躺在床上看娱乐新闻，看明星们拍片子，都是先漱口再去拍吻戏。有的恶作剧，故意吃大蒜。她曾经有股冲动要吻那个亮晶晶的嘴唇，静物中的樱桃上凝着一个亮点。那嘴唇就是饱嘎嘎的，没有思想。她把后脑勺仰在椅背上，那嘴唇就完全暴露在灯下。她的室友当晚也激动，她下午就在那化妆了，化得时间很长，仿佛在下一个决心似的，决心要出去与那个男的做一次。

绮嫦每次看电影中有关此事的画面，只有女人们的脸是清晰的特写，有着复杂的表情，就在告知一切。她们自己不知道，绮嫦会想一会儿，场面像易经八卦图。她想不出来就不去想了。

这样的衣饰，这样的打扮，没有目的可说。在外面什么都看不出来。她在镜子中只看见自己的眼睛，别人不是，别人看到是她整个形象，那形象不十分出众，不富有挑拨性质。绮丹很早就会了，不过因为环境所限，她的美那时也很出众。那张穿黄色绒线衫的相片中她所极力地表现的意念，无关于美，但又与美有关，现在看来没什么稀罕。那不禁让人要心生哀怜。

她自己的一切，以为全部呈现在她自己的那双看自己的眼睛里。她照镜子从不看自己的胴体。她的胴体很美，她不去看自己整个的形象。她看那时期拍的相片，她也只看那张笑脸，那很令人赞叹。

男欢女爱没意思，绮丹现在就这样想。可是说起来，绮丹也劝绮嫦结婚。"我不会结婚的。"她告诉她。"她到时候就会了。"她们的母亲信誓旦旦地说。

绮丹的店面的门现在扩宽到四米，在最繁华的场地里也有她的一席之地。绮嫦见那场地里的店面太多，一家挨着一家，随便进去一家店就能买到自己想要的东西。她姊姊的门面的招牌又不甚响亮。可是她漂亮，老板娘是一定要漂亮的。她的眉毛现在是先把眉毛剃光掉，再用铅笔重画细细的一条，眉骨削秀，画眉又折一个弯下去。她生意维持得很好，聘了两个五十岁的男人帮她

史诗

送货。自己烧饭，经常买一盒油脂很重的脆皮烤鸭。工人很喜欢吃，喜欢吃里面的鸭油。她总坐在长台后面，长台后面也是淡金色水波纹瓷砖贴满的一面冷冷的墙。

她每天都安排一个工人去接她放学的女儿。她女儿朱衣画裤，坐在车后面，像公主与仆人。因为要过一个红绿灯，工人总要绕一段路，她正好在后台可以看见这一幕。梁泽儒有时也坐在长台后，多半没有钱用了，坐一会儿，说什么都答应着，咕哝一声，听不清楚。他耐住性子等来她的不注意，偷抽屉里的钱。他有这样的巧智，他只要稍微用点力就可以成功。可他现在就只需要一点零花钱，零花钱花完了，也就没事了。

"我都担心死了，也不知绮嫦谈的那个人怎样。"绮丹忽然对他说。好像这些事应当要跟他说。

她知道他是个寡言的人，从不大理会这些，本来是不想跟他说的。她也沉默下去。他只模糊地记得她才十八岁，年纪还很轻。他果然不说话，只惘然地看了她一眼。

那个男人与绮嫦约会，她想起夏天里的一个周末。他很瘦，穿一条短裤，站在商场的中央空调下等她。他一看见她出地铁口时，就走向她了。他掀开大门的挡帘，外面一阵热气扑进来，与里面的冷气遇见，就有股风，风把他的衣服往后撩。她看见他的短裤熨帖在他的下体，一条隐约的结实的长棍。她对男性的生殖器有了清晰的形容。

我以为这一生她不会问一个男人你爱不爱我，尤其是在白日里问这一句话，这使人有"去日苦多"的感觉。但当我自己置身于与一个男人相处的情境时，才发现，我不由自主地开口问过多次。绮丹，我现在可是知道了那时候的绮丹，那时候是方寸已乱，她没有办法集中注意力去长久地做一件事。她读书一定是读不下去的。她辍学的时候，她很快乐，这片刻的快乐。她以为这样的快乐是永恒的。

七

第一次恋爱或许大都不会成功。绮嫱过于小心翼翼。她的拘谨使那男人怯懦，对她不置可否，他就要离开她了。她母亲就对这个小女儿很不满意，就说："他没把你强奸，也算你运气。"

这样过了两年。

那男人的母亲还是托亲戚舅太爷来说项，又是她娘家的侄子，借着到老舅舅家拜年的机会，碰一面。"绮丹今年没回来？"他问。

"没有。"

"上海还好，离这不远。"他先说绮丹，再把话引到绮嫱。

"绮嫱的喜酒什么时候办？我听我姑姑说，是快了吧？""难不成是生日与喜酒一起办，双喜临门？"他又笑说。

"还双喜临门哩？！你看我还放一个鞭炮？我就拿根竹子在地上敲敲！"她父亲说，冷笑一声。这是他父亲对待字闺中的女儿唯一的发言。

她母亲晚上回来，就告诉她说："这话我是不好问你的。"她欲言又止，"这事你自己拿主意才好。"其实她说不问，要绮嫱自己拿主意，终于还是问出这样的话。

她躺在床上思索半天，其实也思索不出个所以然来。"他这人有点脾气。""哪个人没点脾气？"她听完沉默。"他这人有些计较。""年轻人计较些才好，会当家。吃不穷，穿不穷，不会算计一辈子穷。"绮嫱闭眼转过身去，不再说话。男方那边也始终没有得到回应。

"前几天，我在路上碰见我那内侄，我看他不怎么睬我了。"

她冷着脸告诉她丈夫。

"怎么不睬你?"她丈夫问,"我说你怎么不把眼睛长在头顶上!"

"夫妻两个看到我了,就当没看到一样。"她朝半空中睨瞅了一眼。

"不睬我就罢,我倒要你睬我哩!"她母亲竖起一根手指指着自己的鼻子。

"姑娘,不是我说你,你不能把天下男子用一杆秤来称一称。"她对绮嫦说。

绮嫦正蹲下身子找寻那只猫,听到这话了。那猫肉重身肥,肚子快要坠到地上。牛肉干食品袋飘到它那里,它钻进去舔,猫头套进去了,受了惊,一直往后退到她脚下。她用脚钩住它的肚子,想把它钩出来。"它上个月有一夜没回来。"她母亲笑说。绮嫦听了这话非常反感。

八

再折回来,他过得也并不如意,至少又谈过恋爱,没有成功。一个不好,赶紧再物色下一个。在这里,男人的年纪也让人敏感,继而产生疑惑。

两人见面,述旧叙恩。

"我们第一次去吃的那家火锅餐厅,闵行区的那家已经关门了。"

"噢,这我倒不知道。"绮嫦坐在那里说。

"说那家店换了好几家,现在是重庆烧鸡公。"

"现在只有你姐姐住的那个小区还开着一家。"他掸掸手,又抓了一大把瓜子。他坐在那里嗑瓜子,看来要很长时间不站起来，很有耐心，七尺男儿就那样安静地坐在那里。

雨已经停掉了，树枝被濡了水的绿叶压得低低的，背后有路灯的光打在上面，虚辉朗耀。她奔赴那里。是他约她出来的，她总是有点荣幸，就像听见他说喜欢她一样。"那次电影不好看。"她笑说。不过电影里面有句不错的台词，不知他记住了没有。

"还发生了一件事。"他说。"我知道，我把公交卡丢你那了，你故意没有说，但当晚我没有坐公交，我打车回去的。"她马上告诉他。

"那晚，我等你电话等了个把钟头。就是想等你一个电话，不过没等到。"恋爱使他柔软，五官充满似有若无的微笑。

"你都还记得吗？"她心里对他说。

他老是展示他不如她的一面，然而碍于自尊心，总是在两人亲密的时候说出来。这样她就可以忽略，并且乐于接受他的令人不如意的一面。"我长一张东北脸——不好看"，那就像一个姓后面排行是"大"字，怎么取字都不好听。他顺手搛一筷子菜到她碗里。他掉过头招手准备结账，他看到了镜子中的自己跟她，摸摸自己的脸，说："像是刚从非洲回来不久。"他把脸凑过来，互相比对着。她皮肤白。虽然他深腰大个，她就仿佛高贵于他许多。回去的时候，她下车一个人走了一段路，想到这大概也就是那一会儿。

她姊姊那时候没有离开梁泽儒，她就是贪恋这样的快乐。他那时玩得十分厉害。他输掉了钱，天天有人上门来找他。她装作扫地，像扫客。有时候他们就规规矩矩地坐在客厅里的沙发上，不说话，偶尔抽一支烟，悠悠的烟幕，他们在幕面看她，像太后垂帘，那么坐着就是威胁。事情解决掉后，梁泽儒从那时就开始害怕她了。自己跟朋友出去贩卖机器，跑到中部去找客户，他就是聪明，他跑到中部去。他天天出去跑，发了狠了。他回来也笑着告诉绮丹那边是连自来水也没有，几天不洗澡。她做个鬼脸，觉得好脏。"有个老太太，乖乖，厉害，我们就踏坏了她一点玉米地，就要我们赔钱，钱全在机器上，我们哪有钱来赔。她看到我手上的金表，伸手就来，我们都吓跑了。"她咯咯地笑了起来，无形中也感到一阵恐怖，那只干瘪瘪的大手向她伸过来，遮天蔽日。

梁泽儒赚了一笔钱，不过全用来养活了自己。这就是成功。她甚至可以想到，他拿钱来买矿泉水洗手洗澡。其实是她离不了他。她有时候也怕他，骂他也不敢骂太凶，最后就剩了自叹自艾。你就是去杀人放火也就是这样了，一年三百六十五天，你不能天天这样。于是她就这样了。"现在那些二婚的婆娘，你说说看，过得比一婚的还要快活。"她鼓励自己离婚。吵架时候她说离婚，她怕他真会离，因为他像是会做出这样事的人。她像在花大钱在吸食毒品。

"你那时直嚷贵死了。"他笑说。吃生鸡蛋，高级的吃法。他眼睛时不时地斜过来溜她一眼。这在他不曾有过。绮嫱心里一惊。

之前也是一个年底，他来她家拜年，他也是坐在那里不多会儿就要站起来，非常讨厌。这里看看那里望望。她家小东西确实多，虽然并不稀奇，但总是有吸引人探究的欲望。他把那只橘色的鹰摆在掌心里，想要看它怎么是个玩具。她知道这里头使人惊叹的，他不会看出来。他忽然说家里有事，就把那只鹰匆忙放下来走了。她后来耳朵里听她母亲刮着点，他母亲已经在家里替他安排另外一个女人与之见面。

那只猫过了四只小猫，四肢间有一排粉色乳头。它蹑脚从门缝里进来找食物，遍寻不见，就往窗户底下的太阳光里一蹲，舌舔全身。

他这次带了武汉鸭脖来，他去湖南出差时带的，还带了好酒。他这次预备长久地安静地在这里了。他拿出一个脖子的骨头唤猫。他在窗前蹲了几分钟，仰面冲她莞尔一笑："猫呢？到哪里去了呢？"他蹲在那里往各个角落看过去，她忽然对他有无限同情。权势与霸道，对于女性来说未尝不是催情剂，它能让女人看到男人的气急败坏。可是她不，她微妙地察觉到自己的卑下处境，只有良善地同情他才可以……她正自出神，母亲叫他们出去吃晚饭。

九

翁婿间喝酒是和谐场面。母亲去酒席上，拿只茶杯带过去，装作喝茶，双手叠在杯盖上。她弯腰把里面的茶叶用可乐荡干净，趁人不注意，把桌脚一瓶喝剩的好酒倒在杯子里。她出了份子钱五百元，她不肯受损失。现在这酒也派上用场了。他抢着要倒他带来的那瓶好酒，她父亲就说："这酒下次等你来喝，喝酒不着急。"绮嫱默不作声，下桌去拿瓶完整的好酒来。母亲看了她一眼。那眼神只有她会意，别人不知道。

她舍不得锅里的余热与一点油，菜汤里总有些黑色碎屑在浮，我知道他看见了，他倒也不介意。

他站起来替她父亲倒酒。她父亲常常对他说绮嫱怎么样怎么样，讲了许多她的好处，很热心。她从未听她父亲讲上她许多。她很不自然。她母亲就在那里催促他们多吃，站起来给每个人布菜。热气在黄电灯周围环绕。每个人此时在彼此眼中陌生又新鲜。

绮嫱觉得圆满的快乐，异常的快乐。她站起来替他拿杯子倒水泡茶，招待他，她觉得自己有女性的温柔。她过惯了大上海的生活，但看这里，一涉及男女，原形毕露。原始的婚姻缔结，都在黄昏时候。在都市，有爱情的粉饰。他们送他出去的时候，她看到门前两株树静立，从头枯至尾，有悲风溜过，哀弦急管。

他出差路过上海，在她那里要作短暂的停留。他在电话那头说要好好请她吃顿饭，说他这么长时间还未跟她好好地出去吃顿饭。她隐约知道些事，但还是应承了下来。

他把她手一拉，他喝了酒，把脸凑到她耳边说话，"上次到你家，你父母有没说什么，唔？"她告诉他没有说什么。他就把她抱过一边，不过因为他个子高，架住她的胳肢窝，把她一提就提到隐蔽的地方。她像是四面树敌围攻，本能地退居墙角，背部是墙，那就是安全的一面。他其实可以走了，她没说这话。她闻到他脸上的酒香混合淡淡的烟草味，有一种奇异的香气。她觉得很好闻，她依旧没有说。

他不知道怎么吻她，脸侧了侧，找了一个恰当的位置，先蜻蜓点水似的，嘴里叽里咕噜说着话，分散她的注意力，然后一下子就把她的嘴唇整个地含在嘴里吮着。她曾经也想过这样吻一个人的嘴唇，不过没有成功，但那想要的欲念，她记得是什么。现在他亲尝到了，被他得到了，仿佛是极致的快乐电流似的过到她身上了。他的眼睛紧紧盯在她的眼睛上，接吻不闭眼，她从他眼睛里看见自己，揽镜自照，她怜惜起自己来了。

"你刚才说什么？"她摸着他的眉骨问，他的眉骨很突出。

"我说，你真美。"她听完这句话，没说话。

之前她的一个同学说过，说永远不会与一个人接吻，担忧对方嘴里有口臭。她想到这里笑了笑。

"我早就想吻你了，怕你叫出来。"他苦笑一声。

"你喜欢我吗？"她问。他不愿受扰乱，一迭声说喜欢。

她脑子一片空白。并没有许多障碍，她大概早就清楚怎么去做了，不过与现实中两样。她看见过那形状，一直没有动念。那是个刚出生的动物一样，已自有它的生命，不受他控制。

他要看清楚出入之势，他低下头去，头发毛绒绒的，像鸡毛掸子在太阳光下最柔软的一撮拂遍她全身。她独身了那么多年，就禁不住他昵昵的几句话。她的卑下一览无余。他胸前那一块枣红，她总先能看见，有荒野的粗糙，那是整天在外出差，太阳晒就的。他的眼窝很深，眼睛小而凌厉。凶狠起来了，他紧紧地抱住她。她从下面望向他，脸上的五官充血饱和，很圆美。她一阵疼痛，他安慰她马上就快乐了。她因此好奇，静静等待。

她一双白手用力抓住他的臂膀，抓不满，十指纤葱，一点力道也没有，像是剧烈动作在梦魇中。这所造成的力的悬殊对比，使人窒息。

两人都假睡一晚。她好不容易是懵腾一觉，并不放松。收垃圾的人来了，那铁锹磨着水泥地，垃圾漏到了外面，用铁锹铲。她住在这里好几年，几乎天天听到这样的声音。今天嘛，并没有不同，不过是因为是清晰地听见，反而疑心像梦。她不知道是几点钟，他一只手伸过来把她一拥，马上又滑了上来。她足足睡了有半天，起来的时候是静荡荡的正午。她不作他想。

十

他争取把工作调动到上海，但也经常出差。他到处替他们工厂维修机械，国外的，国内的。他打电话来给绮嫱，问她在哪里，可以顺道接她回来。"以为你今晚不来，我把烧好的一碗红烧肉丢到了垃圾桶。"她告诉他。他笑说："那我今晚就吃你。"他不懂表达他的情感，所以想要说点什么就很野蛮。她知道他这次是出自爱慕的本能。她脑子一阵酥麻，她问："你爱我吗？"她问过就后悔。"我不爱你，不爱你。"他羞于回答，于是说反话。

直到他来了，门咯嗒一声打开来，绮嫱看着他走进来，走近她。他的面目与以前一样，那是属于他的面目。她的背部终于靠了墙。还没缓过神来，他就俯身弯下腰来，灯光在背后，像屋檐上月亮的飞光，他就要吻她了。她从来没有告诉过他这一点，她不爱他的呀。她只觉得恐惧。一种哀戚之感从心头涌来。

房东打电话来跟她说空调的事，她出去了。他在房屋里不出来。"空调最好还是清洗一下，夏天就要到了。"

"需要我帮忙吗？"房东是个三十多岁的男子，嘴里衔一支烟，没烧多久，显然是为了见她才点燃一支，为了镇定，为了头脑清楚。她笑说不用了。

她穿着黑色的吊带长筒裙子，很简单，这样的衣服没有什么装饰，只露出来一块瘦肩膀。这件衣服很旧了，黑色中已有灰色的影子。她本来就要扔掉的。现在，她就穿上了，随意地穿上。穿这件衣服出去，她的一双瘦膝，一双玉臂，她不担忧展露无遗。她曾经对自己的一双瘦膝情有独钟，凄切得令人神伤。没有人注意她那膝盖。照她看来，它们就生成那样，是属于她的，还不算有老感。别人能够看到那种年纪很轻的苍悴。过于老去的话，她就知道没有了。这样的姿势，只有一次有过，就是在那陌生的福建的女人的阳台上有过。此后就不曾遇见。不知道这一次可否一样不期而遇。

她心里已然这样想，那么，她就这样做了。

"那每半年的物业费能否减免吗？"她知道他会答应的。他看了她一眼。

"物业费我一直没算你的。"他从没放在心上。烟烧完了，房东双手抱胸，往墙边一歪，低头看了看她的脚，她的脚套在人字拖里，脚趾上涂蓝色的指甲油。沿着往上看，她知道他在看，她就陪他说了会儿话，出自女性的自觉。她知道他或许跟他妻子刚吵完架，他今天碰到家庭方面的事，有几分不如意。她愿意承担这说话的责任，说与不说之间，是混沌的，她知道她要多说些，说什么话不记得了。他的头低下来，一绺头发从鬓间滑下，有些潦草。她正要回头，就看见他出门，往她这边走。她狂笑出来。

"你笑什么？"

"我看那房东也是有趣，想得周到，说夏天到了，替我想着清洗空调。"他沉默下去，嘴里叽咕几声，她知道这种沉默是忧心别人不同意的那种沉默。

"这次去巴基斯坦，中国的铁哥们儿，巴铁，巴铁嘛，我去一个个体工商户家，自己开机器做产品。那样就很不错了，就很有钱。"他后来告诉她那个个体工商户是独栋的别墅，有三层，房间很多。有的房间就那么空在那里，不作他用。就放几张黑皮沙发，或者一张乒乓球台子。他不无可惜。他几次想出来自己做，但是又怕。他说这个行业已经快不行了，轮到他的时候总已经迟了。他现在只能如此。

"我买了一串手链，其实还是害怕出事。"他把手抬起来给她看了看，他有时候戴有时候不戴。她本就想过他的死，是出意外的死，任何一个动作都能置他于死地。中东地区不安全，随时一个流弹会飞过来，会打中他。说是这样说，真这样，也总觉得不会降到自己头上。他跟她似乎都处在安全的人群中，不会真的就是他出意外。他们当中去中东的也很多。他们公司为他们全员工买了保险。去那个地方出差，按天数算薪水，拿命换钱。

"他的老婆整天蒙面纱，在家也不除下，见我一句话也不说，从没说过一句话，很不像个女主人。她住楼下，我就住楼上。她算好时间，等我下楼梯后，她就出去，避免在楼梯上碰面。"他说到女人，无论什么女人，她总是会多想一下，会想到她会在那里有一天除下面纱引诱他，会发生京戏里的凤仪亭的故事。战争与饥饿不会让他送命。中国没有。

两人此时都心知肚明。

她记不起动作的前后顺序，他只又来吻她了，他似乎怎么吻都吻不够。许多天不见了，她在笑。

"你叫我一声。"他说。

她叫了他名字。

"再叫一声。"

她又叫了一声。

还是不行，要叫他"老公"，不知怎么，她再也叫不出口来。

"叫我老公"，"叫我老公"，"叫我……"

结婚的事，她倒是没想那么远。她害怕想得远。远方像蛇一样。他见她不怎么谈论此事，一般跟她谈话内容也就仅仅在于日常琐事，他告诉她今天遇到了什么令他痛苦的事，她就怀抱他的头。她自己也是个时常哀戚的人，希冀他在她这里得到宽慰。他大概不大与他母亲说话。

他的老母亲跟他来过几次。他的母亲，脸色苍老，长期睡不好觉，眼皮很重。但是她的眉毛画得很细，做了这恰当的平衡。现在她唯一的儿子也要离开她了。绮嫦把她唯一的儿子夺占了去，胜利在她这一边。绮嫦母亲劝她不要三心二意。她对他很满意，在背后她是这样说的。不过，当他的面，她还是嫌弃他长得太过北方，方腮大面。

"我跟他大概不行的。"绮嫦笑说。两人交往一段时间，有一段时间没见面，他来找她，她就推脱。

她母亲看见两人见面少了，就在那自怨自艾，说他已经另外找到人了，坐在那里说他不要她了。她心中那块沉重的石头还淋了雨，郁郁的。他再来找她，她就还是跟他出去了。

她现在品尝到那快乐，什么都不要去管。那种快乐无法形容，大海与天空是极易的轮廓，风平浪静后还有轻微的浮动。她

不知道竟有这等快乐存在。她为之一紧，诗里头有种境界，"月照花林皆似霰"，把眼睛一刺的那一瞬间，驱散一切具象形骸，

"梁泽儒就是有一样好，不去外面找别的女人。"绮丹得知绮嫦的事告诉她。她在那里打包什么东西，蹲下来，穿着高跟鞋。她说她习惯了这样做事。一双脚瘦骨伶仃，那冷硬的皮把脚面挤压出一条深印，不流血。她说她习惯了。

绮丹不会离开梁泽儒的，无论怎样，她不会离开他的。她做不了这样的事。事实是夏天他喝冰啤酒，坐在太阳伞下，戴着墨镜，喝冰啤酒，他不吃零食，不吃油炸花生，这些下酒物他不吃，他嫌弃这些。他就好口啤酒。她其实很想跟他坐下喝一杯，他不叫她，她还是说："能帮我带一杯吗？"无论说得多么得体委婉，她知道自己还是在请求。唯一好过点的是，他不知就里。

不，不，不应如此。随时随地可以决离，建立在一切是悲剧的基础上。女人在不幸中的角色全然不是如此，她们是故事的一部分，大部分故事是由她们起的头，就是她们没有这样的结局意识。她们耽于逸乐，一旦失去，她们就在墙脚下怅怅徘徊，在树的阴影下疑心，确信自己是个弃妇了。她们不停找人说话，要么是不说话，直到死。他不会永久是她的。我一开始就知道。在最快乐的时候，我也没能忘记掉这一点。

十一

"我是要幸福生活。"绮嫦对他说了一句陈述句，但是个问句，所以她强烈地等待他的回应。她还未曾焐热，就知道它将要失去。她不曾看见，或许看见过，不过因为时时会失去，反而像手握一只空杯。以为在喝酒，其实已经没有了。

他不回答，她就笑，他只说"我爱你"，她反倒不笑了。

他看得深切，对于生活，对于生活中的关系，他处理得很好。他在一家公司能够游刃有余七八年。他周围的人他不喜欢，但是他能够注意一切对他不利的一面。这一点，他做得比她好。我呢，我不是，总是按照自己的意愿做事，却又不彻底，总是愿意这样，愿意那样，坚持一段时间，然后就改变初衷，改变事情的原貌。那也不觉得有多么地拒绝。

她抚摸着他，男性的身体极简单，又有力的线条。他的脊背、胸脯、臂膀，他胸前那枣红色一块，五彩斑斓，那是一种标记似的，使她在人群中一眼就能认出他来。然后把他单独叫出来，与她独处。他那麦色的皮肤，比脸色还要淡一些，他在枯焦的野地里晒了一身阳光进来，经历过许多的挫辱，他是健康的一个成年男性。她竟很感动于他的健康。

他的生殖器翘起来，她看得很清楚，强而有力。他就那么躺在那里，在她面前尽情地呈现，为她所彻底拥有。她此时想起母亲讲的一个笑话，说一对情侣，男方到女方家去，晚上他就睡在那里了。连着三个晚上住在那里，他翘不了，他有病却不自知，后来两人分开，女方父母因为女儿陪他三晚，便跟他要一笔钱。她没有遇见过这样荒唐的事，不过在她潜意识里总以为能遇见这些不幸的事，但这次居然没有。她的母亲应该在一旁看着，看她女儿竟有这样的运气。

她现在就靠绮丹每月给一笔生活费。她们的父亲身体的器官已经不能有效地循环运作，逐步衰竭。她因为对人怀有抱歉，只能一味地节约、周到。那么别人呢就不忍心不要她。她保管她丈夫的药罐，那次到上海耽误了有几天。她坐在沙发上，嘴里一刻不停地说："我幸亏多带了几瓶药，不然到这里又要买，哪里想得到要在这里住这么长时间。他就能一天离了药了吗？他这次偷喝酒倒在地上，我赶忙叫车把他拉到医院，我都准备哭他去了呀。"她对小女儿说。

他现在变得很馋，嘴巴不能有节奏地咬合，话说不清楚，仍旧有脾气。他宁愿不上桌上，要坐就坐上首。那食物屑掉在桌上，掉在床单上，他还不知道。她把他挪到一边，拿起刷子刷干净。她就需要想到一件好笑的事情，预备替她丈夫解释解释。

她对绮嫦说："你小时候就不吃零食，你想不到吃。你聪明，学什么一学就会，你不像其他小孩子总想着去外面，去玩。你小时候小书包两边的兜里装一个苹果就可以了。"她不记得这样的事。但是这样的事，经由她母亲描述起来，就使她神往。她应该此时去站在那个小姑娘身边去看着，笑着看着她蹦蹦跳跳从家走到学校去。

就在那次酒席上，在她偷拿酒的那次酒席上，梁泽儒把一只普通的皮包临时交给她，皮包有金色的拉链。他不方便随身携带，他被人一早就约好去打牌。她就把他的皮包用自己的衣服包裹一层，再放到自己的大麻布包里。她认定里面的东西价值不菲。这只皮包不应该在那种人员杂乱的地方显眼出现。她就这样被生活活剥掉了。她对丈夫却很舍得花钱。她不能够让他死，她就可以倚靠他去伸手跟人要钱。他生病住院的时候，绮嫦也出了一笔钱。

她母亲坐在另外一张床上，看她的小女儿，一会儿也看看她丈夫。他病得很重，如果不是两个女儿，他恐怕活不了命。

"他新买的一双耐克鞋丢了，"她红着眼睛告诉绮嫦。"鞋子就放在外面晒的，大门开着，一眨眼，不见了。"她戴着一双大金耳圈，没有任何图案，就是两块金子被敲扁了，穿进去。她耳朵洞被拽大，耳朵也被拉得长长的。金色的两块荡来荡去，两只火苗烤着她，使她刺促不安。

"那双鞋两百块，偷东西都偷到我家里来了！"

"他的药就是八百，每天还要吃肉，他这样子不吃肉是不行的呀，走路没劲。"她向人解释她对于他们给的每分钱都用在他身上了。她从不为自己买衣服。穿的一件绒线衫还是她外孙穿过的，不过穿在她身上也年轻。因为不大出门，就只管照顾她丈夫，很像上海太太。

　　她寂静地坐在她丈夫身边，半天不与小女儿说一句话。她面带笑容，对她丈夫说几句话却时不时留意小女儿的反应。绮嫦尽量避免去看她。她的母亲仿佛已经被遗弃在那里，时时地等待被施舍。

　　在这种会面中，绮嫦跟以前的绮丹一样，总要告诉她跟那个北方男人的事。"前几天，他说他要买条金手链给我。我说我不要这么贵重的东西。"

　　"现在金子也跌价了，也没有多少钱。"她母亲说。

　　"我不要他什么。"绮嫦把脸偏过去。

　　"将来，你与他过日子，不能什么都不要。戒指还是要一只的，这是规矩。"

　　"我能不能够那还是一说。"她听见绮嫦又说这话，也不说什么。

　　绮嫦急躁起来，很希望她能够多讲几句话，"我想我跟他还是不能够在一起，我想了很久。"她还是没有别的话。等了她母亲良久，良久。她的小女儿从此就被抛弃了，如乞丐而无所适从。绮嫦硬起心，出门时把门重重地一摔。她偏要给她母亲这潮涌似的寂寞。她的小女儿就那么急冲冲地走掉了。

　　现在他只是柔情，那样的柔情又使她沉醉片刻，仅仅是片刻的沉醉。那张脸在她之上，那种硬朗的朔方的脸的边缘地又有光的影子了，像一件瓷器。那与她在日常生活中所见不同。这时他是真爱她的。她想了想，想得到确证，她就去问。她笑着告诉他，这真是悲哀的一件事。他说他照例不懂这些。

这一次是绮嫦主动要他的。她强烈地想要他，双手环绕他。他一定感到彻底地拥有她了，这种满足是无与伦比的。她说你就这样做，这样做我很快乐。这使她感到诧异，彻底地失掉了一些什么，她终于这样委身于他。他尽他的一切照她说的去做。他嘴里叫"老婆"，脊梁向上一掀一掀。快乐如期而至。

他们在的这栋楼因为年代久远而被修缮，一根根钢管束缚成的铁架子把整座楼宇箍得死死的，仿佛是要拔地而起，直干云巅。我跟他原本就是在七层楼的第七层。

他拥护她的身体，就像对着一个婴儿。迟早有一天，这样的情形会使他厌烦，我早已经预知似的。但他现在说我是他今生唯一的爱。

他上学时写过一封情书给一个姑娘，他字写得很难看。不过后来得知那个姑娘与许多男孩子勾搭，就恨起来，就忘掉这件事。他很容易忘掉这些情感上重要的事，他认为不值得，恨之所始，而无能为力，就是要急于忘记掉。我就告诉他，不是如此，你离开绝对不是因为那个姑娘勾搭其他的男孩子，你就是因为什么而被拒绝，你没有跟她在一起。他把头埋在我的肩膀上。我忽然难过起来，掉下泪来。他担忧在此时失去她。

我明显感到自己的这种悲哀原本就在那里，与其血肉长在一起。我长大，它也跟着长，绵绵不绝，令人感到安全，使她知道我自己的存在，像只有在极度紧张中，只感到自己的紧张，外面的世界全是空的。

工人们戴着安全帽在那铁架子之间窜来窜去，钢管从几层楼上往下丢弃，那力的碰撞，人的肉身汗如雨下。电钻的声音，说笑的声音，喧嚣在他们耳边。他们就在窗户外走来走去，隔着一层护栏与玻璃，但他们不知窗内的一对男女。

那是在一个什么地方，我不记得那个地方叫什么，看见过一个女人，觉得跟那个陌生的福建女人长得很像，也不知是不是她，她也看了我一眼，不过我没有去问，匆匆地走过去了。

二〇二〇年五月

死　泥

　　他大约是个漆匠，工作服上沾着漆块，遇到急用的什么东西吧，去了有一排玻璃门的店里买。前面正修路，业已修了许久，总有个把人在那里敲敲打打。那红色的锥形栏杆，一顶顶圣诞老人头上的帽子似的扣在那里，虚线蜿蜒，把路曲成一条狭斜，他倒是一路趔行过去，看见这店马上就推门而入。概是在外面看过去实在像个五金杂货铺子。

　　女人铺眉展眼地走过去，一头横泼的红棕色的头发十分显眼。他向她形容要的东西，她只当有似的在货架子间翻来翻去，却又先见了细灰，用手一抹，"王大姐啊，灰还没擦。"阿水在一边发出漠漠的冷气来。阿水脚跟还没站稳，听了这话便不动强动地去厨房拿了块湿抹布在手上，有点意意思思的。

　　"我记得以前有过的，放在了哪里呢？现在都不用这个东西了。"她嘴里自顾自说上这许多的话。他就说："没有就算了，有其他差不多的代替着用也是一样。"她马上笑着从底层拿出了替代品。他们这里本来只做供应商的生意，然而因这位置，独栋的四层，高楼临大路，于是看那底下的一层，就像是做小本生意的。起初的确是做小本生意的，做草坪皮买卖，后来是一阵风刮来刮去，哪样赚钱就做哪样。给别人打印家堂画，卖抽屉把手，光把手就有仿玉的、包铜的、漆木的……于是渐渐地成了这样的铺子。

那人口齿嗫嚅，大概是要还价。却先很透晰地听到那女人激越的带着笑的声音，把手往前指，"你去周遭看看，有没有卖这个价钱的，有卖低于这个价的，我送你都没有问题的，这话就是我说的。我们本来是不卖的，我们不做这样的生意的。"他把东西放在手上看了又看。她便不笑了。终于无法，是以市场价格六倍的价钱被她卖了出去给他。本找六块三的零钱，只说了句没有零钱。她给了他八块。他便沉默寡言地接过去。早先就知道价格的，买惯了的东西。晓得其实不过是那"八"字偏又读着这样的音，使人拿来做个吉兆。尤甚在那做交易的人眼里。初八要来上班，那电话号码定规有"八一八，八八，一一八"。他要再化些零钱，她意色不悦地道："这位老总呀，都是在外做生意的，不作兴的……"凡在早上化钱，那是出去的票数比进来的一整张要多，或者被讨价还价，都认为是不利于市，都不被做买卖的允许。

梁一梦站在三楼的一扇小窗户前，拿着长柄小勺子在印着卡通画的搪瓷杯里搅着昨天剩下的半杯橘子水，把水倾在二楼窗户的一排窗檐上。也只有她这个位置后面有一扇窗，头搁在椅子背上一歪就可以看到窗户外。窗户外也算是有人有风景。其实她可以就近直接倒在桌肚子底下的垃圾桶里，但是她在这里还没有多少时候也有了这么个脾气，把手里的东西往外那么抛过去，便落在底下窗户的檐上。

窗檐用水泥砌得跟走廊一样，四周留有几寸许高的沿。那食物的残渣，是二楼的人跑上三楼来扔下去。秋天烂死的树叶，痰，浮游的灰，日渐月渐腐成了泥，沉结成青苔似的皮，那青苔也并不能培育生机，怕是非真的苔藓，不过是弃尸上的斑绿。

"小梁，快去接电话。"红头发女人在那底下喊。一梦就站在那里，一手拿水杯，一手拿电话："我们老板人不在公司呀，不晓得什么时候回来。哦——他姓林，他叫林淦庭。"她去倒了杯水来，重新站在窗户前。

梁一梦在这里做着办公室文职的工作。去年年底就辞掉了原先的事情，年底前就急着要再找事做，那本来还有一点薪水可以拿，若是遇见的老板是个好人，还有年金。人确实是不错的。应聘过后，红棕色头发的女人留她吃了饭，说毕竟年底了，就明年来吧。像一梦刚毕业的大学生本来可以有其他选择，然而既已是说好了的事，又这样靠近自己住的地方，于是便如约而至。初来，女人待她客气，送她老家的梅干菜、干豆角，那都是菜市场里买不到的。偶尔也发点脾气，那是她的质直，不特去说情有可原。她一天到晚埋头在两台电脑后看账，空闲下来就一个电话一个电话打给代理商。那指针打印机，一针一点地打字，绣花针划在玻璃上一样。虽然年近五十，但是更年期的事情也难说得很，因为大家似乎还没来得及消化，就已经排出去了，自然拉稀，只知道更年期女人，摇摇头，不大好。同样地从西方来的自由，扩延到恋爱上就是恋爱自由。现在确是由自己了，但又仿佛是不曾会过。

楼底下的史长吉跑来有事请示林淦庭，看林淦庭不在，顺便请示她，她有些心不在焉，他知道她会说："你不要问我，你去问林总。"他还是要去一趟。史长吉临时看见一梦，便停在三楼，踅来踅去，再忽然地跃进前去。气盛的动作与他那双细眼睛有些格格不入，是小儿童拿着铅笔在白纸上的大圆脸里画着的两长条。她知道他又在笑她叫成了"林老板"。

"都讲过了，不能叫林老板！叫林总或者林经理。"

一梦想"老板"与"老总"不是一样的吗？一梦笑说："我们那里都是这样叫的，是我可能一时没改过来。"

"怎么偏是你改不了哩？"一梦沉默下来。"老板"是土话，说给乡下人听的，而那经理与总经理，是经纬天地，燮理阴阳，伏惟着叫的。他那半熟的鸡蛋黄的脸，失眠的眼泡一样地虚胖，面上的边廓有青色。他在这里做了四五年，是公园里的老人手里转着的老核桃。但只看一梦戴着一副眼镜，即使无事也不大与人说话，究竟有些凛乎难犯。时间久了，他绕开了眼镜，看到一梦后面未脱学生气的稚气的一双眼睛，看她说几句诚实话都很着急。他三步跨作两步往四楼上走。

老板娘在那里拖地，高声说："你去问林经理。"他有些为难，说："老看不到林总的人，只好来问你了。"

"咦，你找不到他人，不会打电话给他吗？"她扶住拖把问，他这才笑着下楼来了，仿佛这样的场景有许多次了。他知道她，她的过去与阿水差不多，不过现在比阿水有钱。

果然，她下楼来。"你现在林老板也不叫了呀，老板的名讳也是你叫得的吗？你还不过只是一个员工……"她脸上的神情沉滞，板板的。

"不是的，刚才那人并不知道林总名字。"一梦认真地解释着。然而仅在坐下去的一刹间就意识到一个女人在另一个女人面前连名带姓地叫她丈夫的名字总不免要让人疙瘩。一梦拿着那杯子喝水把那红脸挡住了。方才说到她丈夫的名字，她忽然地又漫回笑脸，那薄薄的媚态；两条青黛一撑，几乎是广袤的海面上一只白鸽的翕着的欢翅。她不怎么愿意说起她的过去，几乎没有一件朗朗上口。几天不洗的头发，只要往头皮上一抓，指甲缝里都是脂腻，徒使她嗒然于今日的以富及贵。然而暴发户，又不见得她有多么的艳羡，相较之下那过去是她赤手空拳打下来的，是人对于过去一点衣食苦艰的生之恋惜的回忆。否则只有空虚。倘使不说出去些过往，又有谁晓得她独矜的喜悦。袖在腕里的名表，只稍微地示一示，那便是神来之笔。

　　　　　　　　　　　　　　　　　　　　　史 诗　|

她的眼睛回过来看了眼一梦及范氏夫妇，说："刚开始我们还在云南，拿着他爸爸给他结婚的两万块，哼！两万块！当时有一万块都叫作'万元户'了。后来是百万富翁，现在是连一百万也不算富的了，南京的那些拆迁户……那两万块一年不到亏得一干二净。真是做什么亏什么。他爸爸就是不许他进他们家的大门。虎毒不食子唉。"阿水不过点了点头，她就鼻酸挥泪起来。"嗳、嗳，我就不信，拿着他的名字去和尚庙去一测，说他亏是生得不好，不然，为官做宰——皇帝的命！"要不是及时把他的名字拿去测，兴许还要迟个几年。但是该来的总会来，冥冥里都是已经备好的。名字从娘胎里出来就起了，又没有哪个来摩顶赐名，讵不是命里有时哉？

"林总还去过云南的？"史长吉笑问。一梦也觉得那地方太远了。是个封疆异境，狉狉榛榛，处处在生长凋亡，没有绝对的凋败。一年四季没有息止地都在溽暑中淌汗。圣母一样的闲闲的土地与森林，丰硕的黄色的乳房不停地产奶汁。寒馁的诗人被驮载着，俯仰在瘦马上，冒着风尘之恶，还没到那里，已感到有一股热气。

"云南有个西双版纳，可是在那里？"一梦问。

"不知道那是个什么去处，那里的蚊子都是些秋天的花脚蚊子，不要看软奄奄的飞得不快，咬起人来一咬就是一个大疙瘩。"那一定不是西双版纳，一梦想。她从来没想到过西双版纳有蚊子。

"你不要跟他说，他大半个中国都跑下来了，就差去爪哇国去了。"她笑里带着刻薄，觉得也滑稽，怎么会去云南那样的南蛮之地。最后才在这南京安营扎寨，当然也是终于在南京发的迹。

"谁晓得他哩，他非要去！"

刚坐下去的椅子有些冷，一只脚的皮鞋的鞋跟点着地，东歪西斜。一梦的搪瓷杯里的水轻轻打着颤。她从喉咙里挤出几声干

死泥   153

咳，便细细看昨天一天的账。她用的还是老法，一笔笔地记在皮面本子上。他们前几天招来一个质检，也是实在不像话，是个年轻的小丫头。

她把那皮面本子的几页纸，翻过来掉过去地看。范金贵越发蜷缩起脖子，双手叠放在桌上。照惯了乡下静谧的大太阳，现在这样的白壁愀然，眼睛里寡淡无味，不由得冷唆唆的。他的妻王阿水站在楼梯口有一段时间了，一直摆出笑的姿势来。那样的笑时间久了，好像面上也并无表情。是有这样的笑的。信当然是信的，发迹实在她测名之后，不容人不信。要不是他爸爸给的两万块，要不是他爸爸有两万块——范金贵的名字要是去测的话——然而并没有去测。

几个人离得很开，又是这样的白壁。这一点点的静她忍受不了，其实还是她自己意犹未尽罢。纸张被摸得起了毛边，她也觉得手滑，便一页一页放下去，又抬起头来，说："那和尚头上真有戒疤，是不是戒疤没看清楚，说不定还是疮疥，灯又暗。我问用什么烫的，说是用蚊香烫的，用蚊香烫你敢？！"她笑了起来。真有那么个拆白道字的和尚，不然不会知道得这样仔细。她眼皮上的笑意渐渐消去了，然而那颧骨上的肉却挤上来，一条条的痕迹，淋湿了的孔雀的尾巴，没有精神。如果望见一个人老下去，大约就是她这样老下去的。这回是真在看账了，皮面本子摊开在桌上，手里不知从哪里捞来了支笔。另一只手仍旧不肯闲，手指头绞住那搭在肩上的卷发，绞完再扔过肩膀去，就看见一双嶙峋的招财耳俏在那里。

"哎，老板娘，你这双耳朵真是大！"史长吉笑说。她听着也不像是谀辞。一个女人无论听着怎样的赞美，那总是一种赞美吧。也是一天到晚被藏在头发窠里，并不经常看见。她在一边含喜微笑在手机的屏里端详着："唉，人也都说我这耳朵大。"话是从嘴里说的，那意思却是从后脑勺出来。那屏也已把她的老态给不甚清楚地抹了去，只有一个淡淡的、模糊的、楚楚可怜的纤巧的脸影子。然而，可怜便是可爱。一梦再也不能不去原谅。她那照看手机的情形是回到了以前没有镜子的时候，女人盛了一盆水在面下，婉约地跪在水前，镜花水月似的。化好晚妆，半睡半醒，就是不肯进被窝，天又冷，被窝更冷，也怕把那晚妆弄坏了。漆黑的眼珠子里的一个亮点不知是她自己还是蜡烛光。为什么怕老？人老了才会有那种蕴藉的魅力。她听说有一种霜，淡粉红的塑料小圆盒子上密密麻麻满是烫金的英文小字母，买了来涂在脸上，早上涂一次就喊疼一次，鬓角蜕有白膜，确实水嫩了几天。然而一旦停用马上就还以颜色，脸皮又青又灰。她总是艳羡地说："你们看小梁的皮肤真是好，小梁你涂的什么霜？"她从来没想到过她的年轻。

"小梁，你耳朵也大，你原来从不知道吗？"接着便是一阵震耳的火车打铃似的笑，史长吉把手上的一颗苹果核老远就从窗户扔出去。一梦就觉得像在她的耳垂上捏了那么一下。实在可恶！她恨恨地看他走出去。

老板娘把皮面本子一合，阿水特意在她要下不下楼梯的当口叫住她："老板娘啊，昨天说有批货从南通来，什么时候来呀？今天下午要不要去把一些东西先搬了来，那边房东已经老早就通知金贵了啊。"她回过来要去打个电话，在阿水面前火急火燎照旧的一句："这些事情你不要问我，房子的事是他安排的。"阿水看了看金贵一眼，然而金贵继续把脖子缩着，已经把巴掌捏成个小肥拳头拄着一边的脸，眼睑坛起来，饧成了一块。

"范大哥，昨天你把货拿错了啊。"范金贵一听，遽然奋醒，站起来懵懵忡忡的，粗暴地哇啦哇啦只管先争辩。"昨天发出去的不是纸吗？"像是有一只拳头从太阳心里伸出去要打他，眼睛畏缩地耸起来，腴厚的两片唇往里嗫了嗫。眼睛越耸越快，努力地忆起了昨日的事情。他一只大手把上下里外的几只口袋到处捏一遍，拿出一张稀皱的白纸，"昨天发的纸不是在这吗，你看不是在这里吗？"他拿到她的跟前让她看。她看也不看，"不是呀，今天来翻账的，账不对。我刚下去点货的，数目不对，一定是你发错了。"阿水只恨他连话都说不好，走到他身边去，把那张货单拿过来看，其实并不看得懂，眼睛只炯他："你昨天不是按照这纸上写的拿的吗？我还看见的。"她那长颈子上一圈一圈的"蚯蚓路子"用铅丝箍着一般，深深嵌在肉痕里。冬天的冻疮印子在肉垛垛的脸上未全消尽，是一个女人的幽愤悱恻。紫红里的星眸子静静地射向范金贵。僻处的一双猫的眼睛。

金贵仍旧嗫着唇，嘴唇渐渐地红热起来，像刚吃过一碗猪油面，亮亮的。昂藏七尺的身段，高额隆准，两抹浓眉，涂上黑白的"三块瓦"就是在断案的包龙图。金贵高亢地说："我去问问林淦庭去，是不是真的发错了。我倒要去问问林淦庭去……"他只往楼上走，冲冲地。她走到楼梯口处站在那里冷漠地看着窗外。当然的只看到一个方寸的淡白无色的天，寒窑的洞口用张白纸糊住了。白纸上面因为洒了些水渍，有一圈圈澹澹的波痕，有点旧相了。她低头把脚底下的一颗螺丝钉轻轻踢过去，那螺丝钉跳了几下，不知到哪里去了。她良久才说："范大哥啊，我又没说什么。不过是提醒你一句货发错了呀。"那范金贵反剪着手立在梯阶上，一堵墙似的挡住她。她那一声"范大哥"，在乡下，从河边洗完拖把回去，路过阿水的家，看见范金贵，客客气气地叫一声。

她一阵风走回来，哆嗦一笑："就他这样的人，脾气倒是大得很，幸亏是在我这，要是在别的地方，哼哼！"一梦听了这话只觉得她太没有顾忌了，也不怕金贵听见。她就是要他听见。

她忙不迭又苦笑说："这一来一回的运费都是我们来出呀。

一个月下来，光在运输上的费用就吓人！范大哥，你是不晓得呀。前几天有个客户开车到货运站去拉货，烧掉一百多块的油，说油费涨了，回头就说我卖给他的价格贵了，这拉一趟货的价钱也要跟我来算。"

"现在什么都涨价啊，就一把青菜，下雨天要五块钱一斤。那些卖菜的老太太也坏，把空心菜与菠菜混起来卖，只好骗骗那些不识菜的。你要说穿吧，又是一大把岁数了。人，难呀！"阿水马上也附和地说："现在那些菜场的人，你就是去跟他要根葱，你也要扔一角钱过去。"她不啃声，这世上的人这么多，有几个是好人。

她这时候轻松起来，便要下楼去。那范金贵听见她下楼去了，还在嚷叫去见林淦庭。王阿水嘴里唧唧复唧唧地："你究竟什么时候搬呢？""搬！搬——搬！可要替你叫辆卡车来，你有多少东西的，你就可怜的不得了了，可怜急死了！"金贵不耐烦地掉头从楼上下来。阿水只静静地仰着脸看范金贵，那庞然大物，她看一眼就觉得难受。

她转过红脸来，笑眯眯地问："一梦啊，你住在哪里呢？"一梦说："我住得不远，几步路就到了。就在对过那服装店的后面。"

"哦，那是不远。"她低声叽咕了句。两人走了一段路。

"她是不敢，我就知道她不敢让我们走，"阿水咬着声音，听起来很激动，"小梁，你知道她跟我说什么，她说我们才来这里，回去的话要给人说的。又说上半年生意清淡，等到下半年要再加我们的钱。"她突然告诉一梦这些。她当然不会让她就这么回去，回去就往路口一站就要引了人来搭话，刚出去没多久，怎么这么快又回来了。于是三三两两地聚在那里听她讲在这里的所见所闻。以前总羡慕她家有钱，原来竟也过得如此。她现在把来告诉一梦，一梦因为她操一口安庆的口音，听不大真，也有点不大明白，为什么要告诉她这些。一梦便问："阿姨说什么？"阿水一听，那脸却又紫红起来。

阿水当天左等货不到，右等也不到，等不及起身先拿了钥匙把行李先搬出来。先前房东不过只说一句让他们尽快搬出去，租约已经满了，通融他们把行李安置出去。阿水知道后就一天也不愿意多待，立马就要在今天搬。偏巧搬到一半货到了。卡车停在别人的门口已经是属于违规停放，要是业主发作，把那城管叫来就又要花钱打招呼。不得已，先去把门锁了，盆盆罐罐暂且先放在大门口。几只麻布包懒懒地堆在外围，有只拉链坏了，包口绽开来，阿水赶忙拿起针和线胡乱缝了几针。那时装店门口坐着的两位美人一动也不动，她这才注意到已经在那里坐很久，阿水觉得好笑，倒要坐在外面吃灰？楼里的人因为不是在自己职责范围内，雁探脖子往下看那范氏夫妇忙得灰头土面。

冬日里的小阳春天里的太阳，白辣辣的，把立在门口的阿水依旧逼得挤眉挤眼。她等着金贵来回把一件件行李往四楼搬。麻布袋滚了一层的灰，她走过去掸了掸。她忽然记起了有件紧要的东西可否放在包里了，趁着钥匙在手上还可以折回去拿。又把那刚刚缝上的线一把扯开，开膛破肚，露出里面的什件来。绿的、红的塑料袋一个个整整齐齐码在包里，然而看起来还是惨绿愁红。她横着心翻到底，是一盒子皮鞋油。昨日新买的。已被压扁，从什么地方溢出来。她感到很可惜，拿起来单独放在自己的口袋里。她一抬头，那些修路的还在修路，对过的两个美人并排端坐在嚣尘里，寡情寡义。一副大太阳眼镜，漆黑地罩在脸上。镜角翘起一颗心的心尖。针织的老式钟形帽檐上粘着只蝴蝶结。旁边的那一位袒左肩，个子似乎太高了，两条长腿"八"字开往两边。露出一只右眼来，撇着大片的固滞的眼白。假发披下来盖住了半边脸，鲜红的两片唇里翻出一条粉色的肉线，那浅下去的痕迹是被不小心吃进去的一圈。一块红绿间色的印花蝉丝布向下披拂。同样的是红与绿，阿水麻布包里的红与绿就像被人掺了药一般。她这才想起来可是上次一梦对她说的模特。那眼镜不过是店主用黑色的硬纸壳剪出来的。

几声急促的喇叭声惊了阿水，厌烦地掉头看了眼，是林淦庭开着车回来了。他从那玻璃门上十二孔距的门把手上看到了阿水，咕哝了句："咦，你搬了？"门把手的银柱子把阿水拉得长长的，忙走过来笑说："唉，搬完了，钥匙要现在给你吗？""先留着。"丢下这么一句话人就进去不见了。阿水看他态度比先前不同。年前开着车把走在路的一边的阿水往边上挤，买了几色礼来，又是一个桌子上吃饭，说得范金贵连干几杯酒。她跟金贵来这里是卖蛮力了，他倒又不管不问了。要怎么管怎么问呢，他待自己已经是不错了。先前的房子是他找来的，水电费也是他一直在交着，现在又住在他家里。但是一个人委屈起来的时候，觉得别人都辜负了他。她赌气地作践自己，把那几个大包裹一个阶梯一个阶梯硬生生地拽到楼上。

阿水把包拖到三楼见一梦坐在办公室前，想来想去没叫她来帮忙。

一梦在那里把手里的鼠标点得嗒嗒响，电脑里打开许多个混乱的界面。老板娘一只手护着胸站在她对面，单手拿着张单据，白纸要垂下去了，她使劲一抖，像要抖掉纸上爬着的一只臭虫。眼皮时不时地往上醒一醒，是要看看史长吉来了没有。

史长吉来了，她郑重地把颈子伸出去，试探着眉慈目善地问："怎么说的，是不是修不好了？"

史长吉轻描淡写，又大着喉咙："哪里修得好，你没看见哩，里面全烧坏了。"

"这怎么办呢，打印机是彻底坏掉了！"她惘惘地看着一处。

"真是一点办法也没有了吗？"她又问史长吉。

史长吉不屑地看了她一眼："全烧坏了，直接是没有用的了！"

"这下子是彻底坏掉了！"她泄了气地重复着，继续惘惘的。

"彻底地坏掉了！"

在一旁的一梦却是几乎要掉下泪来。

林淦庭下来跟她要钥匙开抽屉。看见一梦在一边红着眼，眉头就习惯性地打个深结。脸的重心一望而知就在那一个结上，人立刻就老了些。他手里夹着支烟，自己去把那打印机拿来前前后后拨弄了一番，说："东西用到一定时候它就自然坏了，你发什么脾气呢？"

她一听立刻跳过去："哪个要她赔的？哪个怪她的？"她掉过头来又对一梦说："你这纸上一个人的字都没有，不签字你就发货，你就能发货了呀？一个女孩子做事细点心呀，你忘记有好几回了。"

一梦没有法子任由她这样说下去，到底年轻气盛，强词说："假如是因为这个字的原因有了什么问题，我绝不要赖。"

她当然顺势地嘲讽过去："现在你这话倒是会说，刚才你怎么不说？"一梦气得嘴唇直抖。

林淦庭反而把那眉间的结打开了，头一歪，劝说："她才来多长时间？当自己家的孩子慢慢教就是了，你朝她喊有什么用？"她最恨他说这样的话，滥好人。

"我是没那个本事，也没听过记性不好要人教的。"

他在那里转几个圈，找到一个纸杯子歪过来吹了吹，倒了点水进去两三口就全喝了。阿水在楼梯半路上遇见金贵，他大摇大摆径自去楼下搬他的。一梦找个台阶下，走过去跟阿水把包裹往上抬。狭窄的楼梯道只能容得两人一上一下。在下面的阿水看着一梦，脸上有微茫的令人不安的柔软。一梦现在明白了她：你现在知道她是个什么人了吧！阿水带了这么多的行李来，她跟金贵没有打算回去。忙完后，阿水在那里连说："小梁，真是谢谢你了。"

他摸到了钥匙开抽屉拿卡拿钱。她仍旧生冷地站在那里，并不看他，过了良久才说："你只知道跟我拿钱，前天才给你二十万交房租，昨天又是个五万，今天你又要来拿钱……"等他拿完了走到了一边去，她语气也缓下来，问："人都来了？你没有空陪他们去，就让史长吉陪他们去一趟，南京哪里好玩他不知道？他是老南京了。"他囫囵说了几句什么话，嘴里又险伶伶地衔着根快要烧尽的烟，一不小心就要烫到了嘴，实在听不大清楚，也是不愿意多谈。空气一变，他倒又不着急出去，就坐在了那玻璃圆桌旁。那是阿水他们歇脚的地方。放在她眼皮子底下，也是随时随地可以发出指挥让他们做些其他的小事，总想着在他们身上拣些便宜。其实阿水他们也不大上来，她也有点知道，不过是避开她。早上如果没什么事是必然要坐一会儿的，昨天即使有什么不愉快，在这时间里努力地说许多其他的话，鱼目混珠，就被稀释过去。她相信是一定过去了，她也相信金贵这样的人并不晓得要去计较。

"小梁啊，倒要请教你件事情，南京鸡鸣寺去过没有？知道是怎么来的？"林淦庭叫住了一梦。一梦听了觉得怎么会无缘无故问自己这个话。

"只听说过。"她说。

那里有口胭脂井，她知道。井边上有棵大梧桐树——向来就是"金井梧桐"。至于胭脂，那大约是以前的一个什么女人，脸上涂白粉和胭脂，简直是堆砌上去的，又厚又密，然而幽约怯行，急得脸上的妆破了一小块掉下来，滴了一些在井边。

她只轻倩地补充一句："我也没去过，都忘了。以前在哪本

死 泥

书上看到过。"

"那大约很早了，六朝的时候就有了。"因为他的认真，她愿意透露一点什么给他。

"我们也从没去过，从福建来了几个本家亲戚，来南京玩不是中山陵就是明孝陵这些老地方。这一带就南京有山，年纪大些的人又都不愿意去爬山。想带他们到别处去走走。"他跟她说了几句自己的事情，就要走了。

老板娘因为有其他话要问他，匆匆忙忙地要跟他一起下楼去。抽屉来不及上锁，便狠狠地往里面一推。这样的举动并不是特别针对哪个人，但在一梦面前，便像防贼一样。这里人多。一梦也忽然觉得也有自避嫌疑的需要，马上也下楼去了。

她眼神坚硬地并不朝什么地方看，只望向前方。那生产车间的负责人朱明升头低得与桌齐，那手放在桌肚里拿着手机在看。警觉门口有人来，头一抬却看见是一梦，说："啊呀，小梁，你还欠我一百块，你不晓得吗？"

"我什么时候欠你钱的？"一梦脸一甩，并不搭理。

"你不记得了吗，你果真不记得了吗？"他笑着看着一梦。

一梦想着之前有一次因为急事暂时借他的，但是马上就还给他了，便说："上次不是还你了吗？"

"哦，那么你什么时候还的？"

"当时史长吉还看到的。"一梦忙去解释。

一梦真的预备去叫史长吉来，那钱确实有一段时间了。他如果真的忘记了呢？然而一梦看见史长吉就在旁边，她就反应过来了，那不过是在逗逗她。

他先问史长吉："史长吉，你说她欠我钱吗？她说你看见她还的。"

"欠，怎么不欠呢！"他笑起来了。

"她说还给我了，什么时候还的？"

"我什么时候看见还的？"他假着粗矮的声音一口否决，然而是笑着的。

"没还，要拿什么来还呢？"

史长吉还在那笑。还当她听不懂，那又老又黄的笑话。一梦鄙夷地看了他们一眼，他们并没看见。一梦走开去，又不愿意上楼，便躲在一边闲闲地滑着手机看起了新闻。滑了几遍，那许许多多的无穷无尽的好没意思的新的见闻；一样地曲张过的，隐没突显过的。永远地看不完，看不完，但又很快地看完了，也一样能够澎湃出人的激愤与同情的情操；倘然她有澄清天下的力量，怎允许这样那样的事情发生，允许这样地去败坏。可一梦到底还是个年轻的姑娘，她的心情一变，她鼻子无端地嗅了嗅，分明又愉快起来了。

"孙呢，有没看到孙？"质检手里拿着一筒蛋糕问一梦，"在不在上头？"

"找了你有半天了！喏，你跟朱（朱明升）不是早就说肚子饿了，有本事你们把这一筒蛋糕全吃了。"不知从哪里出现的孙一听，立刻走过去把嘴噘成鸟的喙往她面前一啄。她嘴里说："我要打你了！"他把头一缩装作被打过的神气，笑起来，从她眼皮底下满意地把那蛋糕拿走了。她眼里还带着余笑从一梦眼跟前走过去。一梦心里只无缘无故空落落的。她虽是后来的，已比一梦与他们还要熟近。一梦未必就愿意跟这些人有深的交情，终究人是"需要人的人"。那质检才没走几步路，手抄在口袋里，却又与孙和朱在叽叽咕咕地说话。时不时把脚向两边歪歪看一眼，"真是讨厌死了，新买的鞋，前几天检查机器，不知是谁把个废墨瓶子放在那里，脚一踩，吓死了。"鞋尖上的墨迹子被擦得淡了一大块。她从口袋里掏出餐巾纸蘸着孙手上的矿泉水又擦起

死 泥

来。孙低头看着含笑小声说："擦不掉的。""那怎么办哩？""用无水乙醇。"两人一递一声。她立起身便跑到朱明升的办公室去拿。

一梦听见楼上电话响，上楼去接听。她走到二楼房间门口，那朱明升不知什么时候坐在那里，头低与桌齐，露出一大截子黄渣渣的颈在灯下晒着。惊觉门口有人来，头一抬，嘴里掀腾，"啊呀，小梁，你欠我的钱什么时候还呢？"一梦只觉得做梦一样。

"你拿什么来还呢？"

楼上老板娘在那吃橘子。她看见一梦来，拿一只噀着青光的橘子给一梦，说甜得很，一梦接过去，她问她还要不要再来一个。一梦站在窗户前把那橘子皮一片片剥下来扔到二楼的窗檐上。

冷的白壁上的一点奇异的柔黄折出来一段在桌腿上，残照里的坚贞玉立的人世光阴有春日迟迟之感。檐下的蛛网上的清湿的蜘蛛已经爬出来，转眼就爬过去了。都市办公室里的文明人向来只用文明的时间，那玻璃里的钢的指针与刻度，电脑里的阿拉伯数字。又觉得白天晚得是这样快。可不就是一天快要过去了吗。

小区门口的横拦停在半空中，车陆陆续续从那底下进去。道边的树因那远照有了不同层次的绿。中年人在那道上走，忽然看到这一点可爱的不一样的绿，都拿出手机来对着拍。那绿有什么好拍的，一梦看着几近无聊。为什么不呢？

水雾一样的一更天，又因为修路的缘故，空气像青蜘蛛织就的网黏在人身上。那公交车车顶横着的电子屏上滚动的红黄字是宣纸上溢墨的字，墨直吸收不尽，便一个个水润润的带着点痛楚。那是人凝着双泪眼相看的。一梦快走过去，那公交车里站满了人，太满了，满窗满口贴着人。前面的关隘口一口气就差点转不过来。司机挥手示意等下一辆，站在公交站台的人就只好等下一辆。炸火腿的油摊已经出来了，老远就看到了那架在油锅前面的标牌"此味只因人间有"。等车的人群中有人走过去买了一袋子"此味"，那油浸透了纸袋。刚出滚油的火腿烫得他的脸变了形色。他忘记了这双重不健康的食物，火腿的、油炸的带来的患病与死亡。脑子里是空虚的，虚室生白，在这空虚里，也明白活着的一点好处。对面的蛋糕店里裱花师在心无二志地裱花，白帽子耸立在头上，耳鬓间余一点俏皮的碎发。灯光柔黄，十分温暖。

一梦再走几步路就到家了，在路上是欢愉的。

她这一天过得并不愉快。她到家赶紧做饭吃饭，这样在时间上拘束着，省下来，跟她的父母亲打电话，电话里总是常谈。好受点了，听到不愿听的，只更难受。一根绳子上的死结，解开了一点，好不容易解开了一点，谁都没有耐心，胡乱地又一把扰乱了。

一梦半躺在床上，灯光重重地压在眼睛上睁不开来，她用一只手臂盖着。她依旧想打个电话给她母亲。坐起来找手机，到处找不到，丢了可不是玩的。光房租就够她受了，哪里有闲钱去再买一部。房间里的桌、椅、柜，全在眼前。然而房间的窗户却非常地大，一下子毫无道理地占据了墙的半边。她爬起来就要看见马路对面恰挡着的一栋楼，木夹子夹住一件衣服一样，夜晚着了火，烧成一个个炎炎的洞，藉藉煌煌的万家灯火。电话铃响了，先是她母亲打电话来，她松了口气。

母亲在那边开口就问："吃过饭了没有，吃的什么？你那边下雨了吗？我这边也下了，天就像漏了一样。""你爸爸有没有打电话给你？"听来有寂寥之感。然而一梦还是诚诚心心地回答着母亲。她电话这头听到她母亲那头有萧条的狗吠，"等会儿，不要吵！"她母亲嘘了几声。

"妈，我要跟你讲件事情……"一梦激动地喊着口号一样地提振起来。

"我现在就缺少一个机会，如果我有这么个机会的话，你就会知道我是个什么人了。"

她母亲那边只沉默地听一梦说完，劝慰说："我当然晓得你是个什么人，你是我养的。我指望你一直好，但是一梦，谁不想要那个机会？一锹不能挖个井。"

"可是至少在这里是没有机会的，这里的人你都不知道……"一梦声音虚弱得不愿再说下去。她大约也知道她母亲听出她又要辞掉工作的意思。

她母亲说："你说这个不好，那个也不好，那么一梦，你要做什么呢？"

是的，一年换了三份工作，时间都不算长久，再换，再换就要使人怀疑你这个人做事没有长性。这时候倒又不是那种人往高处走，水往低处流的说法了。

"我是知道你的。"她母亲说。

"赵红梅的儿子去上海工作，面试结束后，让他在那里坐一天，他就在那里坐一天。"赵红梅的儿子曾经是她同学，成绩一直比她好。在那里坐一天，倒是想不到。她马上又会吓吓她："现在，你说你没有钱，你是寸步难行。"这话使人怃然。一梦沉静了下去。她又不愿就这样挂上电话，不挂上电话只会浪费她母亲的话费。还是她母亲先开口："不说了，时间不早了吧！"一梦笑着终于挂上了。

辞职丢掉工作那就是没钱，但是现在没钱不代表以后就没有。即使以后没有，那又怎么样，真有志气的自会知道有钱如何，没钱又如何。需要一梦说不成功便成仁这样的死话吧，不能呀，她可是个一言九鼎的人。这一腔热得决死的勇气，谁愿意听见你那豪言壮语，一张空头支票。她不再言语了。思想是巨擘的，转成语言，就是让别的人看见了皮下的一样的心肝脾胃肾俱全。连这样的单纯的愚勇之气现在都算不得是英雄了，别的，在薄冰上走，虽是战战瑟瑟，也仍视作是勇者可为。所以也不能全怪他们吧。一梦胡思乱想，想得头有点发痛，第二天又早早地醒来。昨日的话还很深地刻在脑子里。真在这样的城市里白白活上几个月，也并不算难事，然而那往后还有好多个日子呢，在这样的世道里，非要到那个境地做个穷人又有什么好处。可她是不用花钱去坐公交车的，她可以完全地步行到工作的地方去。

"郭总，最近生意忙不忙？哦——材料还没用完哪，那么，你什么时候用完呢？"她在那里打电话。阿水在水池子里乒啊乓地洗几个人刚吃过的几只饭碗。史长吉上去找林淦庭，他捧着个粥碗站在那里呼哧呼哧吃早饭，背向史长吉，热气腾腾地。

老板娘在一边就笑问史长吉："昨晚是你跟林老板去的，到什么地方去耍的，那么晚才回来？"

"就随便逛了逛，光堵车就堵到什么时候。南京现在也没有什么好玩的地方了，还不就是去的几个老地方。"他站在那里不经意答着。

"你们昨天一天起码要个二，"她竖起两根手指头，又哼笑了声，"前几天就已经去黄山耍过了，去了黄山还不够，说还要来南京。有钱才耍，没钱耍什么！"

史长吉脸上浮油似的笑似乎默认了，马上又一边老练地摇摇头，说："没有没有，哪里有那么多，中山陵又不要钱。"她不由得心里发恨，又不愿意再跌那个面子不依不饶。两个人早就串通好了的，她知道她丈夫如何教他且说三分话，回来怎么敷衍她。但是史长吉到底年轻，难保不留心说得前后矛盾站不住脚。

林淦庭吃完把粥碗往那一丢，点了根烟在手上，洼着脸，下来横加解释："刚才史长吉不是说了吗，去中山陵又不要钱。"

她眼里的清泪积得饱饱的了，并不掉下来，那泪里的盐把眼

死 泥 167

睛腌得鲜红鲜红："说不要钱，吃住酒店也不要钱哪？你现在就是去菜场跟人要根葱，磨上半天，你还是要扔一角钱过去。"

"现在一个酒店一晚上三个人不要五六千！"这并不是个单独的问话。

那史长吉就按捺不住，解释说："南京哪里有这么贵的酒店，那除非是金陵饭店。你什么时候看见林总带他们到金陵饭店的？金陵饭店也何止五六千哪！"她越来越晓得是她丈夫做的东。大老远来还让他们花钱？他们跟她丈夫出去，就是他们愿意付那个钱，她丈夫还不死命拦阻。他仁义。

她幽怨地对着阿水，对着一梦，说："用起钱的时候想起我们来了，平时呀，贵人踏贱地！一年统共就来一回，还是三月里来，就像孩子等他的压岁钱一样。"

阿水在一边也看不过去，忙打岔说："都是亲里亲戚的，老板娘看开点，七十多岁的人了，还能来几回。"

她的泪终于掉下来了，马上说："你说亲戚呀，福建的那些卖特产的一家家都倒闭光了吗？死绝掉了吗？大老远从那边带盒子给小孩子，小孩子看着新鲜，也是你的情意呀！"

"他们家长寿，谁都长寿。她丈夫八十多岁才死。"

"她年轻的时候你没看见，买了件大衣，把吊牌剪下来扔给我看，我那时候还小，哪里知道呀，嘴里就把价格念出来了，周围的人你还没看那个神气。她嫁到福建那么远的地方去，丈夫跟她过到八十多岁，都说不容易。"阿水也终觉得无话可说了。上楼去洗林淦庭吃的那只粥碗。

林淦庭吃力地吸着烟，仿佛烟的另一头被堵住了直是吸不动。他只把手一挥让史长吉去把住在酒店的几个人接到这里来。

几个人姗姗来迟，她看见先是愣了愣，便笑着迎了出去，说："怎么昨晚不来这里睡，这里别的没有，就是床多。"四楼

史 诗 |

本有三间房，不过一间做了小仓库，大约说这话时，想万一不得已就在阿水房里搭个木板铺。她努力地拥他们上楼："楼上去坐，楼上去坐呀……"几个人铺排在沙发上，啧啧说道："现在南京大变样了，我记得刚开始在南京，这一片还都是农村农田。"林淦庭说道："你什么时候在南京的？我想起来了，我来南京做生意那会儿，是有好几年了。"她站在一边在那插嘴："现在生意都不好做了，都是欠款来拿货。""你现在还替人做家堂画？以前这可是暴利行业。"林淦庭摇头笑说道："老早就不做了，后面做的人太多了。"她在一边舔着嘴角因为火气而生的疮，有点痛，拿手去碰了碰，昂着眉头笑起来，说："现在行情都不好了，稍微推板点，马上就要跟你翻脸。"她丈夫在一边跷着腿，透着蓝色的烟幕寂静地注视她。几个人直坐不住，要走。她回过神从口袋里拿钱喊阿水去买菜，定要留他们在家里吃顿饭。几个人却不过情，吃过饭顺便就在她这里打了个中觉。一觉直睡到下午三点钟楼上才有动静。林淦庭这边开车就又把他们送回去酒店。她在他们走后又红了眼睛。

　　一梦那天下班回去，林淦庭打了个电话过来，"哎，林总！""喂，哪位？是一梦吗？是一梦啊，我打错了，是手机按错了……"他顿了顿又说，"现在你可有什么事情？没事的话来夫子庙一趟，昨天他们游了玄武湖鸡鸣寺，今晚又要来逛夫子庙。史长吉他爸爸病了，去医院照顾他爸爸去了，他妈妈在医院里服侍他外婆。这些人年纪都不小了，我一个人实在照应不过来。"一梦在那头静静地听，心里却早打定主意不去。看样子那些人也是些会吃会玩的人，这一去不知什么时候回来，太晚了没有公交车就要打车回来，车钱她要跟谁算去。远处火车呜呜的，她听不清楚，去关窗。对面照旧是一片楼，有一种焕烂的壮美。她站回来一只脚折弯了抵住墙，立在橱柜的对面。橱柜的一扇门掩开一

死　泥

道宽缝，里面一件西瓜红的羽绒服袖子就伸出来。春夏秋冬忙，衣服来回穿两遍。尤其是这件西瓜红的衣服，一直挂在那里，也一直有半只袖子伸出来，在哪里都能看到。现在只稍微地瞟见那一截就有一种熟透了的厌恶之感，让人恍惚起来。不知对面的一栋楼格子里的人看她这边是不是也有一种壮美。但是，一定看不见她这么个人。

一梦第二天起了个大早，虽然有所托，也并不愿意借此不守时。她不及打扮，草草地把头发散开来披挂在肩上。那是一梦装饰自己的一种便捷方式。她的脸是头发散与不散就是不一样的脸。好似一个人脸上的点睛之痣，点上是风韵，点去就是清扬。几个人中有个老太太，因为中午睡了一个长长的午觉，志趣盎然，看一梦与先前不同，拉着一梦东说西说。那夫子庙里的人被光照成了人海，涛叠浪涌，她倒也不嫌发慌。一梦高中时期的历史很好，有一段时期在将要学的每个历史朝代的扉页上用繁体字写上自己的名字。尤其是那个"梦"字，最是精神飞动。那些罗曼蒂克的小史趣，连稗史也算不上，可是再怎么遥遥不可考，经她口里说出来就让人忍不住觉得就是真的。老太太听着十分欢喜。言者心里忽又感到这样那样的悲哀，几千年的历史里头桩桩件件无数的小事，厚厚的家底子，在这人潮里说出来也真是无味。就像这夫子庙一样，说不来还是来了，因为除了这几个地方，南京也实在没有别的地方可去。"还有呢？""还有，还有就没有了。"一梦抱歉地说。

他们只稍稍在摊点前站一会儿，小贩们乖觉地就要把食物装进袋子里让人拿走。"不，我们没说要买呢。"一梦总要推辞。林淦庭在一边就把那些袋子一把抓送到她手上，"你拿着拿着，你这个人怎么就这么客气的。"一梦有些不好意思。她现在终于有点明白为什么她当初要来南京，她的同学们为什么都要去上海。

光看着那做得这样漂亮的食物，即使不怎样地好吃，也不失为一种痛快。年轻人需要在都市里。

他们走的那一天，一梦代送了送，老太太一个劲说舍不得，说她这么好的姑娘，可惜了儿的。一梦只在那笑。

林淦庭找个时间来接一梦。两人坐在车里等红绿灯，路上有点堵车。关着车窗温度要高些，皮具上的凝脂香氤氲开来。他坐在驾驶座上，双手搭在方向盘上，头往上一磕："现在到处都是人，都是车，多得吓人。"回过头来又发神经地笑问："是不是人很多？"一梦把头低着，并没有听见，只觉得不真实。他总是很忙，都不大见到他这个人，就是见到了也是那样沉默地忽来忽去。也皱着脸，一天到晚都有许多的麻烦事都等他立马去解决似的。但是，就在这一刻，就好像对他这么个人相当熟悉起来。

他倦怠地连拐个弯也不愿意，停下车，一梦也就下来了。一梦往家走去。他却又把车开回来了，这下子他下了车。只约略的工夫，天就暧昧下来。其实是把车停在了楼的一片片阴影里，仿佛整栋整栋的楼都背过身去，两人就在背后站着。他今天一身的西装是在金鹰里买的，但是因为没有他这么小的号码，特意拿到店里的售后处改小了些，套在瘦条条的躯干上，还是有点不合贴，没有温度。只有眼睛大得简直凸在脸上，眼睛周围的一层软皮塌下来，冰凉冰凉的，也是因为皱惯了，永远像是睡眠不足。他咕咕哝哝地在一边也不知道说些什么，从西装裤的两只口袋里掏出票子来，往一梦包里塞。

一梦措不及防直往后退，"林总，您这是做什么呢？"

他停在那里说："我刚才差点都忘记了，这两天实在是让你破费，又累你走了许多的路。"他蹙起了眉头往前走了几步示意让她收下。

一梦只不动，笑说："这怎么可以，坐车才多少钱。这还是您送我回来的。"

那红钞因为是新的，一被压就非常地扁，看不出来有多少。她绕过他要往里走，不及乘电梯，就要直走楼梯上去。他走上去把她往旁边拦，这像什么话，于是两人都停下来。他有点不耐烦，两脚匆匆地架在两个阶梯上。

他在克制，异常地柔声款语道："我是都晓得的，那么这就算是你这几天额外的加班薪水……我也晓得，老板娘脾气是大了些，我过去也老劝她，她不过呢是把钱看得重了点，其实她人并不坏……你要是跟她相处不惯，等那边玻璃厂开业，那边也正好缺人手，你就到那边去。你也看出来了，我这一段时间一直忙着这事。"他渐渐地又含糊起来。

"不是的，老板娘她人是很好的，我看得出来。"她感动他把她的为人看得一直都很明白。

"其实，林总，我有时候也劝她看开些，安慰她来着，就像您刚才说的，她把钱看得重些，可这并不能就说一个人有坏心。再说一般人所以为的坏人也未必就真的坏呀。"她像跟一个朋友谈起另外一个不幸的朋友。跟这样一位事业有成的中年男子说话，只要体谅。两人立了一会儿，他忽然想起来又把钱直往她衣服的口袋里送，连点头怂恿她收下去，又不负责任地转身上车关上车门。她原来是已走到了三楼，但还是一级一级往上面爬。她边爬边把口袋里的钞票一一剥开，足有五六张之多。

她这合租的房子的客厅向来是有等于无，成了一种摆设。有时候也觉得这么大的空间浪费掉真是可惜。今天回来就比平常早一点，发现客厅大也有它的好处，就是太小连打扫也不必了。她打扫起客厅，室友回来都诧异，她从没有如此正大光明地悠游！要是在以前没有工作的时候，白天她一个人待着总觉得异样，尤其不敢在这样大的空间里惹人注意。星期二，这样一个所有人的

172

一个星期中兴兴头头的开始，自己在这样的白日里平白地打扫卫生，她是心定的。她乘电梯去楼顶晒拖把，因为今天太阳实在好，即使到了快要下班的时候依旧很有力量。对面楼底下摊在汽车盖上晒的被子还没被老人收回去，白色的被褥子，一天下来要落上了许多的灰吧，可是难得有今天这么好的太阳，把云都蒸去。那蓝是王羲之的碑帖，一撇是一撇，一捺是一捺，四五月的清如水滟滟，离得她是这样的近。看久了要使人滚下珠圆玉润的泪来。她站在楼顶之上，她自己就是一个神。果真，她就此能够成为非凡的一个人，她有这样的潜质吗？

是的，她没去上班不也获得了比上班还要丰厚的回报吗？那是别人看得起她。当然，这是她正当的回报。寸金难买寸光阴，尤其是一个年轻的美丽的女孩子的光阴，就应当加倍地值钱。那大把的时间，在每天的物流运单上的日期一栏用笔画上当天的寄货日期，三月六号……四月十五号……详细记录着一切，简直无时无刻不在提醒，日子已经过去了！永不再回头！

一梦照常去上班，她在楼梯口就已听见楼上范金贵的声音："真是林淦庭的，要是我早就几个嘴巴子下来了。"阿水横了他一眼，飞红了脸，咬着红唇，几根手指头并拢，背在背后，迟疑地。"就是惯得她！"他继续说，她终于还是伸出手去削他的脸，运斤成风，刮着了一点他的腮。他马上就用巴掌护着，下巴往里一低，眼神挫折下去，滋滋地看她。迎头看见一梦上来，阿水就笑说："小梁啊，正好要请你帮个忙，谢谢你了。"从口袋里掏出张斗方的红纸，让一梦写上"租客范金贵"，说要贴在房门边上。一梦就说："我写好后给你送下去。"金贵转过头看着阿水的脸色，脸侧着他："怕人呃，狠虎似的。"见阿水不说话，又爽朗地说："小梁这个人真是不错。"阿水继续红着脸，进着焦躁的声音对金贵说着什么。金贵一个劲摇头："狠虎似的，狠虎似的。"

死 泥　　　　　　　　　　　　　　　　　　　　173

一梦进三楼就看见林淦庭坐在圆玻璃桌边上，用两根夹着香烟的手指捏着铅笔笔端在桌子上胡写胡画，对准桌面一戳一戳的。这下子可要把笔尖弄断了，她还要给阿水描字。她知道他坐在这里是又在跟她要钱，一定已经吵过了。一梦跟他去拿笔，他缓过神站起来谦虚地双手捧着笔递给她。她便趴在桌上认真地描了几个空心大字"租客范金贵"，又用黑色水笔把那空心填满。她写好后做个投壶的姿势把笔往笔筒里一扔，要下楼给阿水送去，那笔却未能投进，滚落到地上，她弯腰拾起来，抬身便瞥到键盘按键空隙里有银光，稍动即逝。她把那键盘拿在手上找到那个角度，倒要看看是什么。那字从银光里渐出来，"梁一梦"三个字歪歪扭扭的。却很不容人抵赖就是她的名字。会是谁写的？她想到是史长吉。但是他有女朋友了，而且已经据说快要到结婚的地步。他虽然年纪小，但是一样太心急了于那点女色。还是他正好碰到了一梦才晓得自己太性急了？双手狂乱地一齐按下键盘去，不得已，只能地写下这三个字。不，他不是这样的人，能够悄悄地写下别人名字的人。非要不偏不倚正好地对着某一个角度与光线才会看到那银光一闪，还要引起你的好奇心去看。不然一定看不见。再往下想，她不能往下想了。她站得太久，脚底到脑子的神经绷得笔直，动弹不得，脚板底一阵发麻，站起来就有千万只绣花针戳她的脚，直站不牢，但就是鞭笞在白刃口上也要走。她不忘记拿了份要签字的文件在手上。可是她要去哪里呢？

　　她下楼去，倒又看见林淦庭在四楼的仓库里捧着只茶杯，浓酽的褐色的茶像是放了几天几夜，喝矾水似的。他在那里跟阿水说话。一梦不愿再往前去，但站在这里也很奇怪，她在楼梯口踟蹰徘徊，隐隐约约地听见他说："钱都押在货款上，我是要开华东地区最大的玻璃厂，我还不是做那种普通的玻璃。将来华东这一片谁不跟我拿货！""家里前几年是有些钱，现在钱全在她手上。我嫡亲的舅太爷家的儿子，也就是她家哥哥。你也是知道的，被人家骗去赌，一下子输掉五十万，不还呀，人家要砍他手指头。现在人都不知道去哪里了，丢下一个小儿子，都是我们出面拿钱来养。前几年她家舅外公在心脏的血管里装了只小螺旋桨，就这么一点大的东西，借给他十五万，回家还不是拖日子。家里是穷得一塌糊涂，你能不给他看？"他把右手拳头里的指头用左手一根根扒出来，从头到尾细细地道给阿水听。

阿水不停地点点头："嗯，不错的，不错呃，又有什么办法呢，你好眼睁睁地看着他死？"

"这些年光外债就有二百万，她现在是一分钱都不肯向外借，把点亲戚都得罪了。"他看见了一梦站在那里，但是还要继续跟阿水说下去。

一梦替他悲哀起来。那些个穷亲戚，结成帮的一个个巴望他。他现在寂寞得连个说话的人都没有，要说给阿水听，在他手底下吃饭的一个不识字的女人。那二百万可以体面地维持着她的一生。然而，这两百万于他而言却一点也不算什么。当作一个小礼物送给她，就像上次送她几百块一样。但是，不一样吧，上次是她应得的。但是什么是应当得的，什么是不应当得的。上次那几百块要说有理由还回去当然也有许多理由。

她站在那里出神，看见有人来了，就假装请他签字，她觉得她的眼神一点不自然。

她晚上回去又在电话中对她母亲说："我要告诉你件事情……"临了告诉她她决定要回去找机会。

"回去？"她母亲质问。回去徒然丢人现眼，她知道。

她母亲先还是劝慰为主，忽然话锋一转，"咦，你实故要回来哪个要拦你。你市里蹭不下去，还有县城哪，县城里待不下去，还有一个镇，镇上再不行家里还有三亩地哩。"说得一梦也咯咯笑了。

"你地也种不了了呢，还有条路我指与你，就去拿个破瓷碗去要饭。唉，呆相！现在人也变坏了。你去要饭，以前人家没有院子，看见你了，有汤有水的还把点给你。现在不说家家关院门，在乡下连个鬼影都没有。"一梦笑了许久，笑得眼泪都流出来了。她母亲那边挂上电话去厨房看汤去了。她一个人在家，经常用电饭煲煨筒子骨头汤，为了等汤滚，要去厨房看几趟，一锅汤一个人也要吃上许多天。

这里的日子因循过下去也就一天天地过下去，直到两个月之后那边的玻璃厂开业。他去帮一梦搬家，一梦就笑说："这样可就太麻烦您了！"他就说："你是跟别人真这么客气么？""我不过要你知道我心意罢了，我是真不愿意劳烦林总你。"她笑说。

他这还是第一次到她的闺房里去。童话故事里粉红色的小房子。因为过分地整洁，每件东西各自有它的角落，反而有很清旷的感觉。白色的小桌子上靠墙有一个红色的三层小塑料架子，第一层放着蚊香、打火机；第二层是个针线盒子；最底下是掏耳朵的不锈钢耳挖、剔牙的竹牙签、剪指甲的指甲剪。四张小方镜子拼成一个长方形，那样也可以照见她的一捻腰身。他往里面一站，就觉得容不下两个人，他便坐在床上，床也小，盛不下他，只坐不稳地往后一仰。黑色的铁块一样，冷的气浮浮冉冉，那点粉色的暖和不胜力。"哎哟？"他一惊，只抬头看一眼，一梦被他的腿一绊，站在那里就把裤管撸上去仔细地看，那白腿上有一块红印子很刺眼。西瓜红的半截袖子，白桌子，红的塑料架子。到处是朱朱兼白白。还有那白的面，红的唇与腮。他脖子抬得有点久有些发酸，支持不住，只往床上重重一捶，枉生里的惘叹。就只是这么一霎。之后他在开车的时候，看见了他自己的那栋楼，楼里有个可怜的女人。他忽然觉得他的过去什么也没有，嘴里发淡，像吃了一把味精。

一梦要整理床铺，他同样地耍笑着谦虚地站起来。那裤管还在大腿处卷着，泰然自处。"咦，这是你的吗？"她看到床上有一张超市购物卡，从他口袋里滑下去。他看了眼，随口说了句："你拿去用吧，这次去那边你要添置不少东西。""我不要！"她倔强地说。他不开口了，也只好接过去，笑了声："我送你都不要！我留着也用不了，这边离超市也比较远，她也不大去。我一个客户节日发给他们员工，剩下的几张就全送我了。"一梦听了，觉得他是真心的，一时也不知道说什么，只好笑说："那林总可真是惨，连张购物卡都没地方用。""我要给你，你说你不要。"一梦终于把手一伸，说："好，那你全给我，你以后要什么，我帮你带。"他把卡全掏出来郑重交代在她手上。她想他是爱她的。她以为会有别的要求，但是，先替他畏难起来，他那位动不动就要掉泪的夫人……

阿水买菜一天要去菜场两趟，路过一梦的住所，看到林淦庭的车有几回了。回来对老板娘笑说："小梁还没搬完吗？我看见林老板到这里来接她好几次了。"她伏身在玻璃桌上看一份金陵小报，那还是许多天前的了，是金贵从隔壁拿来包东西的，缺页少纸的。

"他人来了？"她立起身来问阿水。

"我早上去买菜还看见他车的，不知道是不是他的。"阿水说。

她跑下去看了看，并不见林淦庭的车，但听阿水这样说，还是怒向心头生，计较起油费来。打电话给一梦，绷着脸，阴阳怪气里又拿出老板娘的威武来。一梦在那边极为错愕。林淦庭想必在她身旁听见了一点，在一旁说："要不要找个医生替你看看，都搬了有几天了，你现在打这个电话来！"她也隐约听到了，放下电话就质问阿水。阿水心想怕是自己看错了，车长得又都差不多，也确实不大知道车的标牌，只怪自己没话找话，便笑说："林老板说老早搬完了，那么那一定是我看错了。"她继续去看报纸。

"王大姐，你来看！"她忽然地又笑着指着报纸上的一张照片给阿水看。

照片有半张报纸大，黑白的。"就是很有名的那个，电视上老放，吴瑞彩你可听说过的，就是他。说他吸毒，被抓进监狱去了。"阿水当真去看了一眼。心想既然有名，想必总有点什么特殊的地方。但是并不认得。她便拿起报纸从头读给阿水听，她喜欢说点新闻给她听，但是从来是有什么读什么。

"昨天安庆高速公路上发生了大车祸，死了不少人。"安庆是阿水的老家，阿水不免要多问几句。

"死了多少人？可都是外地人？"

"不少人，有三十几个哪。"她稍稍地惊讶笑着告诉阿水。

这几天她正好听史长吉三天两头说哪里哪里出意外死了人，她都拿来告诉阿水，觉得会有那么可笑的死亡。也许，也许还是因为那许多可笑的出生的缘故，多死几个也好，那么多人。然而这世上，又有几个是好人。

她不忙的时候也去玻璃厂那边看过几回，鸟不拉屎的地方。阿水照旧多事地安慰说："老板娘你就随他去吧！"她也就真的不再去管了。但是每回看见那里给员工住宿洗澡用的热水器上的灯还亮着，就气狠狠地过去把插头一拔。胡闹了一阵，终于铁青着个脸站在公交站台等公交车来。等着等着又看到范金贵，回头笑着叫了声"范大哥"，走到那热水器底下，头忽高忽低，有些难以启齿，"范大哥呀，你来看看，看这热水器一天烧到晚还得了，能不能有什么个法子把什么线搭到外面去？"范金贵真的也就上前去检查起来。林淦庭听见了，努力地朝她挣出一句："就你有这些齑粉肠子，你当人家不会来查是不是？！"

　　她渐渐地开始红了眼睛，话越说越多，终于跟他吵为什么要开这玻璃厂，要开到这鸟不拉屎的地方。一天到晚只想着跟她拿钱。拿那些陈谷子烂芝麻的事情刺激他在那里来回转圈。她无情无趣地骂了几声妈妈奶奶奶的。又看见一梦在那里花枝摇飐地忙，跑过去帮一梦的忙。忙了一阵停歇下来，有个什么潜在的东西涌上心头，低头望地："你也都看出来了吧，看出我是个什么人。"她缓缓地发起了怔。连一梦也愣住了。一梦有点心虚地想着可不要再去说什么话，一说话她的泪就又要掉下来了，还以为是她惹的。黑色的夜里的蚊子扎堆，在拥挤中碰撞得变了声音。"那个像什么……啊哈哈……像什么，像不像卫生巾？"招来的年轻的刚毕业的人因为一时看见了个什么东西长的像什么，互相取笑。一梦听着只觉得是在耳朵边上罩了只大的空的透明玻璃瓶，外面一切奇异的声音，煮在沸腾的水里，气韵流窜，嘤嘤嗡嗡。她还是要回去吗？回去也是一样的，哪里都是一样，一样的人。要往哪里逃与躲！她有时候不耐烦起来向林淦庭反映这些新人是如何地不像话，便说："现在这些年轻人！"她跟他在一起仿佛也就跟着老了许多。

　　一梦在玻璃厂团团转地忙了有许多天。这一忙，倒使一梦会做了人。到处有人叫一梦的名字。她还尽责地把些客户劝说到这边来看看。林淦庭的妻在那电脑后面认真看账，喜笑颜开地站起来看见人来人往，看见生意兴隆，又笑着夸一梦为人处事周到。

　　"朱明升去哪里去了，人都已经到门口了，怎么看不到他的人？"一梦边说边急急忙忙去朱明升的办公室。朱明升已站在门口看见她来，唱念着一句话："我看见一个走得很快的人。"冬夜里的大街上憋着一泡尿的人的颤音。史长吉在里面扶着桌沿，一只脚在半空里荡来荡去跟她说笑。她知道是拿她开玩笑，便也跟

死　泥　　　　　　　　　　　　　　　　　　　　　179

他说玩笑话，曲眉丰容地。但是不管如何玩笑开得是有点不像，是她有点不会。简直使史长吉要轻蔑她。

玻璃厂既然交给一梦打理，他似乎并不真依赖她，他看着她在那里忙，一看就是看半天，把她看明白了，把他自己的爱也看得明白了。有点庆幸，不过也就如此罢。有事没事跟在那里混到半夜，但不管多晚，也从没见过在那里留宿过。一梦有一次看见他把凉鞋踩扁了趿着蹲在玻璃厂的大门口吃烟，上次在金鹰买的西装裤管凑上去，露出里面的白腿肚子，简直跟他苍黑的脸判若两人。馓着的硬质的西装领子把里面的衬衫领压倒下去，嵌在里面，把脖子绷得紧紧的。于是他艰难地抬头看西落的太阳。一梦觉得背后一双灼灼的疲乏的眼睛是移视她过去的，像是看见个什么稀奇的人。她心里一震。后来她在别处看到玻璃厂，不止一次地看到过，开得都要比他大。

一梦不能不再恋爱结婚了。还是他想起来要替她介绍了他的一个南京代理商，姓陈。一梦陪他谈生意趁机去相了相就笑说："唉，这个人不行的。"他倒是说："陈老板人是真不错的，你以后就知道了。"他不止一次对她说这样的话。她也就跟他出去吃了一年的周末饭，渐渐也发现他真是不错的，然后草草地结了婚。当然她很可以有别的选择。然而一梦的母亲是非常高兴，极力赞成她在城市里生活，至少不用再租房。那姓陈的跟一梦谈起他来，他就说林老板这个人做生意讲信用。她觉得生意场上的人能得到这样的夸赞，仿佛是至高的荣誉。

她一样地跟林淦庭出去，俨然外室，她又是结过婚的了。中国女人一旦结过婚后就仿佛非常地妇人化，但他一向把她当个孩子看待，到一个什么地方他都要弯腰问那些年轻的助理最热闹的地方在哪里。年轻的助理总说市中心。她就匆匆地去一趟，然后再回来，也当是去了这个城市一次。一个人住在酒店的房间里，他又要忙着在他的一群客户朋友之间找有没有跟她年纪相仿的女孩子跟她一起住。他这样做表示自己完全没什么，随随便便在酒店的什么沙发上，或者跟其他的男同事挤在一张床上。一种谦让式的牺牲。其实有没有她在旁是一样的。不过她脸白，正好他脸又黑，她就在那里应应景也好，像是一盘菜里黄瓜切成的瓣——点缀的花边。

二〇一六年十二月
2020 年 12 月刊载《特区文学》6 期

伊甸园

一

她记得她母亲的一袭天丝竹节绉半长筒还是那年去北京相会她父亲时定做的。约略的裁工，齐肘齐膝，又都是离行神似的大渲大染，一笔笔相缪勾搭，使人看久了要犯昏。闭上了眼，定一定，那影子还在眼睛里，聚拢起来沉淀到心子里去，默会明白那原是回文图。也是因为底子淡，看上去确是富贵清庄相，也只有她母亲以为漂亮的衣服非裙子莫属。年轻的时候也送过一件淡粉红的雪纺百褶裙给洛真的表姊，因为质地太过于垂坠，美人条一样，动辄涟漪沸涌，行走的音乐完全抽象，差就只差在褶子间挂上小金铃铛以资点缀。一拨拨白色的五瓣花平摊在上面，把那粉色稀释得更淡了，只落得一个粉晕。委实难以想象当初穿在她母亲身上会是怎样的一番景象。

申洛真强撑着眼皮看了眼钟，就看到了她母亲穿了这件衣服。大概她可以随时起床。

"还早哩，你睡！"她母亲支起身捺下她来。

钟的小银针在头顶一步一停萦，一格格地钉过去。听那钉声，是夏天蚊帐里的一只遗漏的蚊子在飘忽不定地嗡隆，绕远了，靠近了，又远了……是最不耐烦的清醒着。她听见她母亲腔子里结实地"唷"一声——"嘘——"迸散了去。眼睛忽已睁开。

"好起得来床了！"她母亲又在外喊。

洛真一听，床板磊落一声，振衣而起。不一会儿便坐在那廊檐下吃那浆汤米粥。屋檐外是乌蓝的天，中秋才过去，早晨的还很圆的桂月已经淡得发白，只有几颗月边星还很分明。好像还是在夜晚，昨晚还没有完。然而那六角矮桌上的托盘里分明还放着已经祭完月亮的三节藕；一碟子煮熟的老菱；摊的芝麻小圆饼也还叠得高高的，没有动过。不过硬得已经有了斑斑裂痕。

那敬月亮的茶也已凉。水面上浮着一只虫。以前她母亲祭过月亮后总要给她喝几口，小孩子喝了这月亮喝过的茶，不会在床上溺尿屙屎。她母亲把那碗茶端来往外面一泼，拿着那空碗去拿两只鸡蛋。她从静的乌蓝里走近来，眼里络了血丝，已经是八月里了。

女人是什么？女人就是一个人的母亲吧。

"妈，你看，申胡定也起来了！"她以为没有人会这样早起，除了她去苦读。那前头夜渔的小窗只亮了一扇，温然的秋叶黄的一点寥寥便可代表隐隐露白的晓阴，是蓝海里的渔灯。

"哪是起来，人那一夜的鱼刚麻回来。"

"卫在医院里服侍病人，前几年真是一年也看不到她一次，难得回来的。"她却说起申胡定的妻卫宝，她从来只单呼她一个"卫"字，显得格外亲切。然而她的"难得回来"说的还是申胡定。她难得回来一次，他还要这样去夜渔。洛真还是只记得她是个黄瘦的女人，折着脖子坐在那里剥豆，虽然昨天看见她已经只变得那样胖，已经老了许多。

"她跟我一样大的。"她母亲笑着补充了句。

她预备再给洛真剥两只鸡蛋，洛真人倒是已经出大门外了。临行时，洛真觉得多陪的一晚也没什么。她在路上紧闭了嘴一心一意赶路，满嘴的粥气，无滋无味的。

洛真把那两只鸡蛋放在窗台上，蛋壳尖便反衬着个小太阳。白石老人的"芍药"两字被潦草地绣在校服的领子后面，开得非常秾艳。男女校服一式一样，领到的校服比实际的尺码都要大一点，袖子总是一把将上去，不停挥地写化学月考卷子。油墨印的字便一行行反印在一双皓腕上，螺丝骨突得高高的，那是一种决心，背后应当响起贝多芬的交响乐的。无论如何她今天是受到了点鼓舞，有了些读书人的得志。因为考试，今天下学得早，总之也还是兴致吧，写了封信给在华大读书的表姊。

"今年五月里的天已经热了，六月还要热。地面上贴的是瓷砖，我们把凉席铺在地上，可是不多时仍旧被烤得很烫。每天都吃番茄，因为是这个夏天番茄忽然便宜的缘故。暑假还是要补课，老师前几日刚下达通知，也许是不要让我们因为放暑假而高兴。每天要上十四节课，是完全不能回去。大概不能见到你了。"一想到表姊，马上就想到华大。于是末尾还是添上了一笔西式的"盼信来"。不久她表姊的信也就到了。信里说的都是她在华大生活的小麻烦。室友恋爱的麻烦：分手了，又复合了，又分手了。但洛真是怎样笑着看完这封信的，连这些小麻烦也是罗曼蒂克式的。她想象着这个时候还有人写信？她表姊在拆信，全宿舍的人都围看。她写的时候倒是没有想着怎么样把它写得再好点。果然，她表姊还在信上说宿舍的人夸她的字写得漂亮。但似乎字漂亮不能算是女孩子的一个特长。那是她三年的苦工，从三年级开始使用钢笔，每天一张五百字的信纸，要写得"三不靠"，以约束字的大小不一。中文老师刻了枚优字大章，一个血红的"优"笃笃地盖上去，一眼就瞄到了有还是没有。没有，留下来不吃饭重新写。每天都有那么几个摇摆着身体坐在别人的位置上耐下性子重新写一张，从来没有过她。

他们开始断断续续地上了几天课，有人举报他们，说不定是他们自己人。学校最长放了一个星期假，倒布置了两个星期的作业量。洛真不禁苦笑，好学校的名声大概是这样出去的，越是觉得华大是岁月遥遥里的等待。买张票就可以去了，她想。怕她母亲寒心，她母亲一个人在家。她没告诉她。奖学金还剩五百在那里，早就一张张卷起来推进文具盒插笔的笔筒里。

华大的校门三门六柱，门顶上藻饰的海波纹，校名是从一位在现世的大官的一篇经世华章里剔下来的。三门六柱后面才是一排伸缩门，门头转着红色的电子圈。洛真旋回头要从那中门里进去，看见表姊嘴角一边翘起来，笑她。她以前告诉过她，中考前一晚，她下晚自习回来，一开门看见一条赤链蛇盘在门角，没看真，差点一脚踩烂。反应过来后才哇啦哇啦在院子里大叫，院子里别的宿舍里的男孩子一个个兴奋地过来弯着腰看了又看，便七脚八脚一阵踢，把它踢出大门外。她疑心可是把它踢死了，又是水泥地，太容易受伤了，清早留心去看，没看见尸体，许是离开了？但是被人扫去了也有可能。后来也一直纳罕，在这样人烟旺盛的地方是绝对不会有这样的草林湿寒动物的。当然，在她母亲眼里只要是个稀奇的动物，黑色的蝴蝶披着大翅膀扑在灯罩上，一只漂亮的叫不出名的鸟儿误飞进屋子里来冲撞玻璃，马上想到可是外祖父母托身化来的。很像以前进京赶考的生员，遇了梦就要解析可会是中举子的庇佑。当然还是那次确实考进了最好的市公立学校。她大概觉得表姊也是笑她这样小气，觉得非常窘。来了这里也不见得玩得有多痛快，卷子太多，大部分时间还是在宿舍里耐下性子来做卷子，大概环境不同些，做得倒也快。还没回去的室友过一会儿便进来打个岔，斜袅在桌沿上，捧着奶茶焐着手，手还是被冻得红红的，非常的十指柔荑。垂着眼皮不知什么时候已把题目看去了，笑着说："三角函数对不对，这道题目我来看看，是这样写，唔？唉，全忘了。"圆溜溜的大眼睛像兔子的眼睛朝她调皮地眨了许多眼，完全像她母亲把两根手指圈起来框住眼睛扮演的大眼睛。她母亲本是双吊梢眼，又要眼睛大，简直是不可能的。洛真不好意思地笑了笑，把卷子往旁边拉了拉。"以前我最怕的就是空间几何证明，割来补去的。"但是无论过去是怎样的经历，在她们嘴里说出来全不当回事，就连痛苦也已是往事难忘，恋惜着的。她现在的解题能力与知识的运用是完全超过她们了，但是回去还是要面临大考，只这样一想，倒已经觉得大考快兵临城下了。

表姊忙着要给她拍照，她有个室友的家在克拉玛依，当地的石油归她家管控。预备把几万块的设备借给她表姊，怕她表姊不会用，便只好自己戴着口罩来。姿势背景当然全由得她挑选，表姊只在一边含笑沉默。只有一张是洛真要求跟她表姊合拍。她表姊撑着伞挡冬天的太阳，坐在亭子里的长木凳上，侧着脸，淡薄而又屈曲蜿蜒的眼神，浅浅深深不安地看着前面，一只胳膊挽在洛真的胳膊上，恋爱着的而又近于散淡的神气。她最喜欢的一张其实还是亭子里站在石碑前面的一张，颇有秋水怅望的疏阔之感。碑文用刀刻的是范文正公的代表话，错一个字也只好用刀削去了。

"你妹妹不怎么说话，看起来倔倔的。"她们两人在前面叽叽喳喳笑谈着，洛真双手背在身后，略微躬着身，不声不响跟在后面。"你看，怎么也不笑嘛，这一张是笑了，眼睛倒闭起来了。"两人议论着她的照片来，此外没怎么听清楚她们说她什么了。脑子里一阵眩然。她们完全把她当个正直鲜艳的人。她当然是这样的人。她受着现代的教育，遵守着一切文明的礼仪。不随地吐痰，防止污染地面；不说谎话，因为说谎可耻；要诚实守信，要懂礼貌，不说脏话。是的，她当然是这样的人。

二

"舅外公是谁?"洛真问表姊。

"说是徐司明的爸爸呀!"表姊说。她大概也弄不清楚。

"我妈打电话来说舅外公去世了。"洛真说。她才来华大不久就要回去,想征求表姊的意见。不久,表姊也接到了电话。

表姊站起来去拿了把梳子,刚洗过的头发盘弄了半天,便一把全梳在前面。漆黑的厚帘子没头没脸地悬空在那里,用湿毛巾一遍遍打着,把它们打得笔直。把那帘子掀开一线,望了她一会:"那我们中午回去?"她一向怕在早上赶车。

"怎么就去世的呢?!"她像是被夹住了喉咙不自然挣脱出一声来。表姊倒已经爬上去滚进床里去了,没听见她的话。

徐司明的爸爸,她认得。深腰大个儿,萎黄的脸上萋萋的短胡楂刚剃完只过了一夜又长出了新的,也太旺盛了些,也还有点气魄,但无论什么时候偶遇都是那样子的一张脸,剃光了又刚长出来一点。活了这许多年粗壮的老黄狗一样,显得异样的凄怆。声音都被煎逼得像是濡了口吐沫在喉腔里,揉损的,模糊的,轻轻地"咔"一声方才听清楚了。

她上次去随母亲拜年,看见他不过苍悴些,也没听见什么疾病婴身不治。也就是今年年初,他家大儿子徐司清结婚,不知为个什么事,父子三人在房间里淌眼抹泪地互指,愤愤地对质什么。他的妻去世得早,在外做事出意外被打断了一条腿。再早几年,她随亲戚去他们那里,那时她就装了根义肢,两腿踏在床前的踏板上跟姊呀妹的说话,一点也看不出来那时已经断了一条腿。直到晚上洗脚,把一只腿从义肢里挪出来,虽然没有了脚也还是习惯性地用热毛巾把滚圆的口子擦了几把,另一只脚就在脚盆里,这才感到一阵骇异。现实的魔术使厚厚地围在那里的陪说话的人静静地看着，黄色的灯使这样的神气更加明显。她冷着脸机警地巡视了一番，像小孩子偷吃东西对四周的防卫。一双黑色的阴沉的眼睛，但马上看不清脸色的脸上有种滑笏的笑，许多人在看她的残废，看她的波澜壮阔。那笑马上被那大眼睛——弥弥的黑色吸收过去，使人看不连牵。似乎不让人回过神来，腿已经缩进去了。去世了好多年，留下他一直拖到现在，现在终于也死去了。

她母亲看见她们两个人一道回来，先是"咦"了声，便催促她们去磕头。那申胡定也在，卖盐水鹅的申胡风也在。因为都是本家，虽不连亲，但因为都在一个伊甸乡，都相约送了一刀用铁制的"月子"打出纹络的黄纸，一副香烛。依次双手抱握，对着堂屋里两张凳子杠着的朝南朝北的水晶棺材作了几个揖。

水晶棺四周的彩光回旋跳突。死人的头嵌在元宝枕头里，青灰的脸，静静地张着嘴。宽绰的帽檐迫在眉睫上，仿佛眼睛就是这样子闭上的。

洛真匆匆一瞥，与印象中的完全不同，下巴光光的，瘪口瘪牙。袖子口黑洞洞地撑着，捏着一双拳头缩在袖子里。那花圈寿衣店来不及赶制临时找出的一件上衣。死得措不及防，舞台剧里的演员象征性地做了个死的动作——确实没有死的气氛。门口一张四角方凳上摆得滴水不漏，一只青花碟子上堆砌六条年糕，还有一只铺了一把生米。长条的红纸贴在两只锡烛台正中，两行端楷，一行是死人的年庚八字，其余便是什么天道神君大帝临界之类。堂屋里却是一些男女穿着老棉鞋棉裤在拼凑的桌前念佛，中间一座尺来高乌旧的宝塔，塔的勾角累里累赘地挂着丝绦，黄流苏，细珠，串灯。

念佛的人矮墩墩地铺排在桌前，咩咩嘛呀，咩咩嘛呀密密的雨霖铃，秋雨连阴不霁，澳天淰地。其实已经停了，然而水管里的水，下水道的水还在来不及地往外流；水滴滴在皮篷窗檐上，空调机箱上，似乎下得更大了。细长的银针"叮叮嘤嘤"地敲着带铜柄的"华盖"，钻进那混沌的声音里，把人的注意力吸引过去，可是听的时间长了，其实还是同一个调子里的千言万语螺旋着说不完，说不完，像一个苦命的青衣旦，拖着长长的油辫子，侧身坐在那里大段大段说着她不幸的过去，终于站起来扶花拨柳地走了几步，想来想去没什么意思，又坐了下来又开始絮絮地说着。他们终于撤下来去吃饭了。给他们单独安排在一间另外的空房子里。

乡镇就是这样，单有的是土地，除了"面阔三间"的一明两暗，有点钱就喜欢多多地盖小屋子，宁愿空在那里庋藏杂物而显示财旺气粗。一排房子，如果里面有一间的墙垣突然短进去，尺寸跟别人不对，就要觉得这家穷，更不用说别人家都是垒的水泥，而这家却是赤裸裸的砖头砌的。贴着花色瓷砖的院墙里的十二三岁的孩子从院子里的酒桌上倒是已经吃饱了下去。大孩子指挥小孩子把地上没有炸起来的小鞭拾起来引子聚在一起放，破碎的红纸被冲击波冲到刚洗完的盘子里。各色来助忙的蹲在那里用刀角在罐头盖子上砸出一个个缺口来的上了年纪的老妇人吓了一跳，在那里骂"细瘪三，要死的细畜生"，孩子失声怪叫着一哄而散，渐渐又在远处三三两两拢在一处。一个女人停住了手，望着对过坐着的一个，对过的好像是有闲一级，剥着从残席上抓来的一把带壳的杏仁。

"死的时候可怜身上是一根布条也没有，发现的时候澡盆里的水都结成冰了，是先把冰敲碎，再把人拿出来的……"

"到底是谁?"两下里挤眨着眼睛，便是一问一答，可全是无声的对白，眼睛望进各自的眼睛里去。据说年纪越大的人越是有老花眼，眼睛里也越是浑浊，日深年遥，远处的反而看得很清楚。眼角常无端地有浊泪，又咸又湿。

她还在蹲着，也不去找张凳子坐下来。使看着的人都觉得难受。说不出来她是哪里难受，仿佛是脚底，脚底动一动就发麻，也许是膝盖，站起来要咯噔一声而不愿站起来。总之是一种奇异的难受，气定神闲。因为那奇异的难受总把一只眼睛来觑着，另半只牵扯的脸就有了笑意似的。外面大大小小的孩子还在叽里哇啦不肯罢休，这应当是个快活的气氛。这只是个开始。人还没有被烧成灰烬，还长着哩，"二招""三招"，"七七""周年祭"，一连串的喧阗，一连串的酒席，要来许多趟的。

洛真的母亲还在旁客气地敬菜，因是"头招"，人还比较少，厨子还没来，菜色简单地布置了几样。"卫走了？"她母亲笑问。"还不早走了，医院那边哪留得了几天？""你女人在上海？"桌上其他人听见了，便这样问。"在上海好几年了，自从我家仁永结婚在市里买房就去上海了。你算算，仁永孩子都多大了？今年五岁，可不是有五六年了呀！"他笑眯眯地，右腿跷在左腿上，手垫在两只膝盖里。头微微转过去，像听大戏，击着拍子温柔地回忆。想起一开始几年他跟他女人的艰难，现在都过来了，虽然一样地孤栖两处，可是人也老了许多年，好像过去所谓的来日茫茫，现在过得倒又这样快。旁边的申胡风听了这话，笑说："你现在是撂开手了，孙子都这样大了。我们还早哩！哼，这个小东西不听人话，托人给他找得人他不要，镯子都买好了。说不要，非要自己找。自己找了一个，人家最后倒不要他了。我说你太平点吧，你自己是个什么人，凭着你去挑三拣四！"

"镯子呢？"她问，"给女方了？"

"那你还要回来，不作兴的。"那是下过小定了。申胡风舒展着双臂，十指交叠别在脑后。

"孩子从小有个妈在旁边又要好些。"

她踌躇站了许久才又低低地说："哪里，你当时是真错了，当年十里外那位离婚离掉的那位，到现在不还是一个人。这事我怎么知道的，前几天我碰到她的。细婆娘倒是越过越往回过了，我说你吃什么仙丹妙药了，她细声细气的，说没吃什么呀。"这话申胡风似乎没有听见，低头认真地吐骨头，却向上翻着眼睛听桌上其他的人谈话。单看这样地收紧了腮用舌头牙齿噬着骨头上的肉，申胡风不失为一个美男子。瘦鹅鹅的脸架子，嘴往前噘着一点，到了中年正好，有种沧桑的清癯之感。然而脸放宽了，一圈黛青色的胡根明显起来，似乎这里的中年男子都有这样旺盛毛躁的胡须，便有这样湫暗的脸色，仿佛一不小心就要放诞地延烧到全身去。

　　也许是因为吃过饭了，铙钹开始"噌蹭噌噌，喊——""噌噌噌噌，喊——"，三声鼓面"咚咚咚咚——咚"，一声鼓腰"突"。念到起醋处停歇了一阵，往烟灰缸里吐了一口痰，盖上茶杯，咳嗽几声，都清楚得很。好似静静等待大作。果然粗嘎地讴唱起来，却一句也听不懂，仿佛佛祖动了念，入不了禅定清静苦修，拼死地压下去。"三魂渺渺，七魄悠悠"，不肯离去，不肯离去。

　　"今天的菜烧得清口哩！"没听清是谁，仿佛又还趁着人不注意咕噜问了一句是谁烧的。徐司明捧着个干饭碗一身风雨从厨房里出来，似乎忙的是寝食俱废，才有这个空当儿吃饭，人家倒是已经吃过的了，桌上早已是残羹剩炙，便站在那里将就着泡了碗青菜汤闷头吃起来。看见洛真的母亲这一桌面的素菜盘子没怎么动，便去掏掏拨拨，抉上几筷子。不一会儿，那盘茼蒿炒百叶丝就连汤带水被抉光了，还用一双筷子在那清汤里滗了滗。"可是表姐烧的？""她烧的菜就是个油多，她这油用的还是脂油渣，不要说是茼蒿，就是地里长的草，你吃起来也好吃。"申胡定把鼻子一捏，往桌上的其他人看了一眼，笑着说。桌上的人马上就附和说素菜就要配荤油。他们已是吃过了饭，却都没有动身。她母亲泼辣地把脚一跺，“你瞎说什么！”便笑着捧着空盘子出来了。她母亲谈起徐司明以后的际遇总要学着他的那次白鸽似的细嗓子说：“‘今天这菜是谁烧的？’我是亲耳听他说的，说烧得清口哩！”徐司明那时头发已经掉了许多，便把左耳边的头发倒梳上去，一绺一绺整齐地从头顶横渡过去，便使前额器局高阔往后纵深，整张脸沉鸷有质量，完全看不出来才三十出头。他在这伊甸乡是个有头有脸的人物，也是因为年轻，一双小眼睛自喜起来不知道有多少个意思在里头。有一种特殊的活泼。那次多亏了洛真的母亲，家里没个当家计算的女人，新娘子刚过来，都很客气地捧着她，她人还没认全，做事缩手缩脚。

表姊手抄在大衣口袋里，过来撞一撞洛真，问她要不要一起去厕所。她母亲在一旁被提醒了，抢截过去说：“啊咦，我一泡尿憋了有一上午了，去，一起去呀。”她母亲刚才洗碗，放了一池清水，在清水中看见头发毛躁了些，当着许多别人的面，抹又不能抹，那实在是种花里胡哨的动作。她现在上完厕所，在镜子前，仔细地盘弄头发。太阳荒荒地照着庭院，洛真站在门口一时间竟不知要到哪里去。她到门口晃了一圈，门外是一大片淡绿色的田，进门来还是看见先前的两个人躬身缩颈坐在廊檐下的长凳上晒太阳，手旁边杯子里的茶叶泡不开来，浮在杯口。

她母亲出来隔着人群从头到脚地打量她，也仿佛第一次认识，说：“你不要站在这里，脸马上被野风吹皲了呀，快点回去。”“去，快点回去！”不一会儿，那申胡风站在她旁边，低头把烟蒂子用脚踩踩，一边跟她母亲说话，磁蓝的烟从嘴里一边喷出来造成了一点温柔的暖意。他背着双手插在屁股后的口袋里，他还比洛真的母亲大一岁，但是因为这些小动作，觉得他是比她还要小的小弟弟。她母亲抱着胸，一副叮嘱的神气，“晓得啊？

还晓得啊？"似乎对他也不满了。他都唯唯点头。太久没有这么
个女人从旁教训，一个男人长久地孤身活着，在女人眼里多少是
个半大的孩子。也许这样的教训别人都已经跟他百般譬喻过了，
但不管怎样，他这一次似乎真的听懂了，而且是听进了心子里
去。

　　洛真转头看见厨子开了辆车来，申胡风去帮忙抬抬搭搭。搬
抬完东西搓搓手，又回到了她母亲身边。厨子只管自己手里拿着
一把深口大勺，一只手接过徐司明递过来的烟，衔在嘴里上下抖
擞。他把那勺子握了又握，熨帖地在空中指来示去，不知道朝谁
喊："先把炭炉子着起来，准备两只锅把半边猪先煨起来！"她母
亲随时待命，一听这话，叫一声："我来！"便撇下那申胡风手
舞足蹈地去了。洛真一直迁延不肯动。早看见桌上带铜柄的"华
盖"，她觉得很可爱，拿起来去看一看，可是念佛的马上就瞪了
她一眼，"小孩子不要乱碰。"她吐了吐舌，放了回去。她去找表
姊，她一直在那玩手机，她感到陌生起来。这里是个圆形的地球
仪，各人像蚂蚁在球面爬来爬去，就是进不到球心。没人注意到
她。她应该要让他们知道她这么个人。她在这里有一种新的孤
独。人都还是熟悉的一群人。

　　眼睛稍微望向远处，还是无穷尽的新苗的麦苗萎靡在白而硬
的土里，仿佛这世界就这么点东西。那些充满生机的芽——那淡
薄的绿色倒已经老了。白天难得地吸收到的一点阳光，简直就已
经长到了头似的。如果再给一点光，马上就能秀穗结出果实。绞
着破弦琴似的风都已经过去，失偶的怪物还拖条毛氄氄的尾巴嗖
嗖地扫来扫去，又像是生了肺病的人病中垂死不肯咽下最后一口
气，只听见艰难的呵呵声。间壁的大门或开或关，大都只亮着一
室孤灯，总觉得里面住着的全都是些寡男寡女。相较于这里的盛
器气焰，客厅里的水晶棺上的彩光这样渐渐地耀起目来，人在那

棺材旁忙来忙去，像是为另一件事情而忙。洛真回头一望猛可里吃了一惊。

"他没脊背的事多哩，刘大刀家的算什么，剃头店里的新娘子，前一段时间不是被他剥得赤条条的关起门来吊着打。"申胡风告诉她。因为嫁到刘家还没有一年，但只有他还叫她新娘子。嫁了人，直到怀孕生孩子才渐渐不是个新嫁娘。刘大刀家的那位，伊甸乡的人可从没这样叫过。

"她以前是做小姐的？"洛真的母亲问。

"以前听说是在伊甸乡什么地方开发廊的，怎么会是个小姐？"她打岔，觉得从伊甸乡的别处嫁到本地不见得就这样不清不楚。不过她确实美丽，她母亲不免对这件事感起兴趣来。

"怎么不是小姐？"申胡风马上气急地，"年轻的时候你没看见那风头，我们可是知道的，有本事她一辈子不嫁人。"她笑了起来。不是小姐，怎么会嫁给二赖子刘大刀，住着狗屋一样的屋子，屋子真有人身一样大，弯着腰低头钻进去，跟着丈夫日晒雨淋养几亩河虾，需要寸步不离地看守着。虾子又娇气，温度稍微不够，氧气不足点，都要死许多。软壳虾，虾贩价格还要另外算。洛真听见这话，只沉默地反感起申胡风这样背后平白污蔑人。

"之前他家前面的那位赵芳汀，不是被赵芳汀的丈夫打过。打得重，肋骨都打断了一根，'算盘珠子'也打得肿胀起来一大块，躺在家里有几个月。"

"赵芳汀这事我一点也不晓得，真是一点也不晓得，你听谁说的？我们那里真正是一点影子也没有。"依着她在伊甸乡的熟络，不会不晓得的。

他马上卖起关子来："你不晓得吧，你们那里一个人也不晓得。没有一个人晓得。"他没说他是怎么晓得的。她心里却早也猜出了八九分，只不去点破。那边已经在拉人入席了，几个人把喝酒的归纳到一桌，晚上的筵席是要喝酒的。新娘子出来也在那里到处拉人，只管笼统而客气地叫"舅舅啊"，舅舅最大，总不会错。

"妈，听他们闲话里说舅外公是被人害死的？"两人回来往家走去。

"你不要问，问得人稀怕的。"不许她问。

路上有路灯，然而往那杳深处看，是沉重而巨大的阴暗灌满了冷酷的灰白色墙上的窗洞口，房屋挤挤挨挨，都是空的，反而给人败野里的寂灭的萧森之气。偶有一辆电车亮着车灯似乎是不怀好意地逼面而来，然而从身边马上又过去了。树枝的影子里，那长相怪异的枝丫间忽然的是妖异的一双血滴滴的眼睛在窥测，无常鬼吐着长长的淋淋滴滴血的舌头静静地候伺。也不晓得为什么会有这恐怖的场景。

"你这话是听谁说的？"这话使她想起那命案中水晶棺材里的死人，及他活着的样子。她倒是没有怎样去看，大概也是跟她的舅母去世时差不多。舅母死的样子她是知道的，没个女儿净抹身子，只有她这个外甥女帮着做。拼凑成的一具残尸，那副义肢也是被徐司明坚持要带去。她在衣服里大大地哆嗦了一阵，神经一阵发麻，她只倚着洛真往前走。

洛真阔步坦坦往前走，因为这踉踉的长路被两旁的房屋院墙所鞠塞着，走得是摇摇晃晃，仿佛稍不注意就要迎头撞上去。也许是她人长大了太多了。自从去外面读书求进，离家太久，又是在这样深的夜晚走过，像是走在自己以前的一个什么梦里。她母亲因为跟不上她的脚步，错开来，虽然隔着厚厚的衣裳，但还是觉得刚才两人靠着的那一处被冷风吹。她趋了几步赶上去与她并排走拐过了路口看见了家门口，她母亲忽又悄悄地对她道："听他们都说是他家前面的刘大刀。"顿了顿又说，"其实告诉你也没什么，你也这样大了，说是舅外公跟他家的女人还有前头的赵芳汀有些事。"

"跟他家女人有些什么事？刘大刀是谁，赵芳汀又是谁，我都不认识。"

她咬牙恨了一声，怨声辣气："你都不认识，你问这样细干什么？"

"他自己在河边给刘大刀看到了，趁他喝了酒，把他捺在河水里捺了几下，不知道是不是他自己晓得要爬起来，也许就是在洗澡的时候断了气的。"她嘶嘶地吸着寒气，只用下巴指指点点演示着经过。

"那听妈这样说，怎么不把刘大刀拖到公安局去？"洛真实在感到奇怪，将来恐怕还是要犯法。

"嗳，你这话不能乱说，要是传出去都怪你传的。"末了语气倒又有点后悔。其实早已经传出去了，伊甸乡的人向来有这样的诚恳，只要有一个倾心吐胆地开个头，别人也一定地倾心吐胆回应下去，大家拼拼凑凑起其中的一点曲折，但还是习惯性地互相关照，以防或者生怕更多的较近于真的事实有损于什么。

"都知道是他，为什么不去报案查明，还人清白？"洛真马上想起小说里刑事侦查的手段，解剖尸体，哀集证据，巡审惯犯。《洗冤录》里面的尸命纪事里另有一种古老的医药反应手段，神秘的铁证与真相。

"你这话不能乱说，是他自己喝酒的，没有证据呀，谁敢三头六面地讲？"

她母亲似乎因为提起这个话题，神经起来，审慎地掉转了头草草看了一眼，看了眼洛真，低促地："谁呀？"对着洛真微弱地讪笑着，坚持往前走了几步，囫囵个儿地看了几眼，因为太黑，究竟也没有看出有什么来。

洛真掉过头去就说："哪里有什么？"啪嗒啪嗒一阵风来去分明。

她母亲咯咯地笑了几声。

"这青天白日的，敢有什么！"洛真响亮地说了一句。一个即将参加大考的人是有这样无情而正大的胆魄。但是她似乎忘记了她父亲不在家，她母亲一个人，又是这样的美丽的一个人，似乎确实有点理由应当害怕的，可是依着她母亲的为人为什么还要这样怕。她似乎忘记殆自外祖父母过世，逢她父亲出去，母女俩都去她祖母那里过夜。

今天私下里翻了什么佛道的东西，倘使得罪来吓煞，或者以至佛道仙家这一类的天意使她的考试出现阻碍，也许真有这样的天意，之前不明不白出现的那条赤链蛇……她不信教，本来中国大多数人的信教信义原不是救赎，还是在人事的祸福心下才喊几声"神哪，菩萨呀"。受着数学化学这样整洁干净的科学的训练，实在不应当依赖生命里迷信的成分，然而她的祖先们便这样一代一代安稳地活了几千年。

"这样的清明世界，妈，你不要怕！"因为这激动，一阵气血涌上脸，这有霜冽气的夜晚，马上把那点烫消去了，五官严峻起来，像米开朗琪罗用锤子凿出的像。

"我不怕呀！"她母亲打了个哈欠。

她后来笑吟吟地跟别人讲起那晚回来的情形忽然总要把声音一转，换种愉快而神秘的口气说："还是洛真有胆气，自己一下子就跑过去了，到底是知文识字的人呃。"她一直疑心那晚的确是有个人跟着她，她还当是她怕鬼怕神。那次在死人的酒席上就不该出那点风头，本来一个女人在这样的深僻的环境里简直就不能够这样明目张胆地魅艳去跟人打牙嗑嘴，虽然她决计不会承认她有着这样的用心。那些男人，哪个不是虎视眈眈。嫌疑最大的

伊甸园

要数申胡风。

那晚申胡风强奸的是一位六十岁的老太太。那老太太还是她的姑奶奶。那姑奶奶虽说有六十岁了，实在还是个女人。老太太在那里辞气一含一吐沉吟着。女儿问了半天才把这件事说出来，然而仍旧说："我要告诉你件大事，一件大事，可是这话说不得的呀，我一个老太太，又不是少女嫩妇的，这话说不得的呀……"女人当天晚上就给她换了铁门铁锁，第二天又把院墙砌高了三寸，另在已经砌高三寸的院墙上焊了一排铁箭镞栏。她不知怎地想到那徐司明也有可能，那日失口赞了她几句菜烧得好，而且虽说比她小十岁，但是即便是小十岁也……她细细分析着这些可疑的人物。

晚上是徐司明亲自开车送她这个表姊回来的，因为已经忙到了很晚，徐司明很不过意，少不得托付她明天早点过去看着点。申胡风不知怎的也宕到很晚回去。那晚应该是要去洛真的祖母家的，但是因为太晚了，又要麻烦老太太起来穿好衣服穿过院子为她开门。老人害筋骨疼，怕半夜里受了凉气。洛真现在也十八岁了，有她在自己身旁，不用回回麻烦他们的。洛真也是个女孩子，同样地有危险，但是每次看见她弓着脊背静默地坐在那里做卷子，夏天穿着学校里发的白衬衫。铺展的卷子上密密麻麻铅印的内容她当然是一条也看不懂，然而空格子被洛真填得满满当当，这也就是十年寒窗了，她就生出一种信心，下意识地觉得她其实是仰仗她的。她那一走兴许倒还真把人给吓跑了。想到这里她皱了皱眉头，她懂什么呢，她以为是鬼与暗让她怕，是鬼与暗里极易有人。徐司明的车她看见他开远了的，如果停在别处再悄悄尾随着她也不是没有可能，正巧又有个拐角，车关了灯，一直停在那里也看不见，那一处处黑暗里……原来是有人，那眼睛，是一双男人的眼睛。她狐突腾跳起来，自己也吃了一吓，老子才死，他那么孝顺的一个人，唯恐人家说一句不是。什么青天白日，什么警察，人在黑暗里可以不当自己是个人。她这样地焦躁，原是有件事耽搁在那里，煤气上炖着菜，在心里一直疑心是不是要耗干了。她这样跳起来关上了煤气便坐下来幽幽地越想越细致，出了神，已经到了思想的深邃处了。第二天没看见徐司明，他开车去了河西人家，那里有个阴阳先生，问问他父亲在世的时候喜欢什么，预备把这些他生前的喜好送到阴曹地府里去。

"七七"是提前做的，那天，她一大早就被叫去了。她因为凡事都比别人尽心些，忙得是活蹦乱跳。开着院门都感觉没有一丝儿风，只是一味滴水成冰的干燥的严寒。又到处贴着瓷砖，红尘里的一点热腾腾扑上去也只得是一层冰冷的水珠。她的一双手泡在热水里洗掉那腻在几只钢锅上的油，背上倒沁出了雾沌沌的汗，像是有片树叶子在背上簌簌地刮着，她只得忍着，总觉得不耐烦。那徐司明孝布帽上的两只白绒球老在她眼前晃来晃去。接着便是他左一句"表姐"右一句"表姐"，像只白鸽在她周围转来转去寻觅食物。

"洛真没来？"他冷不防地问了一句，站在她旁边，眼睛却望着四周，随时可以走掉似的。

"她要考试，请不了假的。"

"那么表姐好忙，累表姐两天，以后我要去看看表姐的。"

她住了手，望着他笑："我不管忙到多晚，你要派辆车送我回去，要在平时倒也罢了，今天洛真她人又不在。"那晚到底是不是他，她静静地盯着他看，他只在那望着别处。过了半晌她又说："那天天晚透了，就没高兴去妈家，地方又空，又没人，不晓得是只畜生还是树上的风，阴沉沉的没有大声响，只哦——呜——，要把人吓死了。"

徐司明看见那边搭帐篷，他便马上赶去搭了把手，搭完了帐篷，去拉线路装灯，路过了她那边就着高声说："那晚就没把表姐送到家门口，表姐夫平时都不在家。晚上赶着要去送大哥的丈人，表姐还要包涵点。""表姐要包涵点。你放心，今天我一定派车送你到家门口。"他再三表示着。

一颗里头的心因为一时跟不上脸上的节奏，想着要把屋里的金银两色元宝送到门前的车子上去，却牢牢攥着硬币要往门口走，自恨不迭跑出来，"唉，人要是拙起来……你要去送元宝，她偏要去送钱。"她用了个第三人称的那个"她"，那是跟不上脸上的节奏的心里的那个"她"。谁也没有注意到她送错了东西。也许不是他。

客厅里已经换了一批人，已不是先前那念佛的，大吹大擂地声震屋瓦，一齐搅碎了对着耳朵倒下去，那巨大的声响把刚才心里的一切全埋葬掉了，轻飘飘的，可以完全不负责。那天晚上他确实是派了人送她到家门口的。

花纸糊的墙壁，劈竹扎的架子。外面一格格用黑墨描出来的方寸瓷砖，绿的云蕾纹，大红罗圈图，"丁"字吉祥纹，红红绿绿花得简直恐怖。纸剪成的三脚双耳小香炉粘在墙壁上，下面便是立刻形象地烘托出一只"桌子"。"房子"内部构造还是"尖山板壁"，不过没"家具"，是迂回徘徊的空，人在这空里踩着金银二色元宝从"前后门"绕三遭。锦缎机绣的团龙飞凤的被面被长竹篙挑在"墙头马上"，"屋顶"也是描摹的朱甍碧瓦。申胡风申胡定都不在里面，因为不在近亲之列，只站在外围的人群里。火苗窜到哪里，哪里火势便旺起来，围看的人的脸被熏得滚烫，转身找条人缝站到了后面去，眯着眼睛说："好福气！一袋子黄豆，一袋子玉米，一袋子菜籽。""另外还有一百个铜板。""撒了没有？"有人问，但马上都不吱声了，也是因为都有点不好意思，现在这样去讨论那铜板，倒不会以为当真烧完了就去抢。

终于有人开口了。

"是喝酒喝死的，哎，是这样的，你这话可不能对别人讲。说是跟那虾塘的女人在外面喝的酒，还是好酒。有人看见就告诉她男人了……"

"是谁告诉她男人的？这要伤阴骘的，把人害死！"

"可怜死的时候身上连一块布纱也没有！"

"身上怎么没穿衣服？大冷的天，冻煞了！"

"喝醉了谁知道冷哪！"

"上次不是被人打的，下那样的辣手，躺了三四个月才下地，是虾塘女人的男人刘大刀？他最喜欢动手打人了。"

"怎么会跟虾塘的那个女人，那女人可是个婊子呀。"众人回过头来看了申胡风一眼，笑了起来。这火烧得是越来越旺，只听见年轻的女眷们的哀恸也已经变成了号叫，叫喊着他的令人辛酸的短暂的一生。可是渐渐地，在这大白日里，一个女人的抗直了腔子在号，仿佛仍旧显得很吃力，只是刁钻的凄厉，不够伤惨。也不知道是哪个女人在哭。那看不见颜色的大火，只有阵阵夹杂着灰的热浪往上蓬，人都不免怔住了，静静地看这一场好火。架子轰然一声倒塌下去，犹自被烧得毕毕剥剥响。不知烧的是竹子，还是黄豆玉米菜籽，总之人都皱着脸，心疼的仿佛是那被糟践的粮食。他们这时怕也都相信，人死一场空。

女人们鸡骨难支，被人架住往旁边走了几步，收了泪，那泪多半是被烘干在脸上的吧，用手巾擦了擦，又便对着人说一阵哭一阵。说他的为人，哭他的平生。总之是一个好人死得早死得冤枉。可是，怎样的算是冤枉，怎样的算是不应当死，却听得不甚明白。

三

年底的时候洛真的父亲因为堵车堵到半夜才回来，她要去接他，自己一个人走过那条路，就一心只想着要把这件事告诉他，那有点恐怖的情形，她甚至于没有想到他会对她起疑心。他困倦的眼睛一睁还一合，眼泪都流出来了，她就用肥白如瓠的小拳头钉了他几下。白天的时候倒又没有这许多话，白天忙上街添年货，一天要去十八趟的，似乎这时候只剩下了花钱。他在路上遇见申胡风，只见他穿着件半旧的新棉袄，拉链拉到顶抵住下巴，脸上似乎嫌冷，左右掣动着。因为是本家递了支烟过去，两人胡乱说了几句客气话就走了。

他一回来便把一大包的菜从车上翻下来，她在厨房间问怎么这么晚才回来，他就抱怨："这街上到处都要排队，我买东西都是把钱抛过去的，伊甸乡哪里来的这么多人？我在路上看见申胡风的，说了几句话，他现在怎地变了这样。"他没说他要早点回来看看她。

"水芹你知道卖多少钱一斤？八块！"他仍旧抱怨着。不过是这时候人都回来了，都带着一笔钱回来，钱都没处花，连那最常见的蔬菜平时已是没人种的了，农村的人都要花钱去买蔬菜吃，商贩们还不趁机涨价。这时候就是花点冤枉钱似乎也是心甘情愿。洛真的父亲去买东西，有零钱也不用，都用一百。小鱼贩一看，把手一缩，不同意地也仍旧笑嘻嘻地说："嗬，申老板全是大钱，我们这边零钱都被你找去了，要我们这生意怎么做呢？"但仍旧酸酸地接过去，洞达地："那么，再添一条，四十元整吧！"

洛真听到她母亲自言自语嘀咕着"一双，二双，三双，四双……"她吃惊地跑过去一看，她倒先笑说："我是在做鱼丸，看一条青鱼能做多少个，你知道一条青鱼多少钱哪，听你爸说要五十块！"她揸开五根指头龇牙眦眼对着她。确实，他们家的鱼丸从不在外买，也是洛真的父亲在外见多识广，告诉她鱼丸那么白是添加了漂白粉，自来水里也加这种东西。从此她母亲看那鱼丸怎么看都是白嗒嗒的。到了半夜里便接着告诉她："你可知道吧，那蛋黄都是人工造出来的！""咦，这蛋黄要怎么造呢？吃到嘴里难道吃不出来吗？""我说你少见多怪了呀，你们这样的女人也只能待家里，带出去被人骗还要帮着人数钱。""我们就那么没用哩！"想了想又说："我们就没有用了吗，我们上班下班，扫地拖地。"

洛真夜里去他们房里拿水瓶倒开水，听到他们在讲话，可是一开门打开灯，就只看见两个人只两颗头并蒂在平金大红色的枕头上，闭着眼睛，倒也不说话了。她父亲皱着眉头护痛着光刺眼，头歪向她母亲，几乎是深埋在她母亲的肩膀里。她觉得她母亲是个圣母。

她母亲看见申胡定路过，笑问："卫今年又没回来呀？"他站定了，粗嘎地："没有。"接着是近于一种无可奈何的苦笑解释着："回不来呀，医院里要人哪！不要说回来，电话都没来一个。"她母亲笑说："医院忙才好，等房贷还完了，她就不出去了。"叫进来倒了杯茶，他心一软，进来坐了会儿，没说几句话就走了。晚上他儿子媳妇回来，倒又捧着茶杯来这边好几趟。

"申胡定死了！"她大声地只在电话里告诉洛真一声，在海大的洛真离家远，犯不着为这件事赶回来一趟。她抖着哼了几声："你看，人就在路上，才回来。我在那里吃过饭就回来了。"她伏在窗户上，有一段时间的沉默，她在看那穿孝白的队伍缓缓地移过自己的家门口。

"半夜里发心脏病死掉的，说送到医院还有口气，没救回来，谁都没想到。也从没听见他说有心脏病嘿。在虾塘那边的芦竹窠里被人发现的，唉，你还不要说那么个地方，还就谁都不会注意到那里。公安来拍照片去的，听他们说穿着件深蓝色的外套，敞着，最里面穿着的深红色的衣服都看见了。"她在那边说着，随手拿起窗台上的物屑到处划。

"人都死光了。小粉莲你认识呀，小粉莲的妈妈前一段时间也得病死了。"她母亲告诉她。小粉莲洛真没听说过，小粉莲的母亲当然更不认得。

洛真便问："小粉莲的孩子是谁？也许跟我在一起上过学，你一提她孩子我肯定就知道。"

"她孩子比你大几岁。"表示不可能同校。

她母亲惊讶地表示："小粉莲你怎么会不认得，你以前不是一直叫她阿莲阿莲的，小时候还给你吃过奶。"她确实想不起来了。想必也应该是个美丽的女人，不然不会调皮地叫她"阿莲"。如果去一看照片，她一定会认得的。洛真在海大的最后一个寒假回去的时候，听见她母亲跟她父亲提起来，便去问："谁是小粉莲？"她父亲也吃惊她把她忘记了，"小粉莲你都不认得吗？小时候还给你喝过奶的，你妈那时候奶少，又有一只是瘪奶头，经常把你抱到她那里去喝她的奶。"听她父亲这样一说，她好奇起来，便想着一定要去看看。

一问就问到了，她站在门口又不好意思立刻进去，便敲了敲门，正好有人出来一看见她，有点像，不很确定，扭捏叫了声："你可就是小粉莲？"那女人看见了是她，笑说："我就是呀，你还客气敲什么门，直接进来。"屋主人见她来，又是倒茶又是拿瓜子的，因为是快要到新年，把她当个新客看待。她一看到那尊瓷菩萨旁边的遗像，想必就是小粉莲的母亲。墙上的蛋形开朗相片框子里，方形托盘似的相框里有许多相片，也不大好找，但因为实际生活里刚刚见过的，似乎就是这个人。结婚的照片过分浓郁的妆容因为时间长了，飘摇地仿佛是头上戴了一方红汗纱巾，外面的光照上去，脸上就有一层轻扬的红影，是水里的倒影，还是模糊不确定。是胭脂，她想。小粉莲笑说："你去外面上学回来了？"洛真笑着点了点头："唉，回来没多少天。"她又进房间抓了许多的糖堆在那堆瓜子上，瓜子坍了下来，铺了一层，她觉得不能让人原封不动地再拿回去，于是剥了颗莲子糖。她坐下来笑嘻嘻地看着她，眼前这个人长得这样大了，记得喂过她奶的。她还在一直说："吃呀，你怎么不吃？"

年轻时候的粉莲确实是个美人，跟她母亲一样还是个曾经哺育过她生命的女人。其实她叫她阿莲绝不是别人叫她小粉莲的简称，怪不得她不认得这个名字。而是当时因为一首流行歌，歌词里有"阿莲……""阿莲……""阿莲……"每阕开头都是这感情洋溢的一句，倒像是阳关三叠，人都已经走远了，还在那唱念。她一时学上了口，便欢谑地叫任何女人。也包括卫宝。卫宝不过现在更老了些。比先前胖了许多，结束着一根彪悍的马尾辫，脸被狠狠地拉长了一张马脸。但是因为很少有人有了白发还扎辫子的，所以这白发很有铅丝的劲道。即便如此，她也常常是受欺负的那个。

申胡定那晚是死在了虾塘的女人的身上。女人怕死了，叫又不能叫，喊又不能喊，硬是忍着口气让人帮忙把他抬了出去，那人也没敢抬远，就近扔到了河边上。

"就是死在心脏病上，哪里晓得那晚去麻鱼就复发了，电瓶、探照灯、渔网都不在了。仁永不是他的，是卫宝跟别人生的，嫁过来的时候带带过来的，说是打掉了。我这话怎么晓得的，也是听别人前几天说的。你这话可千万不能说出去，说出去不要骂死你！"

"那卫宝的孩子是跟谁生的？"

　　"就是寿衣店里的张来源。你舅外公的寿衣就是他们家做的，房子也是他家扎的。"申胡定他们买纸都是去他那买的，这伊甸乡唯一做寿衣的地方，那么他当然是知道他的妻之前跟他的关系。

　　洛真想起她母亲告诉她那申胡定死的时候，穿着蓝色的外套，露着里面的深红色，她现在已经模糊地看见那淡赭黄的芦柴窠里有一个衣衫不整的人躺在那里，裤子的腰带散下来，一件内裤挡着。那诡异的颜色，她以前看见过申胡定这样子搭配穿过的。也许那深红色是血，不是深红色，是暗红色，他们都把暗红说成深红或者大红，大片凝固在衣服上，变成污旧的颜色，像是被人砍了一刀。冬天里的血很容易凝固，但是身体还是热的，只要稍微碰到或者牵动到照样可以让血冲破了血痂，滔滔汩汩地流出来。应该是死在了虾塘的女人身上的，洛真想。

　　这一向卫宝都在家，大清早上就来串门了，她母亲像个蚕蛹似的裹在大红色的被窝里，她母亲躺在床上，侧着身隔着窗户跟她说话。她在那嗑了一地的瓜子壳，厚厚的嘴唇上等到要沾上许多的瓜子壳，才"噗"的一声吐出去。她的胸脯实在是太大，把她上半身挤得几乎全是胸。她的额头被磕了一大块油皮，是她在扶一个精神病人的时候，病人发起狂来，对着她又抓又打，才把她的头打破了。家属不过意，但至于赔多少，却一直商榷不定。

　　"我就跟他女儿说，我们也是苦哈哈，是来打工赚钱的，家里还有几年的房贷好还。"她低头看了看自己，手抄在口袋里，摇了摇身体，抬起头来，笑说："就是他女儿不好说话，意思要断定哪些伤是他爸爸打的，哪些是自己跌的，自己跌的医院赔嘿。他们容得你去含糊！多余的话我也不跟他们多说，我们嘴也不会说，说的不好还要被他们捏住把柄。我就说我们是来打

　　　　　　　　　　　　　　　　　　　史 诗　|

工的，我们也不晓得哪里归哪里，对不对，这话一说她还不明白吗？"

卫宝倚窗而站，窗户被闩上了，她打不开，只把脸贴近玻璃。她母亲在里面也不知叽里咕噜说些什么。瓜子壳的碎末溅到了眼睛里，用手揉了揉眼睛，把眼睛揉得通红通红的。洛真站在她身后，眼前这个人……

她似乎又忘却了这样的事，眼前的这个人的胸……夏天还要大，夏天的轻薄的衣裳，使得原形毕露。脸虽然是一张瘦脸，身上却有肉。她总在下晚捧着只大碗，申胡风站在廊檐下看见她来了，先要开口嘲笑几句她的胸，谈笑间冷不防袭击过去，一碗汤饭怕碰翻了，她便用一双膀子笑着去乱划乱挡，东躲西避。洛真那时太小，跑去护卫宝，小兽的眼睛灼着他。还是被他袭击成功。她先是真的气了，红着脸放下碗，腾出手来，跟他对打，可是次数多了，她也笑。

那次洛真回去的时候，正坐下来在桌前吃饭，申胡风手里拿着一封快递飞奔过来，请她看看是什么。倒怎么大冷天剃了个和尚头，怪模怪样。洛真差点笑出来，倒真把自己剃得一脸的鼠相，脸上只有不多的几根鼠须。他站在那里，笑着说："你是在外面的人，给你来看看，我儿子给我寄了这卡，说里面有钱，让我直接去银行取去。他也没个电话来，之前他是有跟我说过这件事，叫我留心着。我今天才收到这快递。"他把银行卡与一些大大小小的纸一并递给洛真。洛真一看就说："钱倒是可以直接去取，但是要还。"申胡风一听，仍旧笑着说："是他说的，直接可以去取来用。"她又解释着："这个是信用卡，是可以去拿钱用的，这卡他已经替你申请好了。可是信用卡是相当于先与银行借钱用，到了期限你要还回去。"他微弱地应了声，不知嘴里说的是什么，只是最后几句却听清楚了，"可算是这钱还要还回去的。"但是也仍旧说："哎，他前几天打电话来说这卡里有钱，我可以直接去银行取的，我到今天才收到，我就跑来问问你们在外的人。"洛真听到这话心里却有些惭恧，大概在他们眼里，在外面的人大概非要发点财不可，或者有个什么三头六臂之处。可她这次是预备不再出去的了，在外面的这几年，实在使她很疲倦。现在她知道了，那些究竟为了生计而考大学，真正落到个人头上时，可又是不同。

他现在怎么连信用卡也不会用，她母亲笑了起来："他才蹲完牢间回来，怎么会知道哩！"她母亲又说："也不怪你不晓得，你一直在外面。本来不会被抓，是他自己又去了我姑奶奶那里第二次，门撬不开，翻墙过去。摸黑，谁知道是他的，老太太闻到他身上有盐水鹅的味道，这下就怀疑到他了。他坐在麻将场上被人带走的，几下一逼问全招了出来。"怎么会想起来跟一个老太太，那样的身体，怎么会想起来的，发了疯吧，她仿似是第一次知道这是不可理喻的事。但是她脑子里马上闪过一个机灵，一个隐藏着的不安，是她，可不就是她自己吗？那日几句话无缘无故地勾引出他过往的是非来，触动一点他的心肠？他不敢去找虾塘的女人，不然也许死的就是他。但他一向是那样的下流坏子。

"以前小粉莲的妈妈也被他弄过。"她平静地说。

"他为什么不去嫖，花不多的钱也许就可以。"洛真脸上带有嘲讽的神气，怎么连嫖都不会？

她从车里看到伊甸乡的许多人从她眼前一个个走过去，虽然她是一个也认不得，还是觉得非常愉悦。她去蛋糕店拿订做的蛋糕，用普通话笑问："店家，可否多加点樱桃进去，我母亲他们就喜欢吃樱桃。"她把父母亲的爱好跟别人讲实在粗俗得很。但她即使有些什么要求，他们都会统统答应的。她在外面可没有过这样的自信与安全。她在这里生活了许多年，整个的童年时期少年时期在那里度过。可是她在外面生活过一段时间再回去，坐在车里从车窗看那外面的伊甸乡的人，也像是阔别了许多年。

这里的院墙已经都用白色的石灰粉新漆了一遍，离墙根一尺来远的距离，用黑墨滚了一道粗边。这条小道拐角还有更细的夹巷，夹巷又有蚊足似的人的脚步踏出来的便宜的路，曲径通幽，迤逦着通往一个什么洞穴口，"嘤嘤其阴，虺虺其雷"，应当是这样的一种天气气氛里，洞穴里有兽的气息。

她这伊甸乡可不就是个淫窟？！

那晚，回来的那晚，也许是有个人跟着的，那也许跟的是她自己。

她在窄长的路上踯躅徘徊，一阵风来，她掉过脸去，那头发就全部被吹到了前面去，倚在墙上，头发便又被吹到了侧边，很有些流风回雪的意味。她很容易就看见阿莲家的大门只开了半边，她没有敲门进去。阿莲小时候喂过她奶，给她摸过耳朵，她用发烫的小手去摸她耳垂上的那软肉。阿莲咬嘴唇扮鬼脸吓她，悄悄地打掉她的小手许多次，一边仍旧笑嘻嘻地哄着，她把她的耳垂揪得更紧了。

二〇一七年五月完

2020 年 6 月刊载《特区文学》3 期

图书在版编目（CIP）数据

史诗／秦汝璧著 . -- 北京：作家出版社，2021.8
（21 世纪文学之星丛书·2020 年卷）
ISBN 978 – 7 – 5212 – 1486 – 4

Ⅰ . ①史…　Ⅱ . ①秦…　Ⅲ . ①小说集 – 中国 – 当代
Ⅳ . ①I247

中国版本图书馆 CIP 数据核字（2021）第 135864 号

史诗

作　　者：秦汝璧
责任编辑：史佳丽　李亚梓
特约编辑：赵　蓉
装帧设计：守义盛创·段领君
出版发行：作家出版社有限公司
社　　址：北京农展馆南里 10 号　　　邮　　编：100125
电话传真：86 – 10 – 65067186（发行中心及邮购部）
　　　　　86 – 10 – 65004079（总编室）
E – mail: zuojia@zuojia. net. cn
http: // www. zuojiachubanshe. com
印　　刷：唐山玺诚印务有限公司
成品尺寸：142 × 210
字　　数：168 千
印　　张：7
版　　次：2021 年 9 月第 1 版
印　　次：2021 年 9 月第 1 次印刷
ISBN 978 – 7 – 5212 – 1486 – 4
定　　价：45.00 元